浮生寄流年

晴空蓝兮作品

Love as Time

湖南文艺出版社
HUNAN LITERATURE AND ART PUBLISHING HOUSE

博集天卷
CS·BOOKY

图书在版编目（CIP）数据

浮生寄流年 / 晴空蓝兮著 . — 长沙：湖南文艺出版社，2016.4
ISBN 978-7-5404-7493-5

Ⅰ．①浮… Ⅱ．①晴… Ⅲ．①言情小说 – 中国 – 当代
Ⅳ．① I247.5

中国版本图书馆 CIP 数据核字（2016）第 043268 号

上架建议：长篇小说·都市言情

FUSHENG JI LIUNIAN

浮生寄流年

作　　者：晴空蓝兮
出 版 人：刘清华
责任编辑：薛　健　刘诗哲
整体监制：毛闽峰　李　娜
策划编辑：钟慧峥　张园园
文案编辑：吕　晴
营销编辑：贾竹婷
装帧设计：熊琼工作室
版式设计：李　洁
出版发行：湖南文艺出版社
　　　　　（长沙市雨花区东二环一段 508 号　邮编：410014）
网　　址：www.hnwy.net
印　　刷：北京嘉业印刷厂
经　　销：新华书店
开　　本：787mm×1092mm　1/16
字　　数：286千字
印　　张：22
版　　次：2016年4月第1版
印　　次：2016年4月第1次印刷
书　　号：ISBN 978-7-5404-7493-5
定　　价：32.00元

质量监督电话：010-59096394
团购电话：010-59320018

你是我／得不到的温柔、难愈合的伤口；

我是你不想要的以后，在回忆里才能永久。

浮生
寄流年

Love as

Time

目 录

contents

浮生
寄流年

Love as
___
Time

目 录
contents

浮生
寄流年

Love as
———
Time

Love as

Time

浮生
寄流年

Chapter _ 1

从见到萧川的第一眼起，她就知道，曾经与南谨在一起的那个男人，一定是他。也只可能是他。

天际已露微白，办公区一角的复古落地大钟再次报了时，倒把几个通宵加班的员工吓了一跳。

　　清晨五点半，整个沂市仿佛正从沉睡中慢慢苏醒。

　　刘芸芸也伸了个懒腰，推开椅子站起来，一边活动着酸痛的腰背，一边走到窗边。三十多层的大楼伫立在整个城市的中心区域，俯瞰着繁华而又忙碌的众生。朝阳还未升起，落地窗外灰白一片，像是蒙着一层极淡薄的雾气。明明已经是初夏了。

　　今年沂市的夏天，仿佛来得有些迟。

　　刘芸芸正隔窗眺望远处，只听见身后突然爆发出一阵欢呼和掌声，紧接着，各个办公区域的玻璃门纷纷被推开，欢笑声、脚步声，还有相互击掌庆贺的声音，在一瞬间沸腾了整层开放的空间。

　　经过最近几个月的奋战、数十人的通宵加班，到了这一刻，所有的努力有了回报，公司今年最大的海外并购项目终于顺利完成了。

　　刘芸芸也松了口气，顾不上和身边的同事庆祝，转身冲进茶水间。此时此刻，反倒不觉得疲惫了，她需要用一杯特浓咖啡的香气来好好犒赏自己。

　　只是没想到，茶水间里已经有一个人了，那人先她一步，正站在咖啡机前静静地候着。

　　坐了一个晚上，刘芸芸的腿都有些肿了，她拖着步子蹭过去，笑嘻嘻地问："好香啊！阿喻，能不能帮我也冲一杯？"

立在机器前的办公室女郎应声回头，露出一个浅淡的笑容："没问题呀。"她的声线十分温柔，带着一点点鼻音，暖暖糯糯的，仿佛初春江南石桥下的流水。

刘芸芸索性靠在流理台边，半挽住南喻的胳膊，微微闭上眼睛感叹道："他们都在外头庆祝呢。忙了这么久，如果能让我休一个礼拜的假就好了！"

"趁着老板心情好，你去递假条，说不定会批准的。"南喻笑着建议。

"想得美啊！资本家，惯会剥削的！上回总裁办的小陈腿骨折了，都只休息了三四天就打着石膏回来上班。反正我们这些打工的，命苦呗。这次并购成功，年终能多拿些奖金我就阿弥陀佛了。"刘芸芸做了个双手合十的动作，又微微叹气，"其他的福利啊，我是不指望了。"

南喻倒没这么多的抱怨和感慨，她耐心地冲好两杯咖啡，捧着自己的那杯回到座位上。

同部门的其他女同事正在收拾东西准备回家换衣服，其中一个不忘招呼她："阿喻，要不要一起走？"

"不了，你们先回去吧。"她应道。

另一个女同事凑上前来，对着她的脸仔细端详了一番，忍不住连连夸赞："南喻小姐，你的皮肤天生就这么好吗？这都连着几个通宵了，居然还是这样吹、弹、可、破！"

同事夸张的语气令南喻忍不住笑出声来，她干脆单手托住下巴，仰起脸来配合着回应："这就是天生丽质啊。"

其实她还不到二十五岁，离开学校也没几年，即便是进了以严谨刻板著称的财务部门，有时候心性也还像是个女大学生，还没长大似的。

作为正宗的江南人士，南喻在 Z 大毕业之后才孤身一人来到沂市。

　　她的外表几乎囊括了江南女孩的所有优点，身段优美颀长，皮肤白皙柔腻，拥有极为灵秀的五官和软糯的声音，就连脾气性格也柔和得像一汪春水。

　　公司里不允许办公室恋情，但仍有不少年轻男同事私下里向她示好。南喻把每一桩热情的邀约都拒绝得礼貌又得当，至今依旧独居在租住的小公寓里，维持着单身的状态。

　　加班的同事陆陆续续离开了，有些回家洗澡换衣服，有些则约着一起在附近吃早餐。南喻喝完一杯咖啡，感觉精神还不错，大概还是因为够年轻，即使整晚没怎么合眼，此刻也能撑得住。

　　因为要省钱，她租的房子离公司有些远，算是老城区了，要换乘一次地铁线，来回一趟差不多三个小时。幸好今天情况特殊，公司准了大家半天假。

　　时间很充裕，南喻在公寓附近的超市逛了一会儿，买了新鲜的牛肉、彩椒和两把蔬菜，又顺便拎了一小壶花生油回家。

　　她租的这套一室一厅的房子，租金不算贵，但所在小区的环境偏偏很好。物业尽心尽责，小区里既干净又安全。把东西放回家后，她才又重新下楼，绕到另一栋的二层某户人家，敲了敲门。

　　很快，防盗门开了，门后的中年女人看见是她，熟稔地笑着打招呼："回来啦！"

　　"是啊。"南喻冲女主人点点头，却没进去，只站在门口问，"安安呢？"

　　中年女人立刻回头叫了声："安安！"又笑道："小姨来接你回家啦！"

　　又矮又小的身影也不知是从哪里钻出来的，倏地一下就直扑进南喻怀里。

　　"小姨，我好想你呀！"四岁小男孩奶声奶气地抱住南喻撒娇。

　　南喻摸摸他的小脑袋，柔声笑道："小姨中午做好吃的给安安吃。"

"好耶！"安安把头抬起来，露出一张粉雕玉琢般的小脸，明明是个男孩子，长得却比女孩更加漂亮秀气，一双晶亮的眼睛眨了两下，也不等小姨吩咐，就已自觉地回过身，冲着中年女人摆摆小手，十分乖巧地说："王阿姨再见。"

"再见。"中年女人显然对他疼爱有加，特意将他们送到楼梯口，还不忘叮嘱南喻，"你要是没空，就随时把安安送过来，我帮忙看着。这边小朋友多，在一起做伴玩玩挺好的。"

"行。"

南喻带着安安回家，钻进厨房炒了安安最爱吃的牛肉，配着彩椒，看上去五颜六色的，引得小朋友胃口大开。

可惜公司下午上班时间早，南喻没法多耽搁，吃完午饭就又将安安送回王阿姨那里托管。小朋友中午吃了满满一碗饭，这会儿正揉着眼睛打哈欠，他一路被小姨牵着走，口中嘟囔着什么。

南喻听不清，便稍稍俯下身，问："你刚才说什么？"

安安抬起脸，浓密的睫毛上下忽闪，仿佛两把漂亮的小扇子，眼巴巴地望着小姨问："小姨，妈妈什么时候来看我？"

南喻微微一怔，旋即笑着回答："安安这么乖，妈妈一有空肯定就要回来看安安的，还要给安安带好多玩具和好吃的。"

"真的吗？"

"当然是真的。"南喻摸摸那小小的脑袋，柔声安慰，"安安下午在王阿姨家乖乖睡觉好不好？晚上小姨来接你。"

"好！"安安十分听话，站在王阿姨家门口，忽然伸出一根小指头，要跟南喻拉钩，"小姨不许骗人，小姨下班就要来接安安回家。"

"小姨不骗人。"南喻蹲下身子，认真地与他拉了钩，才去上班。

因为这宗并购案，公司上上下下忙了几个月，如今尘埃落定，大家心里一直紧绷着的那根弦也仿似终于松了下来。

不少同事都计划着休年假。原本南喻也打算休息几天，正好带着安安出去玩一趟。最近气候不错，温度也宜人，可以带安安去野生动物园或水上乐园，但周末的一通电话却打乱了她的计划。

南母从遥远的老家打过来，第一句话便是问："你姐姐呢？为什么我最近一直联系不到她？打她的手机，要么关机，要么不在服务区。"

"哦……"南喻睡眼惺忪地摸到床头的手表看了一眼，已经是夜里一点多了，忍不住抱怨，"……妈，我都已经睡了，有什么事能不能明天再讲？"

"不行。今天是周六，你想睡到几点都行，但现在必须给我说清楚，你姐跑去哪里了？"南母的语气中有一丝难掩的焦躁，在这夜深人静的时刻，通过听筒传递得格外清晰明显。

南喻很熟悉这种情绪，睡意也跑了大半，清清嗓子才回答："您别担心。她之前跟我说过，最近有个棘手的案子要跟，去外地出差了。手机联系不上，大概是不方便吧。您别着急，更别胡思乱想，姐昨天还发短信问我安安的情况呢。"

"真的？"南母半信半疑地嘟囔，"……那怎么也不给我发条短信报个平安？"

南喻继续笑着宽慰："也许是实在太忙了吧，又或许她不知道您有找过她呢。这很正常。"

"唉，你说一个女孩子，干吗非要把自己弄得这么辛苦？以前是这样，如今还是……"

南母又开始老调重弹，絮絮叨叨地说个不停，但是很显然，之前焦虑不安的情绪已经得到了缓解。南喻见状放下心来，困意却重新来袭，最后连怎么挂的电话都忘记了，就这么一觉睡到天亮。

第二天起床后，她想了想，还是拿手机编了条短信发出去。不出所料，没有任何回音。

到了下午，南母的电话再度打进来，正式通知她："我坐明天的飞机到你那儿，去看看你，顺便把安安接回老家。你工作那么忙，自己都顾不过来了，安安交给你带我不放心。"

南喻还想反驳，南母却直接挂断了电话。

南喻放下手机转过身，就见安安正趴在一旁的茶几边用 iPad 看动画片，一张小脸微微低垂着，浓密的眼睫半覆下来，显得安静又乖巧。他看得津津有味，十分入迷，连眼睛都不眨一下，只有粉嫩柔软的小嘴唇微微嘟着，不时动一动，好像在跟着动画片里的角色们念台词。

这个孩子长得太漂亮，虽然只有四岁，但仍能看得出来，他的眉眼和神韵与以前的南谨尤其相像。

但这只是南喻一个人的看法。

因为在她曾经这样夸奖安安的时候，南谨却只是笑笑。那个笑容很轻，浮在嘴角，似乎带着一种淡淡的讥嘲，然后便一闪而逝。

"他长得可不像我。"这样说的同时，南谨的目光从安安那张小小的俊脸上扫过，很快就平淡地移开了。

有时候南喻都忍不住怀疑，姐姐其实并不太爱这个孩子。与别的母亲不同，姐姐南谨对亲生儿子的关注度几乎少得可怜。

南谨的工作时间不规律，忙起来经常十天半个月不着家，加班更是家常便饭。她既不能时常陪在安安身边，也很少打电话或发短信回来关心安安的生活起居。

当年她那样辛苦地怀孕，生孩子的时候还难产大出血，差一点儿丢掉性命。原本南喻以为，对这样艰难、拼尽全力换回的孩子，她应该视若珍宝才对。

可事实恰恰相反。

安安出生的时候，南喻正在做暑期实习，当时连忙向单位领导请了假，匆匆赶回老家医院探望姐姐和小外甥。孩子长得玉雪可爱，那样小小的一团，抱在手里总让人禁不住心生怜爱。然而南喻却发现，姐姐极少主动抱孩子。

自从安安生下来，多半时间都是南母在照顾，而南谨刚休完产假便返回工作岗位，似乎半点都不留恋与孩子相处的时光。

其实，南喻隐约能猜到原因。

安安没有父亲。出生证明上空出了一栏，而那里原本该填上的那个名字，也是南喻私底下打听来的。

她在安安出生后不久，曾偷偷去问林锐生。

"锐生哥，"她当时拉住林锐生的手臂，一副不问到答案誓不罢休的模样，"你跟我姐青梅竹马，以前又都是同事，从小到大你俩关系最好了，能不能透露一下，安安的亲生父亲到底是谁？"

"我怎么会知道？"

林锐生一开始还守口如瓶，结果经不住她的软磨硬泡。她甚至还威胁他，说："如果你不肯告诉我，我就去跟我姐说，你一直暗恋她，暗恋了十几年！直到现在还在等着她！"

林锐生深知这小丫头的脾气，还真怕她跑去南谨那里瞎说，最后实在拗不过，只好简单地说了个名字，然后无奈地叹气："我能说的就这么多，有本事你自己去查吧。"

南喻当然去查了。

只是她没想到，她将那个陌生的男人名字输入电脑，竟然一无所获。她也辗转托了一些人在打听，却还是得不到任何有用的信息。

南喻一度怀疑，要么是林锐生胡编了个名字骗了她，要么就是那个男人实在太神秘，远不是普通人用普通手段能搜索到的。

她带着满腔好奇，毕业后因为某些机缘巧合也来到沂市工作，却始终没有找到关于那个男人的半点讯息。一晃两三年过去，漫长的时间才终于令她将这件事渐渐地淡忘了。

南母在周末如期抵达，住了两天后，将安安带回老家，临走时不忘交代："告诉你姐，她儿子我带走了，让她有空多回家看看。"又忍不住摸摸安安的小脑袋，叹气道："唉，这么小的孩子，她也忍心扔下不理……早知如此，当初何必硬要……"

南喻匆忙出声打断："妈！"安安人小鬼大，这番话也不知听进去多少，此刻果然眨巴着黑葡萄似的大眼睛，望着外婆和小姨，小嘴微微一扁，仿佛委屈又可怜地问："妈妈是不是不要安安了？"

软糯的声音令南母一颗心都揪起来，连忙抱住孩子亲了亲，笑道："安安这么可爱又听话，妈妈才不舍得不要你呢！"

南母走后，南喻又恢复了一个人的生活。公司已经批了年假，可是如今不用带安安了，一时之间竟无处可去。

南喻索性就在家里休整了几天，闲时就看书或上网，偶尔傍晚出门去附近的商场，挑一部正在上映的电影，消磨晚上的时光。

叶非打来电话的时候，她正坐在放映厅里，大银幕上的广告刚刚结束，全场灯光倏地暗下来。她还来不及将手机调成无声，叮叮当当的来电音乐就这样响起来，幸好电影还未正式开始，陆续还有迟到的观众猫着腰进场，周围还不算太安静。

但南喻还是迅速走到门外去接。

电话刚刚接通，就听叶非笑着问："在干吗呢？"

这个男人有一副干净清爽的嗓音，仿佛春天午后的阳光，干燥又温暖。

南喻第一次听见这个声音，是在一档深夜电台的美食节目中。那天她刚加完班，地铁已经停运了，只好打车回家。从 CBD（中央核心区）回到她所住的老城区，车程不算太近。她原本都已经昏昏欲睡了，结果却被叶非介绍的一碗牛肉粉勾起了馋虫。

大约是真饿了，她临时指挥司机改变路线，直奔电台节目中介绍的那家小店而去。

结果，托叶非的福，她在门面巴掌大的店里，吃到了有生以来最美味的牛肉粉。

直到很久以后，南喻见到了叶非真人，让她十分震惊的是，她完全没有想到一个成天吃吃喝喝，且对食物有诸多讲究挑剔的男人，竟然不是肥头大耳，反而长得相当好看。

听说她在看电影，叶非直接提议："电影结束后，我带你去吃消夜。"

"吃什么？"

"去了就知道了。"

两个小时后，叶非的银色轿跑车果然就停在影城的地下停车场里。

南喻上车后，还是忍不住问："你又发现了什么了不得的美食？"语气中有毫不掩饰的期待。

这大半年的时间，叶非总喜欢带着她走街串巷，找各种各样好吃又新鲜的玩意儿，大大满足了她的口福，也把她的口味养刁了。

车子在出口处停下缴费，叶非转过脸来瞧她一眼，不由得好笑："你这副表情和眼神，像是饿了好几天了。"

"我晚上真没吃饭。"她拖长了音调，样子看上去楚楚可怜。

"怎么？减肥？"他一只手伸出车窗，去接找回的零钱和发票，同时似乎漫不经心地打量了她一眼，"你太瘦了。"

南喻对这个评价不置可否。江南一带的女孩子多半纤细柔弱，她刚认识叶非的时候，体重比现在还轻，如今涨上去的那几斤，还都是叶非的功劳。

今晚消夜的地点是在一个十分偏僻的地方，看上去前不着村后不着店。这两天又一直下雨，视线不太好，最后车子开过一段不算平坦的小路，南喻几乎怀疑自己要被拐卖了。

叶非却笑着说："就你？还没到一百斤吧？卖不了几个钱。"他将车停好，熟门熟路地领她进去。

原来看似简朴的院落后面竟别有洞天，园林式的建筑占地面积极大，简直奢侈得要命。小桥流水，假山林立，一路回廊蜿蜒曲折，疏疏落落的精致宫灯映在飘摇的风雨之中，一瞬间竟令人生出穿越时空的错觉。

南喻初入社会不过两三年，从未见过这样的手笔和品位，看得几乎呆了，头一回显出有些怔怔的样子。她就这么跟在叶非身边，也不清楚自己究竟绕了多少道弯，仿佛走入迷宫似的，最后终于迷迷糊糊地进了包厢。

似乎是为了与这样的环境相匹配，就连服务生的声音都是温婉细腻的，细听之下倒有些像江南口音。穿着改良旗袍的年轻女子轻声细语地替他们点好了菜，又去一旁净手烹茶。

南喻默默打量那服务生良久，才叹道："这么好的地方，你是怎么找到的？"

叶非看她一眼，似笑非笑："你倒是懂得欣赏，也知道这地方好。"

"当然。"她接过茶杯，袅袅香气在指间萦绕，细细品一口，却一时分辨不出是什么茶叶。

"这老板是哪里人？"她随口问。

叶非似乎看出她的心思："反正不是你们江南人士。"

南喻惊讶道："你怎么知道我心里想些什么？"

叶非这回却只是笑，也不答她，过了一会儿才问："最近忙吗？"

"何止是忙，前一阵简直快要累坏了。"

她的声音细柔轻软，明明只是抱怨，听起来倒带了点撒娇的意味。

服务生抿嘴一笑，静悄悄地退了出去。

两人又闲聊了一会儿，叶非接到某杂志社编辑打来的约稿电话，边谈边踱出门去，许久都没回来。

这里一切都好，就是上菜速度太慢，南喻独自坐在包厢里觉得无聊，便也走了出去。

她只是想在门口随便逛逛，所以连包都没拿，手机也搁在餐桌上，结果没想到，这栋园林式的会所结构十分复杂，景物布置又极其精美，九曲回廊上的宫灯，映得园中林艺影影绰绰，外头雨势未停，落在层叠的山石和廊檐上，激出一片窸窣的轻响。

仿佛是行走在梦境之中。

这样精雅幽静的景色，与外头繁华喧闹灯红酒绿的沂市丝毫沾不上边，倒有一种深夜重回江南的错觉。

　　南喻兴致渐浓，索性沿着安静的长廊越走越远，也不知到底绕了几道弯，偶尔会碰上脚步轻缓的服务生，对方也只不过侧身对她微微点头，并没人询问或阻拦她。

　　她这才发现，园内各个包厢的布置也十分巧妙。隔着亮灯的窗棂，可以隐约看见里头人影晃动，但都只是极为模糊的剪影。而且每个包厢之间相距很远，互不打扰，甚至各自门前都有青石台阶，连着鹅卵石铺就的小路，一路蜿蜒延伸至园林深处。

　　也不知这里究竟有多少个房间，能容纳多少客人，但这样的布局无疑是极尽奢侈的。

　　南喻回头望了望，自己的那间包厢早已隐没在浓黑的夜色和山石树影之后了。其实她向来不太认路，又怕叶非回来找不到她，于是不敢再贸然往前走。可就在她打算沿着原路返回的时候，无意间瞥见斜前方不远处有一座亮着光的亭子。

　　就着灯光，依稀可见石桥流水，而那座亭子就遥遥地立在水中央。

　　南喻心头一动，不禁想起小时候老家附近也有一座古旧的宅子，听说是明末清初的一位商贾遗留下来的庭院，后来辗转收归为政府所有，就作为古迹保留了下来，但宅子常年大门紧闭，虽然无人看守，门口却挂着"闲人免入"的牌子，不许人进去参观。于是，那附近住着的半大的孩子们就另辟蹊径，趁着晚上人烟稀少，一个个翻墙进去玩耍。大家默契地保守着这个秘密，把那座修建精巧的宅院当作游乐场。

　　南喻还记得，在那座庭院式的古宅里，就有一座临水而建的凉亭。每到夏夜，亭子里凉风习习，风中还带着湿润的水气，令人神清气爽。那是她和南谨幼时最喜欢的处所。

　　外面正风雨交加，雨水很快就濡湿了南喻的头发和衣服，她却似乎没有顾及这些，反倒兴致勃勃地沿着小路上了石桥，直朝水上凉亭而去。

　　她心想，这地方真是处处都有惊喜。

可是，等她一路小跑着进了凉亭，踏上台阶的那一刻，她才蓦然发觉，亭子里竟然还有一个人！

外头风大雨大，四周的光线并不算太亮，那人独坐在亭中的石桌旁，因为穿着黑色衣裤，整个人几乎都融进夜色里。之前隔得远，根本没有注意到，这个人对于南喻而言，就像凭空出现的一样，不由得令她暗暗吃了一惊，一颗心也因为受到惊吓而加速跳动起来。

反倒是对方，面对突然闯进来的陌生人，他连眉头都没动一下，依旧坐在那儿，只是淡淡地抬起眼睛看着她。

在这样无声的目光之下，南喻的心跳再度乱了一拍。而这一回倒不是因为害怕，只是因为那目光明明很淡，却又仿佛极深极沉，犹如冰川深处的一个暗穴……在某一刹那，她以为自己就这样顺着对方的目光，坠进了幽幽的深渊里。

此时此刻，二人极近距离地面对面，哪怕光线幽暗，她也终于看清楚他的样子。

这是一个年轻男人，即便是坐着也显得身材高大修长。他有着极为少见的英俊五官和轮廓，明明是这样一张出色的脸，可惜眼神却是冷淡的，仿佛眉眼之间缺少温度，于是整个人的气质也显出一丝异常的冷峻来。

他看着她，始终没有出声，像是在等着她先开口。

于是南喻缓了缓神，说出自己的第一个感受："不好意思，我没想到这里有人……对不起，打扰到你了。"

在这黑漆漆的风雨之夜，他一个人待在这座凉亭里，显然是为了清静。她觉得有些窘迫，好像自己是名不速之客，冒冒失失地闯入了别人的禁地。

"没关系。"男人开口说话的同时站了起来，他的身材十分清俊挺拔，声音沉冽，仿佛沾染了雨水的凉意，但语气却平淡温和，"你是进来躲雨，还是想观赏景色？如果换成白天来，这边的风景还是很不错的。"

是啊，现在昏暗一片，什么都看不见。南喻"哦"了一声，想想回答："就是好奇，随便进来看看。"然后她才记起另一件事，微微一笑，再次表示抱歉，"朋友还在等着我一起吃饭，我得回去了。今天实在不好意思。"

男人点了点头，没再说什么，只是拿出手机拨了个号，简单吩咐对方："让人送两把雨伞过来。"

很快就有人影顺着蜿蜒的小路由远及近。到了跟前，南喻才看清，来的是一个穿衬衫西裤的小伙子，穿着打扮与这里的所有男性服务生一样。

她接过对方递来的雨伞，也同时落实了之前心中的猜测，犹豫了一下终究没忍住，对这间会所的主人说："这是我见过的最美的吃饭的地方。"

她是发自内心的赞美，男人显然听出来了，薄唇边露出一个浅淡的笑意，低声回应了两个字"谢谢"，又对她比了个手势，示意她先走。

服务生在前面引路，她走中间，而他跟在后面。直到返回自己的包厢，南喻仍觉得不可思议，面对着满桌子的菜肴，一时没有动筷子。

叶非找了一圈都没找着她，如今见她好不容易回来了，却又是一副明显恍神的样子，不禁觉得十分诧异："你刚才溜去哪里闲逛了？怎么失魂落魄的？"

"哪有！"南喻回过神来，喝了口热茶，停了停忽然望向叶非，问，"你认识这儿的老板吗？"

叶非点头："认识，怎么了？"

南喻说："我刚才见到一个男人，应该就是他吧。"

"哦？"叶非眼神中带了点说不清道不明的笑意，半开玩笑道，"难怪一副魂不守舍的样子。"

"……你说什么？"南喻的反应难得慢了半拍，随即才失笑，忍不住瞪他一眼，"你想到哪里去了呀？他虽然长得非常出色，但还不至于让我丢了魂吧。"

叶非见她神色坦荡，说的倒像是真心话，于是便笑着说："你见到的那个人，他叫萧川。"

初夏的沂市，连续下了几个小时的雨，这时候才传来第一声惊雷。

滚滚的雷声仿佛从遥远的天边席卷而来，很快就到了近前，那样巨大的隆隆声响，震得雕花窗棂都轻微颤动。

南喻抬起眼睛，像是没有听清，不由得又问了句："你说他叫什么名字？"

"萧川。"

第一声惊雷响起的时候，余思承正在讲一个荤段子，他向来口才好，三两句就引得桌上一帮大男人拍着桌子大笑。有人笑完还不忘提醒他："余老五，你今晚可还带着女朋友呢，说话是不是应该注意点？"

余思承长臂一揽，作势捂住身边美女的耳朵，转头冲着那人笑骂："沈郁，你装什么正经！刚才就你笑得最欢！"

他的话音还没落，包厢大门就被人敲了两下，紧接着，门外的人不请自入。

"搞了半天，你们几个都凑在一起喝酒呢，居然也没叫上我。"叶非脸上带着笑，慢悠悠地晃进来。

南喻跟在他后头，这才发觉他与这一屋子的人都很熟。服务员应声过来加座位，叶非摆摆手："不用了，我另外订了个房间，就是过来打声招呼的。"

余思承的目光朝他身后一扫，脑袋转得飞快，浓眉挑了挑："叶少，这是你女朋友？"

被他这么一提醒，在座的其他人也都来了兴致。有人立马就起哄："你过来打招呼我们可不稀罕，但要是专程来介绍女朋友给我们认识的，那就另当别论了。"

另一个人也出声附和："前一阵我就听那个谁说，你最近经常单独和一个漂亮女孩子吃饭，我还正觉得好奇呢。还不赶紧给大家正式介绍一下？"

"就是就是！赶紧的！"

……

仿佛满屋子人的注意力都投在了南喻的身上，她不习惯当焦点的感觉，不由得有些尴尬，但又不方便直接开口解释，只好求助似的望向叶非。谁知叶非只是回头看了她一眼，对众人的误会既不承认，却也没有否认，然后伸手拉住她的手腕，将她直接带上前几步，说："这是南喻。"

既是跟众人介绍，又是对着主座那人说的。

南喻这才将目光望向主座上的那个男人。

包厢内光线明亮，他姿态随意地坐在灯下，眉目清俊，薄唇边浮着极淡极浅的笑意，却并不让人觉得温暖，反倒隐隐透着客气的疏离。

萧川。她在心里默念他的名字。

全场的人都在起哄，只有他一个字都没说过。在叶非介绍过后，他才对她点点头说："你好。"

他开口的时候，在场的十几个人全都很有默契地安静了下来。

南喻柔声回应："萧先生，您好。"

叶非一笑，说："我这朋友很喜欢你的园子，于是就带她过来认识一下，因为恐怕以后会常来了。"

"欢迎。"萧川的视线静静地落在南喻脸上，忽然问，"南小姐是哪里人？"

两人之前在幽暗的凉亭中交谈过，南喻深知自己江南口音明显，没想到他对这个感兴趣，于是大大方方回答："江宁。"

因为是休年假在家，她今天出门时穿得休闲随意。纯素色及踝连衣裙，配平底凉鞋，除了脖子上挂着条细细的碎钻的十字架吊坠外，全身上下没有任何多余的装饰，也没有化妆。她是极标准的瓜子脸，五官又格外清秀漂亮，此刻整个人看上去干干净净的，白皙光洁的肌肤在灯光的照射下，仿佛散发着莹莹如玉的光泽。

她的话音落下后，宽敞雅致的包厢内显得过分安静，只余下敲击在窗棂上的零落的雨声。而她就这么直直地面对着他站着，从下巴到颈部的线条柔和优美，仿佛一枝静立在江南池畔的初生睡莲，伴着清脆淅沥的雨滴声，透出一种莫名的安宁和温柔。

萧川似乎短暂地沉默了一下，修长的手指夹着香烟，漫不经心地在烟灰缸边弹了弹，然后才看着她的眼睛，声音低缓清冽："南小姐，今天很高兴认识你。淮园随时都欢迎你来做客。"

当天午夜时分，南喻莫名从梦中惊醒过来，似乎再也没有睡意。

她在黑暗中摸索到手机，发了条短信，问："姐，你什么时候回来？"

然后又打开搜索引擎，将那个男人的名字输了进去。

萧川。

这个曾经一度让她好奇得要死的名字，让她费尽力气却始终遍寻不着的人，就在她终于要将他忘掉的时候，今晚竟然以这种方式见到了。

时隔几年，如此发达的网络，仍旧搜不到关于他的半点讯息。南喻觉得这简直不可思议。能在沂市这样的地方拥有一座私家园林，想来也绝不是个简单的人物。可他怎么就能将自己隐藏得这样好？似乎半点锋芒都不露。

而她晚上见过他，即便不说话，仅仅是坐在那里，他也仍是众星捧月一般的焦点。

南喻初入社会这几年，不是没见过世面，也不是没见过大大小小的人物，却也能够清晰地感受到这个男人的特殊之处。

　　他和她以往接触过的任何一个人都不一样。在他的身上，仿佛
有一种强大而又危险的气场，让人趋之若鹜，但又不敢擅自靠得太近。

　　那一年，林锐生被她逼得实在没办法，嘴里吐出的就是萧川的
名字。

　　也许，林锐生说的，与她今晚见到的，并不是同一个人？也许，
只是同名同姓而已？

　　但南喻没法这样说服自己。

　　因为，从见到萧川的第一眼起，她就知道，曾经与南谨在一起
的那个男人，一定是他。

　　也只可能是他。

浮生
寄流年

Chapter _ 2

只有年轻才会这样不顾旁人的眼光，恣意妄为，放肆地沉浸在属于自己的幸福世界里。

骤雨初歇，凌晨的空气里还弥漫着潮湿的水气，天空中覆盖着大片浓黑的云层，将月光遮蔽得严严实实。

萧川站在酒店顶层套房的露台上抽烟。

晚上和一帮弟兄朋友闹得太晚，又喝了许多酒，虽然没醉，但两侧太阳穴始终突突地跳痛。

一根烟燃尽了，他才转身回到房间里。客厅外似乎有极轻的响动，他不疾不徐地走过去，只见一个陌生女人正站在门口。

不等他开口，那女人急忙解释说："是余少送我来的……"

女人的眼神怯怯，连声音也是细弱低软的，挨在门边不敢再多上前一步。

他眉头微微一皱："余思承？"

"嗯。"

净胡闹！萧川在心里低斥了一句，面上却仍旧没什么表情，只是将眼前这个陌生的年轻女人打量了一遍，才开口说："你走吧。"

"可是……"女人的嘴唇动了动，鼓足勇气抬起眼睛，迎上对面那道沉隽似幽潭的目光，想说的话又被硬生生地咽了回去。

她今天晚上已经被余少花高价包下来了。她入这行还不满一个礼拜，今天是她第一次外出过夜，其实根本没有经验，可也不知为什么，余少偏偏就看中她了，豪爽地一掷千金，要求她来这家酒店的顶级套房服侍一位客人。

可是，现在这位客人却让她走。

他对她不满意。

他似乎连多看她两眼的兴趣都没有，就这么远远地站在那儿，漫不经心地打量了她一眼，就让她走。

这样子回去，是不是明天就要被辞退了？

那余少付的钱呢？应该也要全数退回去吧？

她站在门边，进退两难，洁白的牙齿轻轻咬住嘴唇。唇上只刷了淡淡一层唇彩，因为余少特别交代过，不允许她化浓妆。她想，大概是因为这位客人不喜欢浓妆艳抹的女人吧。

见这个陌生女人呆呆地戳在那儿，半天没有动静，萧川感觉自己有限的耐心就要被耗尽，太阳穴疼得更加厉害，摸出手机拨了余思承的号码。

电话响了许久才接通，余思承的声音犹带着睡意，却还不忘"关心"地问："哥，我送的生日礼物怎么样？"

"限你两分钟之内，让你的礼物从我眼前消失。"

萧川不冷不热的声音倒吓得余思承一个激灵，瞌睡虫早跑了大半。他最了解萧川，越是盛怒之下，语气越是平静无波。他迅速从床头坐起来，醒了醒神，涎着脸皮嘿嘿一笑，试探着问："您不满意？虽然没事先征求您老人家的意见，但那女孩是我亲自把关的，长相身材都没的说，应该是您喜欢的那类啊……"

"余思承，"萧川冷冰冰地再度提醒，"你还剩下一分钟。"

隔天上午，余思承照例过来一块儿喝早茶，推门进来先叫了句："哥。"

"嗯。"萧川正坐在桌旁看报纸，眼皮都没抬。

等到余思承落了座，沈郁一边亲自帮他倒茶，一边冲他挑挑眉毛，漂亮的桃花眼里有不加掩饰的奚落的笑意。

余思承本就郁闷了一整晚，这会儿又有点摸不准萧川的态度，不知道他是不是还在为昨晚的事不高兴。其实自己明明是好心，却反倒像是办了件坏事似的。不但亲自去物色人选，还花了大价钱，结果非但没讨到寿星的欢心，如今就连好兄弟都知道自己办的糗事了，他不由得有些恼羞成怒，毫不客气地瞪起眼睛，用凌厉的眼神警告对方。

沈郁才不吃他这一套，故意慢悠悠地笑着说："喝杯菊花茶清清火。我看你脸色发黑，是不是昨晚没睡好？"

余思承端起茶杯，从鼻腔里挤出一个"哼"字，只是余音未落，就听见对面报纸抖动的声响。

萧川将报纸翻过一面，一边看上面的新闻，一边淡淡地问："你今天开什么车来的？"

"路虎。"余思承放下茶杯回答。

萧川点点头："一会儿跟我去趟机场。"

虽然自打进门开始连正眼都没捞着一个，但余思承悬着的一颗心终于放了下来。看萧川的态度，昨晚他自作主张办的事应该算是过去了。

吃过早饭，趁着萧川回卧室换衣服的空当，余思承十分郁闷地问："昨晚的事，你是怎么知道的？"

沈郁慢条斯理地吸着烟，笑得高深莫测："坏事传千里。你没听说过？"

"不可能是哥自己告诉你的。"

"当然不是。"沈郁弹了弹烟灰，微微眯起眼睛打量他，一脸的兴味和好奇："我说余老五，余大少，你到底是怎么想的？哥过生日，你大半夜送个女人去他房间？我是该夸你贴心呢，还是该说你没脑子？"

"你少在这儿说风凉话！"余思承愤愤地骂道，遂又朝紧闭的门板瞟一眼，压低声音说："昨晚你没注意到叶非带进来的那个女人？哥见到她，明显表情和情绪都和往常不太一样。"

"嗯……"沈郁收敛了笑意，似乎认真考虑了一会儿，才眯起眼睛问，"你有没有觉得那女的像一个人？"

"废话！我眼睛又不瞎！哥昨天肯定也是想到'她'了。正因为这样，我才会费劲地去找个特别的礼物，想让他开心一点。你还别说，我找到的那个妞，嘿嘿，和……"

就在这时候，门突然被打开了，萧川从里面踱出来。余思承反应快，十分迅速地闭上嘴巴，终止了话题。

萧川瞥了他俩一眼，率先走向门口，一边走一边吩咐："去机场，老五开车。"

这趟从东南亚回来的航班于中午十二时正点抵达。

林妙挽着手袋，正低头看手机收邮件，身边推着行李车的阿诚突然说："妙姐，您看。"

她抬起脸，目光透过深茶色的墨镜，很快就落在离出口处不远的那道高大清俊的身影上。

浅浅的笑意在精致美艳的脸上蔓延开来，林妙加快步伐，干脆利落地来到那人面前，微微仰起头，又惊又喜："你们怎么来了？"

萧川还没开口，余思承已抢先一步调侃道："哥亲自来接你，我当司机，沈郁当保镖。我的林妙妹妹，你面子可够大的呀！"

"我可没要求你来当司机。"林妙似笑非笑地瞟去一眼，又将视线转回萧川身上，笑道："怎么也没提前告诉我一声呢？我昨天还让人先把我的车开到停车场来了。"

"车让阿诚开回去，你和我一起走。"萧川说。

正午的机场高速上没什么车，余思承将他那辆定制版的亮黄色路虎越野开得又快又稳，道路两侧的绿化带和围栏极速向后掠去，汇成一段连贯而又模糊的画面。

林妙的心情原本很不错，因为她根本想不到萧川竟会亲自来接机。可是，车子已经开出很远，而萧川自从上车之后，一个字都没说过。他不说话，其他人自然也不作声，车厢里安安静静的，只隐约有丝丝冷气从出风口吹出来。

林妙早摘了墨镜，熬了半晌，终于忍不住去觑旁边男人的脸色。那张英俊的侧脸平静冷淡，其实也瞧不出什么异样，却反倒更教她心下不安。

她将目光微微敛下，拍拍前方椅背，抱怨道："空调太冷了，能不能关小一点？"

沈郁坐在副驾驶座上，没回头，直接伸手调高了温度。冷气小了些，林妙却仿佛仍旧觉得冷，下意识地拢了拢披肩。披肩又宽又大，绚丽妖冶的大花印在轻薄飘逸的丝绸上，与她美艳的外表倒是十分般配。

她这次难得出去度个假，东南亚的国家和小岛上没什么值钱稀罕的东西可买，只得随手挑了些围巾、披肩和充满热带风情的配饰，又给其他人各带了些礼物，最后竟也塞满了几个箱子。

想到这里，她忽然微微一笑，语调轻松地说："我给大家买了些东西，回头让阿诚开行李箱整理出来，给你们送过去。"

"谢啦。"余思承边开车边应道。

林妙这才转过脸去看旁边的人，她半侧着身，小心翼翼地征求他的意见："我带了几瓶红酒回来，晚上要不要试试？"

话音落下许久，并没有得到回应。林妙不敢随意挪开视线，更不敢转回去重新坐好，于是只能维持着方才询问的姿态，直到那双深邃的眼睛终于转过来。

萧川的目光在她脸上扫了一遍，看不出喜怒，却令林妙的心陡然急跳了几下。

她莫名地有些慌，手指下意识地抠住披肩的一角，那冰凉顺滑的丝料绕在指间，仿佛缠住了某根通往心脏的血管，让她在那平静冷冽的声音里渐渐乱了心跳和呼吸。

萧川看着她，突然问："你出国的这段时间，公司的事谁在管？"

"林斌代管日常业务。如果没有紧急事件，他每隔一天向我电话汇报一次。"

林斌是她的堂弟，跟在她身边做事也已经有五六年了，讲义气，为人非常豪爽，和手下员工的关系一直很不错，只不过性格太火暴，做事有些冲动欠考虑，平时也没少给她捅娄子。

林妙见萧川这样问，还以为是自己不在家的这段日子里林斌又闯了什么祸了。如果真是这样，反倒让她松了口气，不禁试探着问："是不是他做错什么了？"

"那倒没有。"萧川转回头去，不再看她，停了一会儿才接着说："做错事的人应该是你。"

他的语气很淡，却让林妙一惊，旋即勉强撑了个笑容，向来伶俐爽脆的声音难得有点喘喘："我不太明白……您说我做错什么了？"

结果萧川却不再说话，连看都不再看她一眼，薄唇微抿，只留给她一个沉肃的侧面。

林妙看着他，心终于彻底地沉了下去。

跟了萧川这么久，他的脾性她多少还是了解的。平时，他将事情交给他们去做，极少认真过问。大家尽心尽力，却也难免有所错漏，可是如果没有证据，他从来不会轻易开口质疑。而这一回，他甚至亲自出现在机场，原来不是为了来接她……

车厢里瞬间又静了下来，似乎有嗡嗡的振动蜂鸣声，不知从哪个角落隐约传出来。林妙发了一会儿呆，才下意识地去翻手袋。

是她的手机一直在响，林斌锲而不舍地打了五六通电话。

她知道有些事情是瞒不住了，闭了闭眼睛，到底还是接起来，却不给林斌开口的机会，简短地说："我一会儿就到公司。"然后挂断电话。

车子已经下了高速，转入绕城环路。前方有一个出口，从那儿离开环线去林妙的公司最近。余思承在去机场之前根本不知道萧川的真正意图，刚才在半路上听到那样的对话，才知道大约是出了事，于是便放慢车速，主动问了句："我们现在去哪儿？"

他等了一会儿，也没得到答复，不禁去瞥后视镜，只见萧川脸色冷肃，也正通过镜子在看他。两人的视线在镜中对了个正着，余思承感觉自己仿佛触到一座冰川，下意识地一打方向盘，直接从前方环线出口进了市区，直奔林妙的公司而去。

公司的办公地点在一栋商业大厦里，租下了一整层。看似面积不大，办公职员也不多，但其实公司旗下主营的是几家高端 KTV 和夜总会，分布在市区最繁华的区域，这几年被林妙打理得有声有色，生意好得不得了。

萧川上了楼，径直进入林妙的办公室。没过两分钟，门板就被人大力推开，林斌火急火燎地冲了进来。他只听说林妙回来了，事出紧急，于是连门都没敲就这么直接闯进来，嘴上嚷嚷着："姐，出事了！我们……"

似乎直到这时，他才发觉办公室里还有一个人，那人就这么闲闲地站在窗边，正冷脸看着他。

林斌吓了一跳，后半截话堵在嗓子眼儿里，无论如何都不敢再说下去了，只好拿眼神去向林妙求救。

林妙却不看他，只是望向窗边那个高大的男人。

"去把去年和今年的账拿来。"萧川说。

林斌本能地迟疑了一下，看看他，又看看林妙。林妙的心早就坠到谷底，知道今天是逃不过了，强忍着担忧惊惧，冲林斌一皱眉："你还愣着干吗？叫你去拿账簿！"

十分钟后，电脑打印的账目清册整齐地摆放在办公桌上。高大的男人靠坐在转椅中，看似漫不经心地随意拣了几本出来翻阅。

男人的手指修长，骨节匀称，缓缓翻过账页，偶尔停驻在某一处。

他的动作明明舒缓优雅，仿佛无害，但他的手指每动一下，都像是叩拨着林妙心头紧绷着的那根细弦。

其实她触摸过这双手，在很久之前的某个夜里。那也是这许多年以来，她唯一一次有机会那样地贴近他。他的手修长有力，带着微凉的温度，虎口处有一层薄茧。曾经她握着他，像是握住了这辈子最大的梦想。可是如今，此时此刻，她看着他手指微动，仅仅是一页一页地翻过账册，就已经令她不寒而栗。

林妙知道，对于萧川来说，自己或许一点也不重要。

所以，她忐忑地站在离他几米远的地方，怀疑自己是否能渡过今天这一关。

"啪"的一声轻微响动，让她倏然回过神来。

萧川将手中的账簿随意扔在桌面上，十指在身前交叠，微微皱眉看着她，问："这是谁出的主意？"

林妙还来不及开口，一旁的林斌已经抢先认道："是我！我就是想大家闲的时候有点事干，好多客人又都爱赌个球什么的，正好公司又有现成资源，顺带做了也没什么关系，还能多赚点……"

"你们平时很闲吗？"

"不，萧先生，我不是这个意思……"

"还是说，我这些年让你们赚少了？"萧川微眯起眼睛，语速越发地慢条斯理："无论是谁，想赌两把没问题，沈郁那儿有的是场地，想玩什么都可以。我只是没想到你的胆子会这么大，敢背着我私下干这种事。"最后这句，是朝着林妙说的。说完他便站起身，吓得林斌连忙向后避让了两步。

萧川单手插在裤袋中，不疾不徐地走向门口。在经过林妙身边时，他稍停了停，侧过脸深深地看她一眼，冷淡地丢下一句话："谁出的主意，谁滚蛋。"然后便头也不回地离开了。

门被关上的同时，林妙才像脱了力一般，用手撑住桌面，重重地喘了口气。

林斌犹豫着问："姐，萧先生的意思是……"

林妙闭了闭眼睛，声音微微干涩："既然这事你认下了，从今天起，你就不能再出现在公司里了。"她转头看着这位堂弟："我会替你安排后路。"

"我怎样都无所谓，一个大男人到哪里不能混口饭吃？最关键的是，这次事情没把你牵扯进来。"仿佛是为了宽她的心，林斌反倒豁达地笑笑，又说，"姐，看来萧先生对你挺特殊的！"

"别胡说八道。"林妙沉声打断他，脸上的气色仍旧不大好，停了停才说，"你先出去吧，我想一个人静一静。"

林斌听话地走了，她才慢慢地在桌后坐下来。

这是萧川刚才坐过的位子。他在这间办公室里，总共只待了十几分钟，可是这样短的时间，对她而言却仿佛有半个世纪般漫长难熬。其实她心里很清楚，即便林斌主动承担了所有责任，萧川也未必会相信。毕竟她才是这里的主事人，没有她的允许，谁又敢擅自行动？

她跟着他这些年，从来不曾违背过他的意思，而这一次他对她网开一面，恐怕也不会再允许她有下一次了。

林斌说，他对她特殊。

她觉得实在是可笑又可悲，只有外人才会这样觉得。在萧川身边的那些人，包括她，其实都知道他只对一个女人特殊过。而她守在他身边这么多年，他的目光却从没在她身上停留过，哪怕半秒钟。

自从那场雷雨过后，沂市仿佛在一夜之间正式进入夏天。

一大清早，炽烈的日光便透过轻薄的窗帘照在床沿上。南喻被短信声吵醒，拉下眼罩去看手机，下一秒钟就立刻翻身坐起来。

她等了足足两天，南谨终于回信息了。

"明天。"

南喻看着屏幕上再简洁不过的两个字，显然还没从睡梦中完全清醒，过了好半天才回想起来，自己之前问过南谨何时回来。

她靠坐在床头犹豫片刻，终于还是回拨过去。

宽敞明亮的会议室内，因为手机早已被调成了振动，搁在桌面上正不停地发出低闷的蜂鸣声。来电者似乎很有耐心，大有一副机主不接电话便不肯挂断的架势。

大家暂时中断讨论，直到那只白皙修长的手伸过去，干脆利落地挂断了来电。

"我们继续。"南谨低头翻看着手上的资料，同时跟身边的人确认："车子备好了吗？"

"准备好了。"

她抬腕看了一眼手表，说："离开庭还有一个半小时，大家还有没有什么疑问？"

这栋大楼朝向很好，会议室的一整面都是落地玻璃。

清晨阳光斜射进来，而她的位置恰好有些逆着光，大半张脸和身体都陷在浅淡的阴影里，于是从额头到下颌，再到优雅修长的颈部，所有线条都显得模糊又柔美。

问话的时候，她抬起眼，将在座的每一位都扫了一遍。

南谨的眼珠是深褐色的，仿佛剔透纯净的琉璃宝石，只是里面并没有过多的情绪，看向旁人的时候，虽然面无表情，但她的眼神坚定平和，似乎有一种力量，能直直望进人的心里去。

今天是最后一场庭审，九十分钟后即将开庭。

越是大战来临，她的神情似乎越加淡然笃定。

仿佛是受到她的感染，其余几人也偷偷按捺下略微焦虑的心情。有人提了几个小问题，随即众人与她一同出发前往法庭。

车子顺利抵达庭外停车场，这时助手阿雅接了个电话，转头跟她沟通："南律师，被告家属一直在催促，问我们什么时候能到。他们已经在休息室里等候很久了。"

"是他们来得太早了。"南谨看一眼时间，推开商务车的车门，踩着高跟鞋走上台阶。

其实距离开庭还有一段时间，但被告者的儿子显然没什么耐心，在连续抽完了几根香烟之后，终于见到自己聘请的大律师。

像是没看出他的焦躁，南谨将公文包往椅子上一搁，又去角落的饮水机处给自己接了杯温水，这才站直了回身问："张先生，这么急着找我，是还有什么需要交代我的吗？"

张子韬是本市出了名的公子哥儿，平时只负责拿着老爸的钱花天酒地，哪里经受过这样的家庭变故？有限的耐性早被磨光了，他胡乱掐灭手里的半根香烟，沉声问："我就是想知道，对于今天的庭审，你到底有多少把握？"

南谨奇怪地看他一眼，语气和缓平静："这个问题我们一开始不是已经沟通过了吗？我会尽最大努力，让结果变得好一点。"

"什么叫作'好一点'？"张子韬烦躁地抓抓头发，显然不肯接受这种说法，"能不能让我爸免于坐牢？"

"那不可能。"南谨面无表情地打断他的奢望，"张建恩先生被控杀人，而且是故意杀人罪，更通俗来讲就是谋杀。控方人证、物证齐全，我能做的只是尽可能将这个案子打成过失杀人，这已经是最好的结果了。关于这一点，早在我接手这个案子的时候，就已经对你及你的母亲说得十分清楚。到了今天，如果张先生对这样的努力方向突然感到不满意了，可以向法庭提交相关书面材料，申请更换律师，延期开庭。"她停了停，目光落在这张年轻焦躁的脸庞上，心平气和地继续说道："家属的心情我能理解，所以你们的任何决定我都没有意见。"

"南律师，你别听他的！"这时候，从头到尾都只是坐在一旁一言不发的中年妇人突然站了起来，走到南谨身边，微叹了口气，说，"子韬就是一时急了，我们并没有换律师的打算。南律师，一切都听你的吧。"

南谨将注意力转移到这位妇人身上——江城建材大王张建恩的发妻，年近五十的陈美娴女士，她正用戴着硕大钻戒的那只手，轻轻抚在南谨的手腕上。

或许是因为开庭的缘故，这位陈女士今天穿了件质料上乘的深色直筒连衣裙，巧妙地遮盖了中年发福的腰身。染成深栗色的头发被高高绾起，梳得一丝不苟，脸上化着精致得体的淡妆，却仍旧难掩满脸的疲惫憔悴。

丈夫做生意做成一行霸主，有豪宅，有名车，全家人吃穿享用花销不尽，这原本是件外人眼中堪称幸福的事。可是中年男人有了钱和地位，渐渐看不上她了，也渐渐起了花花心思，瞒着她在外头养了个情妇。

其实她也并非完全不知情，只是这样的事，吵也吵了闹也闹了，又没有勇气就此离婚一刀两断，最后只好被迫选择妥协，平时都是睁只眼闭只眼，只当没看见。

陈美娴曾经以为，这辈子无非也就这样了吧。可是她哪里会料到，某天晚上张建恩彻夜未归，隔天就有警察上门来通知她，说张建恩的情妇被人勒死在公寓里，而她的丈夫则成了杀人嫌疑犯。

一夜之间，新闻和流言铺天盖地般席卷而来，打破了陈美娴多年以来委曲求全维持着的虚假的平静。她既震惊又羞恼，从事发到现在，仅是短短数月时间，却仿佛一下子苍老了几十岁。

她恨透了张建恩，却又不能不救自己的丈夫。相较于儿子张子韬的焦躁和忧虑，她的脸上更多的却是一种接近麻木和呆滞的神情。

南谨将这一切静静收在眼里，反手拍了拍这位可怜妇人的手背，安抚道："您放心，我会尽力。"

"谢谢。"陈美娴垂下眼睛，声音低哑，仿佛干涸粗粝的河床。

因为张建恩在江城的名人身份，此案引起的社会关注度极高。南谨跨省市接了这个案子，倒似乎没有太大压力，自从接受委托，她便照例将所有心思和精力都投入了进来。

早在前几次开庭时，她的团队就已经陆续搜集到一些对己方有利的证据，一直朝着自己想要的结果努力。而她的当庭辩护表现更是如以往一样，完美得近乎无懈可击。

最终宣判结果不出她所料，张建恩故意杀人罪名不成立，过失致人死亡罪罪名成立，判处四年有期徒刑。

张家人明白，这恐怕已是最好的结局，遂放弃上诉。

庭审结束后，候在庭外的记者们见到张建恩的辩护律师团队，蜂拥而上。一刹那，摄像机、话筒、录音笔几乎要将南谨淹没了，最后她还是在助手阿雅和其他律师的护送下，才得以安然坐进车内。

阿雅坐在南谨旁边，打开平板电脑问："南律师，我们订什么时候的票回沂市？"

南谨靠在座椅里闭目养神，思索片刻才说："今晚吧。"

结果，阿雅还没来得及上网查票，南谨的手机就响了。

"南律师，这次谢谢你了。晚上我请你吃饭，不知道你赏不赏脸？"张子韬的声音听起来已不如先前那样暴躁。

大约是因为结局已定，而且四年的刑期也并非完全不能接受，如今情绪稳定下来之后，他便又恢复了平日的秉性，语气略显轻浮高调。

南谨对这人始终没有太多好感，礼貌地婉拒："不客气，这都是我应该做的。吃饭就不用了，我还要赶回沂市处理其他事情。"

"走得这么急？光嘴上说谢谢顶什么用呢？如果不请南小姐吃顿饭，我心里无论如何都过意不去。不如这样，你回程的机票是几点的？告诉我，我让人替你退掉，再订明天一早回沂市的，你说呢？"

南谨无声地牵了牵嘴角，笑容中满含讥嘲。对方也不知是有意还是无意，已经将称呼由"南律师"改成"南小姐"了。如果吃了这顿饭，会不会就直接变成"南谨"了？

刚刚打赢一场硬仗，她实在没心思应付这种喜好猎奇的公子哥儿，于是直接将手机扔给阿雅，并用眼神示意了一下。

阿雅做她助手三年，早已身经百战，接了电话立刻公示化地一笑，声音清甜爽利："张先生，很抱歉，南律师现在有个重要的电话会议，不方便和您说太久。下一回若再有案子，欢迎您随时与我们律所联络咨询。"

电话挂断，南谨忍不住笑出了声，她拿眼角余光扫过去，悠悠评价道："你现在越来越厉害了，打发人的同时还不忘给律所拉生意。"

阿雅笑得更甜："都是南律师你调教得好。"

车上没有外人，阿雅索性单手撑住下巴，半侧着身体细细打量南谨好一会儿，这才由衷感慨道："南律师，如果我像那个张子韬那么有钱又有闲，也一定会想追你的。"

南谨再度瞥去一眼，眉梢轻动，却不接话，只是自顾自地重新闭上眼睛休息。

夏日炙热的光线像块浅金色的纱，隔着一层车窗，悄无声息地落在南谨沉静的睡脸上。

这张脸实在太漂亮，即便没怎么化妆，也依旧趋近于完美。她的五官轮廓似乎挑不出任何一点错处，漂亮得足以动人心魄。

阿雅之前从不曾见过这样的美貌，纵然是相处时间不短了，这时却也不禁看得呆了呆。而她不知道的是，其实就连这张脸的主人自己，也曾花费了很长一段时间，才能慢慢适应现在这副长相。

晚上飞回沂市的航班遭遇流量管控，迟了近一个半小时才抵达沂市机场。

南谨下飞机后给南喻打电话报平安，南喻气呼呼地抱怨："你就忙成这样吗？短信不回，连电话也不接。"

"我不是回过短信给你？"

"就两个字！明天！南大律师，你也太惜字如金了吧。"

"看得懂就行了。"

南谨拿到托运的行李，走出机场大楼，外面行车道上暑热未消，尽数扑在身上，闷得令人几乎透不过气来。她跟南喻匆匆聊了两句便挂断电话，走到出租车等候处排队。

已经这样晚了，等车的旅客并不多。

前面排着的是一对年轻情侣，大约是从外地来旅游的，两人穿着同款同色系的 T 恤和运动鞋。男生高大俊朗，背着沉沉的双肩包，两只手各扶着一只拉杆箱。而那个娇小的女生则像只无尾熊，攀住他的腰。两人面对面站在那儿，时而凑近了窃窃低语一番，姿态亲昵，旁若无人。后来也不知那男生说了句什么，惹得女朋友"扑哧"一笑，那声音仿似银铃一般，肆无忌惮的，又十分娇脆动听。

这时候在机场接客人的空车不少，他们很快就坐上其中一辆扬长而去。南谨也紧随其后，被车子载着驶入夜色之中。

结果没想到，仅仅隔了几天，南谨就又见到这对情侣。

当时她正在街边的麦当劳里等南喻，天气闷热，便随便点了杯冰可乐。在找座位的时候，她几乎一眼就注意到了他们，他们正对坐在靠窗的位子上吃薯条。

虽然只在机场有过一面之缘，但南谨对那个女生印象深刻，因为她长得十分可爱，又似乎很爱笑，笑起来一双眼睛弯得仿似新月，漂亮极了。大约是正沉浸在热恋中，女生眼角眉梢都是化不开的幸福，而且她还这样年轻，这种年纪根本不屑于掩饰什么，只恨不得和全世界一起分享她的心情。

因为快乐，所以愿意与人分享。

南谨看到她，总莫名地觉得熟悉，于是对这个可爱的女生也多了一分好感。

周末的下午，麦当劳里客人不少。这附近就有一个公园，许多家长趁着休息日带孩子出来玩，玩累了一家三口就进来吃汉堡或冰淇淋。

孩子们十分闹腾，在店堂里不时窜来窜去，多半家长们也管不住。笑声、尖叫声混成一团，其实挺吵的。南谨刚坐下喝了口饮料，就见着一个小男孩挣脱了妈妈的手，往角落的游乐区冲去，可是因为员工刚刚拖过地板，地上湿滑，那孩子没跑两步就一个趔趄，眼看就要向前摔倒了，南谨反应很快，迅速弯腰伸手，一把拉住孩子的胳膊。

孩子的母亲随后赶来，立刻抱起孩子，一个劲儿地跟南谨道谢。南谨笑笑，提醒说："地上滑，别让孩子乱跑。"

"他太顽皮了，我一个人根本看不住。"孩子的母亲有些无奈，又侧头柔声教育道："快跟阿姨说谢谢。"

没想到那孩子这时候倒变得很听话，眨着圆溜溜的大眼睛，乖乖地冲着南谨说了声："谢谢阿姨。"

因为年纪太小，口齿还有些不清，却更显得糯软可爱。南谨心头一软，微笑地逗他："摔跤很疼的，下次不能自己乱跑哦。"

男孩转头看看妈妈，又似乎努力想了想，才忽然奶声奶气地宣布："爸爸说，男子汉，不怕疼！"然后便望着收银台的方向，大声叫着爸爸。

孩子的母亲再次向南谨道了谢，母子俩这才转身回到自己的座位上。

下一刻，南谨收回目光，脸上笑意还没完全退去，就见南喻的身影闪了出来，在对面落了座。南喻显然是旁观了许久，此刻她的一双眼睛状似研究地盯住南谨说："难得见你对小孩子这么有爱心。"

南谨心思敏锐，哪里会听不出南喻的意思？自从生下安安，似乎全家人都在责怪她，怪她不够关心爱护自己的亲生儿子。如今，连南母都看不下去了，直接把安安接回了老家。

南喻问："你好不容易出完差了，也不打算回老家看看？"

"我手头还有些事没忙完。"南谨神色自若地垂下眼睛，晃了晃纸杯，杯中浮冰撞击出细碎的声响，然后她突然反问："你今天不用约会？"

南喻难得怔了一下，旋即说："跟谁？"

"那位姓叶的美食家。"

"那只是好朋友。"

"你今年多大了？居然还拿这种说辞来搪塞我。"南谨的眼神里带着显而易见的嘲笑，微一扬眉："难道你不知道自己脸红了吗？"

"……那是因为外面太热了。"南喻反应过来后，有些气急败坏地辩驳。

她的皮肤本就白皙，脸上浅浅的红晕尤为明显，但她不承认，南谨也拿她没办法，只是递去一个了然的眼神，倒令南喻觉得十分挫败，考虑半晌后只好求饶："我是你的亲妹妹，又不是庭上的证人，拜托你别用这么专业的姿态来审视我，好吗？"

"有吗？"南谨淡定回答，"我只是习惯戳穿谎言。"

"可是你这样很不可爱。"

"可爱的在那里。"南谨用眼角微微一瞥，南喻心领神会，顺着她的目光看过去，正好见到落地窗边一对年轻情侣正在互喂薯条。

那个女生看上去娇俏又顽皮，故意将蘸着番茄酱的薯条递歪了，酱汁沾在男生嘴角上，留下一抹鲜红滑稽的痕迹，而她就那样无辜地撑着下巴，"哧哧"地笑，眼睛里仿佛映着细碎的光。

南喻有些感慨："年轻啊。"

南谨喝着饮料，没有接话。确实是年轻，只有年轻才会这样不顾旁人的眼光，恣意妄为，放肆地沉浸在属于自己的幸福世界里。

她看着她，忽然间一阵恍惚，因为自己几乎都要忘了这种感受了——当一个人忘却了周遭所有，只顾得上小小的二人天地时的感受。

结果，却是这个年轻的陌生女孩子，用一副旁若无人的放纵姿态，在某个时刻突然唤醒了她尘封已久的感觉。

那些似曾相识的感觉，就像是海滩上的沙砾，被时间日夜冲刷着，其实早已变得模糊不清了。而她如今这样忙碌，有了全新的人生，哪怕是在夜深人静的时候，哪怕是独自一个人待着，也几乎不会轻易回忆起那些恍若隔世的过往。

她像是怔怔地想了很久，又像是只走了一刹那的神，因为很快就听见南喻在叫她。

"姐,"南喻收了玩笑的心思,认真地问,"今晚我能不能住到你那里去?"

"为什么?"

"我自己那边……不太方便。"

南喻虽然有一把温柔至极的声音,甜软得几乎能将人心都融化开,但其实她的性格向来直爽大方,也很少有这样支支吾吾的时候。

南谨不禁好奇,简单明了地要求:"理由?"

南喻露出个为难的表情,挣扎片刻,终于还是说出来:"上个礼拜跟叶非聊天的时候,随口约定了一下,让他今天晚上来我家坐坐,尝尝我亲手煮的咖啡。可是……"

"可是现在你又打退堂鼓了。"南谨了然地接道。

"是,忽然觉得进展不应该这么快。"隔着半张桌子,南喻哀求般地望着自家亲姐姐,黑白分明的眼睛湿漉漉的,眼神十分无辜,像极了楚楚可怜的小动物。她拖长了尾音撒娇般叫道:"姐,你说我该怎么办哪?"

南谨看着她的样子,却不为所动,搁下剩了一半饮料的纸杯,慢悠悠地开口说:"我也没招儿。只不过想友情提醒一下,别拿这种眼神去看叶非,不然人家肯定以为你在勾引他。"

南喻原本还在发愁,这会儿却被逗乐了,暂时抛开纠结,故意撑着下巴,眨眨眼睛问:"什么眼神?我的眼神有这么大的吸引力吗?"

"不信你今晚可以试验一下。"南谨拖着她站起来,边离开边说:"答应别人的事就要做到。说好了要煮咖啡的,晚上你别想让我收留你,就乖乖在家煮咖啡给美食家品尝吧。"

"你是我亲姐,怎么能这样!"南喻跟在后头,忍不住抗议。

玻璃门外是强烈的阳光,地面被暴晒得热烘烘的,热浪仿佛在四周汹涌翻滚。

南谨下意识地拿手遮在额前挡住阳光,然后才转头看一眼南喻,

似笑非笑地调侃 ："我是你亲姐姐，怎么也没能喝上你亲手煮的咖啡？答应别人的时候倒是挺爽快的。"

南喻大呼冤枉："你又不喝咖啡的。"

因为曾经有很长一段时间都患有神经衰弱，几乎整夜整夜地失眠，这几年南谨已经与一切刺激性的饮品绝缘了。

"那你也可以煮别的东西给我吃，哪怕是一碗泡面。可是你有吗？"

"你向来都说泡面是垃圾食品。"南喻叹了口气，"姐，你胡搅蛮缠起来真是可怕。如果你能停止这种无端的道德谴责，我宁愿晚上独自应付叶非。"

南谨终于笑了笑："这样才对啊。"

"对什么对啊？"南喻又是一脸纠结的样子，"我可不想他把这种行为当成某种暗示，然后有进一步的举动。"

"你是不是想得太多了？"南谨说，"也许你煮的咖啡太难喝，让他干脆落荒而逃了呢？"

Love as

Time

浮生
寄流年

Chapter _ 3

虽然她已经离开他很久了，可是她依旧不
得不承认，在他的那方世界里，他就是神，
没有他做不到的，也没有他得不到的。

然而事实证明，南喻的手艺还是相当不错的，至少叶非当晚对她赞不绝口。

隔了两天，她将这事汇报给南谨，却换来一句淡淡的质疑："你确定他不是爱屋及乌？"

南喻心情不错，对这种玩笑式的讽刺不以为意，只是笑着问："姐，你哪天晚上有空？"

"怎么？叶非要请我吃饭？"南谨一边低头看着手上的材料，一边应付着讲电话。

"料事如神呀。"南喻说，"那天叶非到家里，正好聊起你，他说想请你吃个饭，认识一下。"

"这就算见家长了，进展神速。"南谨的大半注意力仍在手头的案子上，她将材料又翻过一页，很快就听见南喻的否认："只是一餐便饭而已。"

一切都在意料之中。南谨微笑一下，说："好吧，我什么时候有空会提前通知你的。"

听筒里不时传来轻微窸窣的纸页翻动声，南喻知道她是一边工作一边分神和自己讲电话，于是又简单说了两句便挂断了。

将手机扔在桌面上，南喻才又回想了一遍那晚与叶非相处的情形。

其实并没有想象中那样尴尬。毕竟已经认识了这么长时间，话题也仿佛永远说不完，与叶非的单独相处令她觉得既舒适又愉悦，之前那一点担心和排斥早就化为乌有。

因为是在家里，叶非又是头一回上来坐坐，自然对客厅里的陈设有些好奇。

餐桌旁的置物架上摆着许多大小不一的相框，都是各个时期的家庭照片。当时叶非饶有兴趣地凑近欣赏了很久，最后顺手拿起其中一只相框，问："这里面的另外两位女士是什么人？"

南喻顺着看过去，原来他拿着的是她刚来沂市工作时的照片。

那时她初出校门，在沂市人生地不熟，虽然有南谨照应，但母亲终究不大放心，便挑了国庆的假期过来探望她们姐妹俩。

十月份的沂市余暑犹存，七天假期都是晴空万里的好天气，可是到处都是车和人，路上也几乎天天都在堵。母女三人都怕麻烦，就在附近郊外转了转，顺便请路人帮忙拍下了这张照片。

照片里的背景是郊外的南山，连绵蜿蜒的青葱翠郁，映在碧蓝无云的天空下，色彩美丽和谐得仿佛一张明信片。

她与南谨依偎在母亲身旁，赤脚曲腿坐在山脚下森林公园的草地上。她还记得那天拍照的角度似乎不对，她们正迎着明媚的阳光，眼睛有些睁不开，可是依旧笑得一脸灿烂。

"是我妈和我姐。"她介绍说。

叶非闻言便更加仔细地端详了一下，半晌后评价道："你和你妈长得真像，倒是你姐，和你们都不太像。她是不是像你父亲多一些？"

她微怔了怔，才回答："嗯，我姐比我长得好看多了。"

叶非的注意力果然被转移到二人的样貌比较上。他似笑非笑地盯着她的脸，似乎研究了好一会儿，才说："各有各的美，不分伯仲。"

她忍不住笑起来："你倒挺会哄人。"

"都是真心话。"叶非将相框摆回原位，提议说，"你姐也在沂市，但我还一直没机会见见她。不如改天我请她吃饭吧，就订在淮园，怎么样？"

淮园真是个好地方，南喻对那里印象极深，喜欢得不得了，但她却连想都不想就摇头："估计我姐不喜欢那种腔调。换个地方吧，环境够清静就行，最好以素菜为主。"

"你姐不吃荤？"

"吃得少。"

"可你却是标准的肉食主义者。"叶非笑了一下，又去看那张照片，仿佛觉得不可思议，"你和你姐姐，真是从内到外一点都不像。"

南喻语意含糊地低应一声，不再接话。

几天后，叶非果然找了个别致的地方，竟是隐在南山里的一间会所，吃的是全素食。

因为建在山中，会所的格局更像是一间精舍，四周全是绿竹。放眼望去，山间淡白的雾气缭绕缥缈于绿意之间，一恍神，就仿若置身于仙境。

会所的房间有限，据说一天至多只接待两桌客人。叶非预订了朝东的那间包厢，推开窗子，恰好可以望见一条从山顶引下的细流，沿着崎岖山壁落入窗下的浅潭中，激起的水雾袅袅萦绕在半空。

南谨半倚在窗边笑说："难怪你常常感叹自己有口福。跟着叶非，大概好吃好玩的东西见识了不少。"

她是在跟南喻说话，但目光却偶尔飘向叶非。叶非心领神会地接过话，也笑着说："我就擅长这个，恰好南喻也对美食有兴趣，我们俩算是一拍即合。"

南喻忍不住瞥他一眼，纠正他："什么叫一拍即合呀？明明是你带我走上这条饕餮的不归路的。在认识你之前，我一天三餐吃泡面都可以凑合。"

"那种垃圾食品，以后都别碰了。"

"你和我姐的说法倒是一模一样，"南喻奇道，"就连批评我的语气也是如出一辙。现在我有点后悔让你们认识了。"

"来不及了。"叶非说笑间，已经顺手将两位女士的椅子拉开，招呼她们入座。

只不过一会儿的工夫，菜也陆续上来了。虽然全是素菜，但卖相极其精致，连南喻这样的肉食爱好者都不禁食欲大开。

她知道叶非这次是花了心思的。从选地点到菜肴的安排，为了请南谨吃这餐饭，看得出来叶非十分重视。

而她则默许了这份隆重。

两人交往至今，有些东西不需要说破，一切仿佛水到渠成，彼此也都心知肚明了。

叶非擅聊，南喻又是落落大方的直性子，一旦确定了心思，在南谨面前几乎也没什么顾忌了。这一餐饭吃得轻松融洽，真的就像家人聚餐一般。

山中没有暑气，到了夜晚，气温反倒降得有些低，生出些许凉意来。饭后天色已经全黑了，会所的门廊和院子里亮着一溜儿低矮的地灯，晕黄的光线堪堪只够照路。

这样的时间，四周的绿竹早已隐没在无边的黑暗里，倒是因为不时有风拂过，带来一片沙沙的摇曳声，还有各种各样的虫鸣声，也不知是从哪个方向传出来的，此起彼伏地响着。

其实这样的环境与白天相比，又别有一番趣味。可是叶非见这姐妹二人都穿着轻薄的夏装，担心她们在山上着了凉，便提议立刻开车下山。结果一行人还没走到车边，就听见身后有人叫他的名字。

叶非应声回头，南喻和南谨站在副驾座那一侧，也顺着望过去。

昏暗的光线中，只见一个男人从另一间包厢门口快步走过来，大约也是刚吃完饭，出门恰巧看见他们，所以打个招呼。

那人的指间夹着一根燃着的香烟，暗红的火光随着他的脚步忽闪忽隐。他却顾不上抽烟，三两步来到叶非跟前，哈哈一笑："巧了，最近我们怎么总是能碰上？"

叶非似乎也想不通："我还以为这种地方没几个人知道呢。"

"你看你，大美食家，瞧不起人了吧！"对方扬扬浓眉开玩笑，同时摸出烟盒递过去。

叶非却摆手："早戒了。"

"工作需要？还是女朋友不喜欢？"

原来他早就注意到了南喻。而南喻这时候也终于想起来了，那天在淮园，这个男人与萧川坐在同一张桌子上。当时正是他头一个站起来与叶非打招呼，看得出来他们的关系相当不错，而那天在座的其他人称呼他为"余老五"。

对于余思承的疑问，叶非不置可否，只笑问："你也准备下山？"

"晚上一个朋友在这里请客，不过一会儿我还有点事，只能先撤了。"余思承往车边看了一眼，临时起意，"正好，我搭你的顺风车回城里。刚才喝了不少酒，车是没法开了，本来还想让人上山来接，这下倒省事了。"

叶非自然没什么意见，打开车门："上车吧。"

到了车上，余思承身上的酒气果然十分明显，大约他自己也意识到了，转头冲着后座抱歉地说："不好意思啊，晚上真喝多了。要不我把窗户开着，你们不介意吧？"

叶非闻言忍不住笑哼了一声。

余思承奇怪道："怎么了？"

夜间清新微凉的山风顺着窗边灌进来，叶非顺手关了空调，目不斜视地望着前方道路，语调轻松："你这哪里像是喝多了的样子？我看你这会儿倒比平时更加斯文有礼。"

余思承嘿嘿一声，毫不谦虚："我余老五可是出了名的有绅士风度。"

"仅限在女孩子面前吧。"

"没错啊。上至八十下至八岁，只要是女性，我向来都尊重得很。倒是你，"余思承说着又转头看了看后座上的两个女人，眯起眼睛笑得十分温和，"能不能有礼貌一点，给我们相互介绍一下？"

盘山公路蜿蜒回旋，一侧是陡峭山壁，另一侧则是浓黑的林海和深涧。

夜晚漆黑沉寂，只余下他们的车灯静悄悄地照在前方，那两束亮黄的光柱中隐约有尘埃与飞虫晃动。

叶非稳稳地绕过一个急弯，才说："我的朋友南喻，上次在淮园你不是已经见过了？"

"嗯，是见过。那另一位呢？"

"南谨，南喻的姐姐。今晚我请她们姐妹俩吃饭。"叶非开着车，头也不回地继续介绍，"二位，至于你们眼前这个风度翩翩、衣冠楚楚的男人，他叫余思承，是做进出口贸易的大老板。"

车厢里光线昏暗，南喻悄无声息地微扬嘴角笑了笑。其实她与叶非相处这么久，多半都是单独出去吃东西，很少有机会接触到他的朋友。如今看来，这个余承思应该是叶非的好友之一了，否则叶非不会从头到尾都语带调侃，显得十分放松自然。

南喻坐在副驾驶座的正背后，这时只见余思承侧转过身子，仿佛随意聊着天："南小姐是做什么的？"

他问的是南谨。

"我是律师。"南谨开口说了上车后的第一句话，声音很淡。

车子已经快开到山脚下，那里有个露天停车场，场边的路灯将周围照亮起来。

等到他们的车子经过时，停车场里也恰好有辆车开出来。对方是辆高大的越野车，大概是开着远光灯，车灯又大又亮，明晃晃地从斜侧方直射过来。

双方车速都不快，亮白的光线就这样从叶非的车窗前缓缓划过。

余思承向来爱美女，而且多年来早练就一双火眼金睛。方才在山上，那样暗的环境里，他却一眼就注意到了南谨。几乎是凭着本能，他在车上想与她多聊两句，然而此刻那辆越野车的车灯照过来，恰好照亮了南谨的脸。

余思承原本半侧着上身，正在和她攀谈，这时候却冷不防地闭上嘴巴收了声。

他终于看清了南谨的样子，美貌得无可挑剔，只是让他震惊到几乎走神的，却是南谨的那双眼睛。灯光照亮的那一刹那，他正好接收到她的目光，清冷如水，让他下意识地打了个寒噤。

想来多么可笑，他活到三十好几，什么大风大浪都见识过了，这一刻居然失了态。

可是那双眼睛……他有点想不通，又仿佛许久都没能回过神来，直到叶非将他送到目的地，他都始终没再多出一声。

叶非以为他是酒劲儿上来了，并没察觉到任何异样。车子在路边停下来，叶非还提议："改天我们再约。"

余思承没什么心思，推开车门往下走，一只脚都已经跨出去了，却又忽然转过身。他依旧是看向南谨，发现她正闭着眼睛斜靠在车窗边，似乎是睡着了。

余思承稍稍迟疑了一下，这才终于下车离开。

这是沂市自入夏以来气温最高的一天，闷热的气息直至午夜时分都未曾完全消退。

许多人在今晚失眠。

包括余思承。

他处理完手头上的急事，回到寓所冲了个凉，却发觉自己毫无睡意。

手机就扔在床头，他才不管几点钟了，抄起电话就拨给沈郁。

结果沈郁正好也还没睡。不但没睡，周围还吵得很，似乎是在一个十分嘈杂的环境里，隐约还能听见男男女女的说笑声。

"在打牌呢，有事快说。"沈郁叼着香烟，眼睛被烟雾熏得微微眯起来，显然是心不在焉地应付着。

余思承反倒静了片刻。

沈郁奇道："嘿，怎么回事？"

余思承似乎还有些犹豫，问得不太确定："你说……会不会有两个一模一样的人？”

“一模一样的人？这是什么意思？”

“……不对，其实也不是一模一样，只是某个地方非常相像。但光这一点就足够奇怪了……”

沈郁感觉自己快被绕晕了。他晚上手气不佳，难得这把摸了一手好牌，准备做成清一色和把大的，结果被余思承这么云里雾里地一搅和，随手打一张牌出去，反倒亲自放了冲。下家笑嘻嘻地推倒牌，坐等收钱。他心中难免气闷，索性扬扬手，招呼旁边观战的一个年轻女孩子，说：“你来替我。”

那女孩子也是别人带来的，还是头一次见人打这样大的麻将，方才在一旁观战做啦啦队，倒是收了不少“花红”，可是这会儿被叫着上场亲自参与，到底有些怯怯的，一时站起来却不敢动弹。

沈郁说：“输了算我的，赢了算你的。”说完伸长手臂虚虚搭住她的肩，硬是将她揽到自己的位置上坐下。

安顿好了这边，他才拿着手机走到门外。

今晚的余思承难得很有耐心，一直安静地等着，这让沈郁更加觉得他反常，忍不住问：“你该不会是晚上喝多了，找我发酒疯呢吧？”

“没那回事！我的酒早就醒了。”余思承嘀咕一句，又在心里默默加上一句：早被吓醒了。

“那你刚才语无伦次地说的是什么？”

是啊，刚才自己想说什么呢？余思承觉得很郁闷，仿佛是真的喝了太多酒，才会在看到那双眼睛的一刹那，竟会以为看见了一个早已经不存在的人。

他长长吐出一口闷气，胡乱用手捋了一把湿漉漉的短发，稍微整理了一下思绪，才终于开口说：“还记得上回在淮园见过的那个女的吧？就是叶非带来的那个。”

“嗯，记得。”

“当时我们不都觉得她和一个人有些像吗？今天我恰巧又碰见她

了，还有她姐。她姐其实和她长得完全不像，样貌气质都不一样……"

"说重点。"沈郁打断他，好笑道："你什么时候变得这么话痨了？"

被这样调侃讽刺，余思承竟然难得没有动气，似乎压根儿就不在意沈郁的评价，显然心思全然都在别的地方。

他深吸一口气，仿佛终于下定决心说出来："重点就是，那个叫南谨的女人，她的眼睛和秦淮一模一样。"

沈郁跟余思承认识近二十年，他们从十来岁开始就一起出生入死，不是亲兄弟胜似亲兄弟。他太了解余思承，虽然平时嘻嘻哈哈惯了，看似吃喝玩乐样样精通，又是个天生的粗线条，但这个人在正经事上还是相当靠得住的。

沈郁短暂地沉默下来。

秦淮。

这个名字至少已经有四五年没人敢轻易提起了。

他微微皱眉问："你说一模一样，是什么意思？"

"就是一模一样啊。"余承思急得连音量都拔高了几分，"我想，如果遮住额头和半张脸，只露出眼睛的话，绝对没有人能分清她们俩。"

他说得如此夸张，简直有点耸人听闻了。沈郁略一思索，不禁嗤笑一声，说得斩钉截铁："这不可能。"

秦淮早就不在了。

毕竟不是同一个人，即便再相似，哪怕是双胞胎，也总该有些细微的区别。

一模一样？他更愿意相信是余老五晚上真的喝多了，所以才眼花了。

话说到这个份儿上，见对方仍旧不肯相信，余思承终于忍不住骂了句脏话，简直又急又气，连着说了几声"好"字，最后他想出一招儿："明天我就让人把她的照片弄来，到时候你自己看看。"

"行啊。让你的人办事效率高点，因为我也很好奇。"

余思承还真是说到做到，第二天中午，照片就到了他手里。

手下一共送来两份，分别用两只信封装着。

他先挑出其中一张来。原来是张证件照，只有两吋大小，大概还是从律师协会之类的网站上抠下来的。因为不是原图，像素很低，冲印出来之后更是模糊不清。余思承看了两眼便搁在一边，去拆另一只信封。

一整组的照片从封口滑落出来，有十几张之多。应该都是长焦镜头偷拍的，时间就在今天上午。照片里的南谨穿着职业套装，从她走下计程车开始，到她在街边的店里买早餐，再到她走进律师楼，这组照片拍得十分清晰，偷拍的位置也是绝佳，只不过因为她在动，所以很难抓到完完全全的正面照。

余思承将每张照片逐一看过去，最后终于被他挑出一张。

极近距离的正面，当时的南谨刚买完早餐，正一只手挽着包拿着早餐纸袋，另一只手拿手机接电话。

照片中的她衣着得体、妆容素淡，面对着车水马龙的街道，一边讲电话一边微微皱着眉。

余思承仔细盯着看了许久，脸上逐渐浮现出诧异的神色，随即便毫不犹豫地拨通了沈郁的号码。

已经接近午饭时间了，沈郁的声音里却还带着浓浓睡意，显然是昨晚玩得太迟。

"照片到手了，你是自己过来，还是我让人给你送过去？"余思承一边说话，一边盯住那张清晰的正面照，眉头紧锁。

"不用那么费事，一会儿我起来找你一起吃饭。"沈郁说。

挂断电话，余思承才把手下叫来，指着照片上的人吩咐："你去查查这个女人的背景，越详细越好。"

"是。"这个叫阿力的年轻人很快就离开了。

就在阿力领命调查的同时，南谨正在面试律所的实习生。

正逢暑假来临，律所发出去招聘实习生的信息，在短短一周内就收到数十份应聘申请。

这些应聘者都是刚毕业或即将毕业的法学院学生，虽然欠缺经验，但多半都有凌云壮志，为了正义和公正的理想犹如熊熊烈火，在会客室里激情燃烧了一上午。

律所每年寒暑假都要招实习生，其实主要工作只是打杂。这次有五个名额，而南谨则打算给自己招个临时助手，暂时替代准备请婚假度蜜月的阿雅。

为了节省时间，南谨她们连午饭都没顾上吃，连续地把所有来应聘的人面试了一遍。而最后进来的这一位，倒教南谨不由得微微愣了一下。

这是她第三次见到这个男生了。一次在机场，另一次在麦当劳。

简历上的姓名是赵小天，江宁人。

竟然还是老乡？南谨略微惊讶地抬了抬眉，将注意力从简历转移到对面的真人上。

和前两次的休闲学生装扮不同，这一次为了面试，这个阳光男生赵小天换上了浅色的细纹衬衣和深色西裤，背脊笔挺地坐在椅子上，俊朗的脸上虽然没有以往的笑容，但是眼神清澈坚定，看起来并无丝毫的紧张和不安。

而且他逻辑条理清晰，语言表达能力很强，淡然笃定的态度和表现成功地博得了几位律师的一致好感。

面试结束后，所有应聘者被告知回家等通知。

律所合伙人之一的姜涛律师与南谨一起走出会客室，笑着说："我看最后这个赵小天挺不错的，似乎你对他的印象也蛮好。怎么？难道是觉得他像你刚毕业出道的时候？"

"我？"南谨有些惊诧，旋即微微一笑，"我像他那么大的时候，毕了业也没有来当律师啊。"

姜涛拍拍额头："哦，对！我怎么给忘了，你是半路出家。如果我记得没错，你应该是四年前才正式进入咱们这一行的吧？那时候你多大？……二十五岁？"

南谨点头表示赞许："姜大律师的记性可真好。该不会是把我的履历都默背下来了吧？"

她开了个小玩笑，没想到姜涛居然没有否认，反倒像是要验证她的话，他说："是你的履历太精彩了，想让人不记住都难。作为当年咱们律师界横空出世的美女律师，在大家还没搞清来路的时候，你就接手了一件极为棘手难办的案子。那可是当时所有人都认为必输的案子啊，所以根本没人愿意接，而对手又是'辩王'刘安之。那时候我就想，真是初生牛犊不知畏惧为何物！结果呢？"

"结果我赢了。"南谨微微眯起眼，眼底泛起一丝难得的俏皮笑意，她眨了眨眼睛说，"那样的结果，大概让所有人都大跌眼镜吧。"

"可不是吗！你居然赢了刘安之。要知道，在那之前，他打类似的刑事案件从来就没有输过。"

"总有第一次的。"南谨淡淡地回应。

姜涛愣了一瞬，倒似乎被逗乐了："嘿！瞧瞧你说这话的神态和语气，这要被刘安之听见，估计得气得吐血吧。"

在这个行业里，什么都比不上抓住机会更重要。越是看似成功概率小的，一旦成功，越是会在一夜之间声名鹊起。

所以，南谨在业内几乎可以算是一个神话。

四年前的一战成名，让她立刻收获了许多人半辈子求而不得的荣耀。说起来，倒要感谢当年的对手刘安之。实在是因为对手太强大，才将她当年的出道衬托得如此惊艳。

从那之后，南谨的事业一路顺风顺水，直至去年开始做了合伙人，如今也算是业内排得上名号的律师了。

由于已经过了饭点，阿雅买了三明治和沙拉送到办公室。南谨随便吃了两口，便去抽屉里找出止痛药，就着温水吞下去。

她昨晚没睡好，今天头痛的毛病就接踵而至。吃了药，她索性拉上百叶窗帘，锁了门，躺在沙发上打算补个午觉。

可是她仍旧睡不着，明明身心已经极度疲倦，脑海中却还是一片清明。

南谨重新睁开眼睛，望着白花花的天花板。

她这两年已经不再吃安眠药了，曾经最严重的时候，她几乎每晚都要靠药物才能入睡。后来听从医生的建议渐渐戒了药瘾，工作又一天忙过一天，常常晚上回到家时容不得她想别的，就已经累得倒头睡去。于是就这样，失眠的毛病竟然被治好了，仿佛在不知不觉间，她终于又能恢复一个正常人的生活了。

可是昨晚，她却再度睡不着觉。

沂市这么大，一千多万的人口，每天有无数的陌生人与自己擦肩而过。在这样繁华而又忙碌的城市里，她曾经以为，只要稍稍注意一些，只要稍稍小心一点，这辈子就都不会有机会与某人再见面了。

而事实上，她也确实这样平稳地度过了四五年。

直到昨天晚上。

她没有再遇见那个人，却见到了余思承。

余思承的变化不大，她甚至仅凭声音就立刻认出是他。他还是一副风流倜傥的样子，对待漂亮女人殷勤体贴。她还记得以前他就一直很有女人缘，女人们都爱他，一口一个"余少"叫得不知有多甜。而他的嘴也甜，真的是舌灿莲花，三两句话便能哄得一个女人心花怒放。

他竟然在车上与她搭讪。她想想就觉得可笑，可是再一想，其实并没什么奇怪的。

他认不出她来。如今的她，早已如脱胎换骨一般，又有哪个旧识会认出她呢？

对余思承来说，现在她只是个陌生人。

虽是这样，到底还是有些心神不宁。晚上回家后，南谨往老家打了通电话。

先是受了母亲一通责怪，怪她这么久了竟对儿子不闻不问，紧接着便听见安安在一旁大叫："妈妈！妈妈！"

这么大的孩子，接电话已经非常熟练，他从外婆手上抢过听筒，兴高采烈地说："妈妈，我好想你呀！"

这样奶声奶气的腔调，真的像是一块大白兔奶糖，软软地香甜，一直融化到心里去。

南谨听着，只觉得心头陡然一软。这是她的孩子，生得又是那样的聪明可爱，可她却很少主动亲近。只是因为安安太像他。

她甚至不敢细看安安的眉眼和神态，因为实在太像了，总会令她立刻就想起他来。

她耐心地哄了一会儿孩子，才又让母亲接电话，忍不住叮嘱说："天气热了，平时没什么事的话，就不要带着安安到外面去了。"

南妈觉得稀奇，不轻不重地"咦"了一声："你怎么突然关心起这种事情来了？"

她淡淡地回答："没什么，就是提个醒。"

南母哼道："我带安安的时间可比你长多了，经验也比你丰富得多。"

"好好好，"她知道母亲心中有气，也不计较，反倒讨好似的笑道，"算我多嘴。"

南母又哼了一声，这回的语气却明显好多了，问："最近工作忙不忙？你和阿喻在一起要互相照应，也不能光顾着工作工作的，人又不是机器，喘口气的时间总是要留给自己的。"停了停，她又微微叹了口气："我也不指望你们什么，就希望你们在外面都平平安安的。趁我这两年身体还不错，帮你带带孩子，你只要抽空多回家看看就行了。安安经常念叨着妈妈，你居然也忍心……"

南母在电话里絮絮叨叨，南谨只沉默地听着。

夜幕已经笼罩了沂市，从窗口望出去，万家灯火恍若星光点点，点缀着深浓如墨的夜色。

外面依旧繁华喧嚣，街道上车水马龙，汇成川流不息的河。

直到挂断电话，南谨都没有开灯，就这么坐在昏暗的客厅里。

她想，自己究竟在担心什么呢？其实已经没人会认得她，更不会有人知道她还有一个儿子。况且，老家江宁离沂市那么远，安安待在那里一点问题都没有。

可她还是担心。

自从再见到余思承之后，往日被割断的那些记忆就仿佛一根断裂已久的弦，如今被重新续上了，而且绷得紧紧的，就勒在她的心口上，稍一用力就会令她痛如绞呼吸困难。

并不是她杞人忧天，而是因为那个人太强大，像是无所不能的神。虽然她已经离开他很久了，可是她依旧不得不承认，在他的那方世界里，他就是神，没有他做不到的，也没有他得不到的。

南谨走到浴室里，打开灯，柔和的光亮刹那间从天花板上落下来。她对着镜子，面无表情地看着镜中的这张脸。

四年前，当纱布缓慢揭开的那一刻，她就知道自己获得了一次新的生命。

是属于南谨的生命。与过往的一切无关，与秦淮无关。

她是南谨，从此以后，她只是南谨。

可是，就在今夜，她忽然不那么笃定起来。她甚至没有十足的把握，倘若再见到那个人，是否真能从他的眼睛底下成功逃过？

淋浴区里水流不断落下，氤氲的热气缓慢弥散，其实天气这样热，镜面上根本笼不成雾，只有淡淡的一层水汽，几不可见。

南谨靠在盥洗台前良久，直到双腿都仿佛有些僵硬麻木了，可脑子里还是乱糟糟的，像是卷成一团的麻线，绕在平时引以为傲的清晰思维上。她甚至都不知道自己在想什么，就已经伸出了食指，在微微潮湿的镜子上，一笔一画地写下那个名字。

萧川。

这个久违的名字，在光洁的镜面上只留下极浅极淡的痕迹，又在几秒钟之内，便随着水汽的蒸发而彻底消失不见了。

Love as

Time

浮生
寄流年

Chapter _ 4

她看到他。只是远远的一眼，便犹如万箭穿心，连呼吸都变得费力。

一周后，律所新招的实习生正式报到上班。

赵小天被指派给南谨当临时助手，跟阿雅进行工作交接。谁都没想到，这样一个外表高高大大的运动型阳光男孩，工作态度却是十分认真细致。阿雅交代的每件事他都详细地记在笔记本上，如果遇上不懂的地方，便立刻谦虚地向阿雅请教，令阿雅对他赞不绝口。

临走之前，阿雅去南谨那里汇报，忍不住连连感叹："赵小天太棒了。素质高，学习能力又强，估计在学校也是学霸级的吧？"

"应该是。"南谨还记得他的简历，上面记载的各项成绩和荣誉确实很辉煌，是个学习与运动俱佳的优等生。

"咦，对了，回头我得问问他有没有女朋友。如果没有，正好把我表妹介绍给他认识认识。"

南谨笑了一声，看着电脑屏幕眼皮都没抬，直接断了阿雅的念想："用不着你操心，人家有女朋友了。"

"真的？"阿雅觉得奇怪，"可是，南律师你是怎么知道的？"

可惜南谨不打算回答这个问题。

倒是等到赵小天正式接替助手之职后，某天中午一起吃饭的时候，南谨忽然问起来："你不在沂市念书，为什么会来这里找实习工作？"

赵小天停下筷子想了想，难得笑容有些腼腆："我女朋友是沂市人，她暑假要回家，非拖着让我过来实习。"

大约他是真的很宠她。南谨想起之前的两次偶遇，也不禁笑了笑："你今年开学就大四了，明年毕业后，考虑过要去哪里发展吗？"

赵小天摇头："暂时没太多想法，只是想在开学后努力考证，等把证拿到手了，去哪里其实都无所谓吧。"

这倒是句大实话，只要有了资格证，以他自身的条件，在哪里工作都不会太差。只是这本证太难考了，每年的通过率都那么低，就连赵小天这种素质优异的学生，都不得不下苦功认真准备。

对实习生而言，事务所里的工作琐碎又忙碌，即便如此，南谨还是给赵小天留了一些空闲时间，让他可以备战大四上学期即将开始的司法考试。

为此赵小天十分感谢她，周末特意发出邀请，想请她参加一场生日 Party。

南谨原本是要婉拒的，结果赵小天却说："这是我女朋友菲菲的生日会。我们本想单独请你吃饭，可又怕那样你更加不肯来了。"他语气诚恳："南律师，其实我女朋友也是学法律的，她特别崇拜你，有好几次想来律所偷偷看一看，都被我给拦住了。这次也是她让我来请你，说无论如何也希望南律师能到场，哪怕待五分钟就走也行。"

见南谨还在犹豫，他双手合十，做了个拜托的手势，苦笑道："你知道吗，她说今年不需要我买什么生日礼物，只要能把你请到场，就算是最好的礼物了。你看，话都说到这份儿上了，这项光荣的任务我说什么都得完成啊！不然她肯定又要生气了。"

或许是职业敏感，南谨注意到他话里的关键词，饶有兴趣地问："她经常生气吗？"

"经常啊。"提起这个，赵小天仿佛有一肚子苦水，浓浓的眉毛都皱起来，无奈而又宠溺地说，"她还像是没长大呢，特别需要人哄的。"

"年轻女孩子本来就是要哄的。"南谨说，"好吧。能不能告诉我，她喜欢什么东西？我总不能空手去吧。"

虽然赵小天一直推让，南谨第二天还是去商场挑了份生日礼物。

是个 Kitty 造型的项链挂坠，某珠宝品牌今年的特别纪念款。送到寿星的手里，让寿星又惊又喜。

"是你告诉南律师我喜欢 Hello Kitty 的吗？"孙菲菲问赵小天。

"我没说过啊。"赵小天也觉得奇怪，转头看向南谨。怎么就这么巧，南谨送礼物的眼光真是一流，像是早就知道孙菲菲是"Hello Kitty 控"似的。

南谨这时才说："其实我之前见过你们。"

孙菲菲瞪大漂亮的眼睛，有些诧异："在哪儿？"

赵小天也觉得不可思议："真的吗？可是为什么我一点印象都没有？"

"一次是在机场，另一次也是偶遇。两次我都看见你的包上挂着不同的挂件，但都是 Hello Kitty 的。"

这只是一个小细节，被南谨无意之中注意到并记下了。如今她送了件合适的礼物，宾主尽欢。

其实如果不是孙菲菲，她几乎都快要忘记，自己曾经也拥有过一个 Kitty 的公仔。

那是一个巨大的、一人多高的公仔，在很多年前的一个中午，被快递拿大箱子装着直接送到门口。她一个人搬不动，幸好沈郁他们也在家，一起帮忙拆开包装，结果发现里面竟然装着一只大型的 Hello Kitty。

她还记得当时那些男人脸上的表情，一个个都像看什么珍稀动物似的打量她。

而她也觉得莫名其妙，因为她从来不喜欢这种东西，更加没有收藏公仔的习惯，如此规格的公仔显然已经是定制级别的了，除非是发烧友，否则谁会去买？

余思承摸着下巴，看看眼前的庞然大物，又看看她，像是第一天才认识她似的，半晌后露出一副刮目相看的表情："嫂子，想不到你童心未泯。"

站在余思承身边的程峰也是跟了萧川多年的人，倒是一副见惯不怪的样子，反过来取笑余思承："你的那些小女友们不也都喜欢这些玩意儿吗？这有什么奇怪的。"

只有沈郁双手插在裤袋里，自始至终不发表任何评论。他勾着唇角打量着那个可爱度爆表的大家伙，英俊的脸上泛起一抹隐约的笑意。

她纳闷极了，一时之间也不知如何处置它，结果余思承偏偏火上浇油，"好心"地问："要不要我们把它抬到楼上卧室去？睡觉的时候抱着肯定很舒服。"

她气得瞪他一眼，随即恍然大悟，下意识地转头去看二楼。

二楼主卧的门紧闭着，显然那人还在里头睡午觉。她噔噔噔地跑上楼梯，推开门。因为没开灯，又拉紧了窗帘，室内光线十分昏暗。

她三两步走到床边，将床上的人摇醒："那个东西是不是你买的？"

"什么？"高大的男人翻了个身，眼睛没有睁开，一贯清冽的嗓音因为睡意而微微低哑。

"那个毛绒玩偶，是不是你买的？"

除了他，她实在想不出别的可能。

"是啊。"他仍闭着眼睛，停了一会儿才又问："喜欢吗？"

她吃惊得要命："真是你买的？买来干吗？"

"废话，当然是给你的。"

似乎是嫌她太吵，他终于彻底醒过来，翻身坐起半靠在床头，微一扬眉看着她："我送你礼物，你难道就不能让我安静地睡一觉吗？"

可是，这算什么礼物？她觉得莫名其妙。

Hello Kitty 与萧川……这两个词放在一起根本不和谐，也不是他一贯送礼的路数。

　　"你最近缺钱吗？是不是破产了，手头紧张？"她只好故意这样猜测。

　　脸上还带着睡意的英俊男人没回答，只是再度挑了挑眉，仿佛对她的问题很感兴趣。

　　她说："你平时可都是送我首饰、珠宝、跑车甚至房子。要不是缺钱缺得厉害，也不至于突然换了风格吧？"

　　谁知他听完也不着急，深沉似海的目光淡淡地掠过她，慢条斯理地提醒道："看来你是健忘了。上个月难道不是你在跟我抱怨，觉得我以前送的礼物都太俗气了吗？"

　　她怔了一下，再一回想，似乎确实有这么一回事。

　　那天他们因为某件小事起了争执，她气极了，随手抓起桌面上的一条项链扔向他。项链是他新送的生日礼物，还没戴过几次，就被她当作泄愤工具扔出去。

　　他一把接住项链，不动声色地放到一旁，脸色虽然微微有些沉，但也似乎没兴趣与她计较。

　　仿佛一拳打在了棉花堆上，对方的态度让她有气无处撒，想来想去，便只好拿这些无辜的礼物做文章。她说："除了钻石还是钻石，要么就是车子、房子，一点创意都没有，俗得很！贵有什么用？我宁愿收到便宜却用心的礼物……"

　　就因为她在盛怒之下说过那样一席话，结果他就送了个巨型公仔给她，仿佛当她是十六七岁的少女，还喜欢这种东西。

　　"是你说要便宜又用心的礼物。其实我没太多经验，这个主意是沈郁出的。他说女人都爱那只扎着粉色蝴蝶结的猫。"

　　萧川微微眯起眼睛打量她，最后唇边终于浮现出一丝笑意，悠悠地得出结论："可是你的反应告诉我，其实相比起来，你还是觉得钻石更好。"

　　所以直到最后，她都不能确定，他当初送那个礼物是真心诚意想要投其所好，还是在存心戏弄她。

转眼间这么多年过去了，南谨也惊讶自己的记忆力竟然如此之好，只是一个 Hello Kitty，就能令她回想起这样一件微不足道的小事。

这确实只是一件小事，那些零碎而又久远的记忆很快就被冲散在生日 Party 的欢乐气氛里。

孙菲菲比赵小天低一个年级，又是从小提早上学的，性格开朗单纯，倒不太像是沉闷严谨的法学院学生。孙菲菲爱玩爱闹，晚上请来一帮好朋友，都是二十岁左右的年轻男女，聚在一起吃完饭又约着一起去唱歌。

南谨有许多年没这样闹腾了，一时适应不了，可又拗不过赵小天和孙菲菲的盛情邀请，只得答应去 KTV 里坐一会儿再走。

这群年轻人的酒量一般，但个个玩得都很 High，酒也喝了不少，最后几个人抢一只麦克风，站在沙发上又蹦又跳，把所有的歌都唱得荒腔走板。

头顶无数盏射灯旋转明灭，光影陆离间，音响震耳欲聋，说句话都要凑到近前大喊才行。南谨实在不习惯，好不容易才在扎堆喝啤酒的男生群里找到赵小天，跟他告辞。

赵小天晚上喝得有点多，脸颊红红的，舌头都打结了，却还记得女朋友的嘱托："……南律师……你是菲菲的……偶像，你怎么能先走……"

南谨直起身环视一圈，没见到孙菲菲的人影，想必是去了洗手间。

她又安抚了赵小天两句，拎起手袋出了门。

门内门外仿佛两个世界。

走廊上铺着吸音地毯和墙贴，只能听见最近的包厢里传出极微弱的歌声，着实安静不少。

这家 KTV 位于市中心，装潢和音响设备极尽奢华，消费也不低，所以服务特别好，又直又长的走廊上，每隔十余米便站着一位服务生，似乎是专职为喝醉酒的客人引路的。

南谨在他们的指引下直接乘电梯下到一楼大堂。

电梯门刚一打开，就有两个人你推我搡地冲进来，她躲避不及，被其中一人的手肘撞到，只得顺势退回轿厢里。

进来的这两个男人满身酒气，大约是刚从别的地方转场过来，脚步不稳，互相勾搭着肩膀，嘴里还说着醉话。

南谨想出去，却被这两座铁塔一般的身形挡住路，只得说："麻烦让一下。"

他们不约而同地转头看过来，似乎这才注意到她。先前撞到她的那个男人身材高大壮硕，眼睛都喝红了，目光迷离地扫向她，却仿佛陡然一亮，咧开嘴盯住她直笑。

"……哟，这妞长得真好！"

因为距离近，他一开口，浓烈的酒气直冲到南谨面前，令她下意识地皱了皱眉。

对方却似乎毫无察觉，目光仍旧牢牢锁定在南谨身上，肆无忌惮地将她从头到脚打量了一番，一手拍拍同伴的肩，语调轻浮："来这里几十回了，还从没见过这么好的货色。"

那同伴也嘿嘿地笑，干脆直接问南谨："小姐贵姓啊？新来的？以前从来没见过你。"

南谨的表情渐渐冷下去，她一言不发，看准了这两个男人与电梯门框之间的一个细窄空隙，微微侧身快步挤了出去。

结果没想到他们也紧跟着追出来，其中一个人还伸手去拉她。

她的手腕纤细，肌肤细滑，那人触及时只仿佛握到一方温凉润滑的美玉，又仿佛是最细腻的瓷器，又滑又凉，令他下意识地怔了怔，随即便将手指收得更紧。

南谨大怒，沉声斥道："放手！"

对方却不为所动，反倒像是在欣赏她生气的样子，轻浮地赞美："人美声音也好听。走，跟我们上楼唱两首歌。情歌对唱嘛，哥哥我都拿手！"

陌生的掌心紧贴住她，甩都甩不开，那股灼热黏腻的感觉让南谨极度反感。她不再作声，只是突然回身扬起另一只手，速度极快地掴过去。

一切发生得太快，男人显然没料到，就这么猝不及防地挨了一巴掌。虽然力道并不重，但在这样大庭广众、众目睽睽之下，他顿时觉得脸上一阵火辣辣的。

疼倒在其次，丢脸才是关键。

自己这样一个大男人，竟然被一个年轻女人当众扇了巴掌，在他看来是前所未有过的事。

"你他妈敢打我？！"已经喝得七八分醉的男人又羞又怒，恨得咬牙切齿双眼通红，一手抓住南谨的手腕用力举到半空，另一只手也打算如法炮制，还南谨一个巴掌。

只是手刚抬起来，就被人从身后不轻不重地扣住，一时之间竟动弹不得。

"你管什么闲事！"他的同伴气急败坏地呵斥，正准备出手教训这个突然冒出来的家伙，却在扭头看清对方脸的同时猛地噤了声，隔了半晌才结结巴巴地叫了声："……沈先生。"

场面仿佛在一瞬间静止了。

略带慵懒的低沉嗓音在男人的脑后响起来："不管什么理由，都不应该对女人动手。"他的语调甚至有些轻松随意，像是在和对方聊天气，"现在请你放开你的手。"

他指的是抓住南谨手腕的那只。高壮的男人早就变了脸色，僵着脸把手松开，然后才回过头勉强笑道："怎么这么巧，沈先生您也在这儿。"

沈郁将双手插回裤袋中，漫不经心地瞟了对方一眼，随即便把注意力转移到南谨的身上。

她穿着样式简洁的黑色连衣裙，娉娉立在光可鉴人的大理石地砖上。

挑高的大堂屋顶射下满天星似的璀璨灯光，盈盈落在她的四围，映在地上犹如细碎的星海。而她就仿佛站在这一片星海里，明明连妆都没化，脸上也淡得几乎没有任何表情，却偏偏惊艳得叫人窒息。

隔着这样近的距离，沈郁不动声色地打量她，直到她终于抬眼看过来。

他这才看清她的眼睛。仿如深褐色的琥珀，清亮莹润，眸底有光，像是泠泠水光，又像是映着此时满天细碎的灯光，所以才会那么深、那么亮，直直摄进人心里去。

在这样的一瞬间，沈郁心头灵光一闪，忽然觉得不需要再去问她的姓名了。

他认出了她。

这张美得令人惊艳的脸孔，他曾在请人偷拍的照片上见过。

而这双眼睛……就像余思承说的，这是秦淮的眼睛。

这个叫南谨的女人，她有一双和秦淮一模一样的眼睛。

上回只是看了几张偷拍的照片，远远不如今晚见到真人的震撼大。沈郁突然来了兴致，扬扬手做了个手势，示意旁人将那两个碍事的醉鬼带出去，自己则再上前两步，离南谨更近了些。

南谨看他走近，面上神色未动，只是语气诚恳地道了声谢。

"举手之劳。"沈郁目光一转，向下落到她的手腕上。

凝脂般光滑的肌肤上，红色瘀痕显得尤为刺眼。

他停了停才又半开玩笑道："这种地方环境复杂，像你这样的漂亮女士不应该单独出入。你看要不要打电话叫个朋友过来接你？"

"不用了，谢谢你的提醒，"南谨一刻都不愿多待，"我到外面打车回家就行了。"

沈郁点点头，没再说什么，只是站在原地微笑着目送她。

南谨转身的时候想，这个地方恐怕自己以后都不会再来了。只可惜这个念头刚刚冒出来，她的身体就僵了僵。

就在这个时候，恢宏气派的大门口走进来一行人。

门外是深沉无边的夜色，门内却像是另一重世界。

这个世界斑斓璀璨、灯火辉煌。无数光束从天而降，那些细碎的、星星点点的光影落在地面上，天与地交相辉映，仿佛连成一片小小的银河。而她置身在这片银河里，看着那道隔开黑暗与光明的大门，看着那群远远走过来的人，恍惚间只以为自己就这么漂了起来。

其实并没有。她还直直地站在那里，怎么会漂？可是双脚却犹如踩在棉花上，脚下那样轻、那样软，她甚至觉得一阵眩晕。

她不敢迈步，甚至不敢擅自动一动，只恐怕自己稍稍一动，就会因为站不稳而跌倒。

而在这片明亮辉煌的灯火中，那个人如众星捧月般地出现，像是在一瞬间吸走了所有的光源。

她远远看着他走来，周围的一切人和物就都褪成了暗色的背景，就只有他，哪怕隔得还很远，依旧可见清晰锐利的眉目。

她就这么立在原地，静静地看他从门外的台阶上出现，看他一路接受所有门童和服务生的弯腰致敬，看他被众人簇拥着，神色疏淡地大步走来。

他的头发比以前短了，整个人更显得清俊挺拔，又或许是真的瘦了些。除此之外，好像一切都没变。

他的脸，他的眼神，包括走路的姿势，一切的一切，都像是还在昨天。

原来那些记忆并没有被时间碾轧成齑粉，相反，在重见的这一刻，记忆中的那些画面清晰得仿佛锋利的刀片，只需要极轻地一划，就能将已经愈合的伤口割得血肉模糊。

南谨闭了闭眼睛，才暂时止住了那阵莫名袭来的强烈眩晕。

原来是这种感觉……她想，原来再次见到他，竟是这样一种感觉。

被记忆这把刀割裂的地方，疼痛瞬间浸入骨髓，只仿佛浑身的血液都被抽干了，只剩下一具冰冷的躯壳，立在这光鲜亮丽之所。

曾经烈火焚身的痛苦，曾经无数次皮肤、骨骼修补的痛苦，每一次都令人痛不欲生，每一次却也都及不上这一刻。

她看到他。只是远远的一眼，便犹如万箭穿心，连呼吸都变得费力。

整个一楼大堂这样宽敞，可是通往楼上的路却只有这一条，电梯也在这边。南谨看着迎面而来的一行人，终于微微垂下眼睑，迈开脚步走向大门。

就在双方擦身而过的时候，有人突然不轻不重地"咦"了一声。

那是余思承的声音。

"南小姐？"他叫道。

他本来是跟在萧川身边的，这时候突然停下来，引得其余几人也纷纷朝这个方向看过来。

南谨心头微微一跳，甚至不需要回头，也能感觉到那道熟悉的目光，似乎正在漫不经心地打量着她的背影。

偏偏余思承正好站在她面前，挡住了去路。他轻松随意地跟她打着招呼："南小姐，这么巧。你这是准备走了吗？"

仿佛是为了在慌乱中寻找一点依靠，南谨的手指下意识地捏紧了皮包，脸上却神色如常，淡笑一下："余先生，你好。"

她的嗓音有些低，低缓柔和得像是一面平静的湖水，与过去早已经大不相同。其实因为职业的缘故，她连口音都变了，再也不是曾经那般软糯绵顺的腔调。

可是即便如此，萧川的注意力仍旧在她身上停留了片刻。

他站在她的斜后方，旁边还有人在跟他交谈，他却好像完全听不见，只是微微皱起眉，一动不动地盯着她。

这个女人正在和余思承说话。她站得很直，背脊很挺，柔顺的黑发垂下来刚刚超过肩膀。因为皮肤白皙，黑色的裙子似乎与她格外相称，整个背影显得纤细优雅。

垂在身侧的手指在瞬间猛地收紧，连萧川自己都还没反应过来，就已经大步走了过去。

他走过去，直接停到了她身边，直到真真切切地看清楚那张脸。

一张十足惊艳的面孔，却也是一张完全陌生的面孔。

左边胸腔里急速跳动的感觉仍旧没有退去，那种窒息般的感觉从心口持续蔓延到四肢，他知道自己此刻的脸色一定难看极了。

在场的所有人都惊愕地目睹了他的失态，他却置若罔闻，只是不动声色地看着这个女人。他深沉的目光在这张陌生漂亮的脸上来回搜寻，妄图找到一星半点熟悉的痕迹。

他想自己一定是疯了。只是方才那样随意的一瞥，仅仅是一个背影而已，他竟然会以为见到了秦淮。

他一定是疯了。这么多年过去，只是一个背影，竟然会让他立刻想到她。

其实他知道，秦淮早就不在了。

她死于五年前那场车祸的爆炸中，不会有半点生机。

如今这样近的距离，他才看到那双和秦淮几乎完全相同的眼睛，心脏再一次急剧收缩，全身血脉都仿佛变得僵硬冰冷。然后，他就听见她问："有事吗？"

声音不同。

她正惊讶地微微抬眼看着他。

眼神也不同。

她不是秦淮。

只是一个陌生人而已。

也不知过了多久，才听见旁边有人叫了声："萧先生。"同时递来一部手机，"有个紧急电话。"

他沉默片刻，目光才终于松动了些，再度深深看了她一眼，然后便顺手接过电话，走到一边去听。

南谨离开的时候走得并不快。她的步伐很稳，但或许是因为错觉，仿佛身后那道审视的眼神始终紧跟着她，犹如锋利的箭直直穿过心脏，让她连呼吸都变得凌乱不堪。

她想起安徒生的美人鱼，用旧日的尾巴换来新生的双腿，于是每一步都像走在刀尖上。

坐上车后，她才觉得腿软，犹如飘浮在云端找不着方向。

很久之后，她听见前排司机耐心地重复问："小姐，您要去哪儿？"

南谨缓了缓神，报出个地名，同时给南喻拨电话。

"你在家吗？我现在过去。"她说，"今晚我想住在你那里。"

这个时候，沂市的夜生活才刚刚开始。

今晚是林妙做东，一群人正在包厢里喝酒唱歌打麻将。萧川坐在牌桌上打了两圈，便将赢来的钞票扔给余思承，说："你来打，我出去抽根烟。"

其实这房间里烟雾缭绕，干吗非得出去抽？但余思承没敢多话，只是帮忙递过香烟和打火机，自己则当仁不让地往空位上一坐，搓搓手，一副准备大杀四方的样子："你们几个今晚钱带够了没有？不够的把卡拿出来也行。"

程峰坐在余思承的对家，嘴里叼着半截香烟，默不作声地瞥他一眼。一直等到萧川离开了，他才一边看着自己的牌面，一边淡淡地问："哥今晚怎么了？好像有点不大对劲吧。"

他晚上有别的应酬，所以来得迟了，先前大堂里的那一幕他没见着。

余思承轻轻咳了一声，喊："八万，要不要？不要我可吃了啊。"

这间 VIP 包厢在顶层，是个带阳台的套间。关上阳台门，便几乎隔绝了屋里所有的喧闹声。

这个城市里伫立着丛林般的钢铁建筑，此刻已被万盏华灯点缀。远望过去，无边无际的黑色夜空布满繁星，琼楼玉宇也不及人间繁华。

萧川站在栏杆边，拨动打火机。顶楼风大，他背过身去，用手拢着试了好几次，才终于将烟点燃。

阳台上没有开灯，他就这么静静地站在黑暗中。烟草甘洌的气息滑进肺里，他猛吸了两口，才缓慢地吐出来。

风穿过阳台，一下子就将烟圈吹散了，甚至将他的衣角吹得猎猎作响。这两天有次台风在附近城市登陆，沂市也受到了影响，漫天乌沉的黑云正从头顶缓缓滚过，似乎即将带来一场巨大的暴风雨。

萧川只觉得头疼。

他整个晚上都在抽烟，或许是真的过量了，所以此刻太阳穴隐隐作痛。但他没有停，很快就又将一支烟抽完了。

就在他准备再次摸出烟盒的时候，身后传来开门声和脚步声。

萧川没回头，那人慢悠悠地走到他身边站定，闲聊似的汇报："林妙喝醉了，正在里面又哭又笑地发酒疯呢。"

萧川听了却不置可否，甚至都没应一声，只是问："你下个月去澳门的事准备得怎么样了？"

这些年，他把各项业务分别交给他们几个人打理，自己已经很少过问这种事了。沈郁不由得转头看他一眼，才答："澳门那边都已经联系好了，下个月三号我会飞过去，见面再谈具体合作细节。"

"嗯。"萧川不再说话。

他不说话，沈郁便也默不作声，陪他站在昏暗的阳台上。

风呼啸而过，卷动着乌云，对面数幢大楼里却是万家灯火，依旧宁静祥和。

萧川看着那些星子般的灯光，眉目沉郁微敛，也不知在想些什么。半晌后他才转过身准备进屋，同时淡淡地交代："我先回去了，你让他们慢慢玩。一会儿找个人把林妙送回家。"

"哥，"沈郁在后头叫住他，似乎是犹豫了一下才诚恳地劝说，"回去早点休息吧。少抽点烟，我看你今晚脸色不大好。"

萧川听了眉峰微扬，嗤笑一声，语气中有玩笑似的讥嘲："你今晚也挺反常的，像个女人一样，管得真宽。"

沈郁无所谓地耸耸肩，配合着半真半假地抱怨道："难得关心一下，您好歹领点情吧。"

萧川淡笑了笑，没再说什么，先行离开了。

他晚上滴酒未沾，自己开着车穿过市区最繁华的街道，很快就上了绕城环线。

这条环线建成已经十余年了，路不算宽，高峰期时常常堵得水泄不通。幸好现在已经是午夜时分，几乎没什么车，只剩下路灯孤零零地亮着，投下一个又一个浅黄的光圈。

萧川的车开得很快，进隧道的时候也没有减速，出了隧道就是旧城区了，他从最近的那个出口下去。

老式街道又窄又长，凌乱地纵横交错着，仿佛一张巨大的灰暗蛛网。沿街的那些小店铺早就拉上了卷帘门，路上光线很暗，路面也不太平整，多数是长年累月被车辆轧出的坑坑洼洼。

他从一条街穿行到另一条街，有的岔路口连交通指示灯都停了，只剩下闪烁的黄灯起着警示作用。

路线有些复杂，因为那栋房子在城区的深处。也不知是从什么时候起，几条小路都被改成单行道了，他没什么耐心，即便发现了，也索性直接逆行过去。

这里的一切似乎都有了变化，可又似乎什么都没变。萧川甚至不需要仔细回忆，仅仅是凭着身体的本能，就能找到他的目的地。

最后他终于将车停下来。

眼前是一个老旧小区，占地不大，小区里只有三栋楼。楼与楼之间挤挤挨挨，仿佛是伫立在黑夜中的三只巨大的火柴盒，楼的外墙又灰又暗。

夜已经这样深了，只有零星几户人家的窗口透出一点灯光。

小区外的路边停着一长溜儿的私家车，占据了整整一条车道。萧川把车停在大铁门外，没有熄火，直接下了车。

或许是被刺眼的车灯和轰鸣的引擎声吵醒，看门的保安老头揉着惺忪睡眼探出头来查看。

老头在这里看了七八年的门，虽然上了年纪，记性却很好。他借着门口的路灯，好半天才看清萧川的样子，不由得有些吃惊，连忙走出来打招呼："萧先生？"

萧川点点头："王伯，你好。"

"哎呀，真的是你！"老头惊讶地说，"你都有好几年没来过啦。"

萧川没作声，只是从口袋里摸出香烟盒，递了一根烟过去。老头却连连摆手，笑道："肺不好，去年就戒了。"

萧川也没勉强，身体靠在车门边，自顾自地点燃香烟。他刚吸了两口，就听老头继续说："你又来找秦小姐？可是她已经搬走很久了，那屋子都空了好多年了。"

"我知道。"萧川微微垂下眼睛，看了眼指间那点猩红的火光，才又淡淡地说："你先进去休息吧，我在这里待一会儿就走了。"

他站在车边抽完了一整支烟。

这时对面楼上的灯光又灭了几户。他微仰起视线望过去，灰暗的楼宇之间横七竖八地架着许多栏杆，隐约还可以见到衣物在风中飘摇。

因为是老式小区，住户们习惯在阳台外搭上长竹竿晒衣服，其实很不美观，可是这样杂乱的场景偏偏带着一种真实的烟火气息。

因为有人住着，所以才会这样乱。

漫天的黑色流云压得很低，犹如堪堪从楼顶掠过。

萧川站在路灯下，长久地凝视着某个方向。那是顶楼的一个阳台，空荡荡、黑漆漆的，找不到丝毫生气。

他的手插在裤袋里，仿佛毫无意识地握住那个小巧的金属制品。因为太过用力，掌心被尖锐地刺着，他却似乎根本没有察觉。

这把钥匙一直被他放在车里，刚才找出来，才发现已经有些生锈了。

也不知就这样站了多久，他才终于松开它，打开车门坐进去，慢慢驶离了小区。

浮生
寄流年

Chapter _ 5

二十二岁之后，因为人生中有了那个男人的存在，于是一切都被颠覆了，走向了另一个完全未知的方向。

暴风雨终于在凌晨正式来临，以一种强劲的姿态席卷全城。

　　南喻住的楼层高，呼啸的风声听得尤为明显。风将窗户玻璃吹得隐隐作响，夹杂着噼里啪啦的雨点声，吓得她连连吸气："姐，万一一会儿断电断水了，我们怎么办？"

　　"反正已经关灯睡觉了，断电也没关系。"黑暗中，南谨的声音听起来就淡定多了。

　　南喻忍不住又往她身边靠了靠，整个人钻进空调被里，瓮声瓮气地抱怨："最烦刮台风了。上回还因为突然停电，差点儿被困在电梯里出不来，真是要吓死人了。"

　　"你挨我这么近干吗？我都快被你挤到床下去了。"南谨伸手推推她，"小时候的毛病到底什么时候能改？"

　　南喻抓住被角，"扑哧"一声笑起来。

　　她当然还记得小时候，那时也是这样，姐妹俩就爱挤在一张床上睡觉。

　　其实老家的房子都是自己盖的，有三四层楼那么高，一人一个房间还有富余。可她偏偏就喜欢黏着南谨，于是经常半夜抱着枕头和被子，光脚溜到隔壁房间，手脚并用地趴在南谨身上，最后两人睡作一团。

　　怀念着幼年的时光，南喻不免感叹："姐，我们俩好久没一起睡觉了。"

"都这么大了，总不能还跟小孩子一样吧。"

"姐，你变了。"南喻说，"你以前可不是这样的。现在越来越理性冷静，不好玩了。"

其实她只是随口这样一说，结果没想到竟让南谨突然沉默下来。

南喻意识到自己可能讲错话了，一时之间却又不知如何补救，结果只听见南谨淡淡地说："人总是会变的。"

是啊，人总是会变的。

南喻在黑暗中睁着眼睛，借着极微弱的一丝夜光，勉强能看见身边那人的侧脸。

她想，南谨连长相都完全变了，心又怎么可能没有变呢？

其实时至今日，南喻依旧有些不习惯，却也仅仅是不习惯而已。因为，最震撼的时候已经过去了。

她还记得那一年出了严重意外的南谨、九死一生的南谨，躺在重症监护室里，仿佛即将支离破碎，全身上下几乎被纱布裹得严严实实，只露出一双紧闭的眼睛。可自己甚至都不知道南谨经历了什么，因为有大约两年的时间，南谨始终在外地工作，一次家都没回过。

在那两年间，南谨与家中的通信倒是有的。她只知道，南谨毕业后进了一家通信公司，很快就被派驻到海外工作。

南谨在信里描述了艰苦的工作环境和生活条件。非洲地区物资贫瘠，电和水都非常宝贵，当地没有网络，手机基站也少得可怜，因此不方便打电话，只能靠书信偶尔联络一下。由于她工作太忙，就连逢年过节都没空回家一趟。

其实南喻一直没想通，姐姐大学时的专业明明和通信工程不沾边，怎么最后却进了这么一家莫名其妙的公司？

直到后来南谨出了事，各方人马仿佛从天而降般，救援声势搞得十分浩大，似乎她是个相当重要的人。当时的南谨不但立即被安排住进全国最好的医院，而且有人负责了全部的医药费，并有专人来替家属做心理疏导工作，承诺会尽最大努力救治南谨。

也是直到那个时候，南喻才终于知道，原来南谨消失的那两年，其实没有去非洲。

可是她到底经历了什么？又遇见过什么人？却始终没有答案。

今天晚上，南谨破天荒地主动住到她这里来，南喻一时没忍住，终于犹豫着问："姐……"

"嗯？"

"萧川是什么人？"

窗外风雨大作，驱散了最后一点睡意。

南谨一开始默不作声，只是静静地听着那凄厉的风声，过了好半晌才像是反应过来，却是不答反问："你怎么知道他？"

南喻只好老实交代："是锐生哥告诉我的。"

"林锐生很多嘴。"

"你别怪他，是我逼他说的。"南喻急忙解释，"况且，他也只说了一个名字而已。其实我去查过，可是什么都查不到。"

怎么可能查到呢？

南谨对这个结果倒是毫不意外。

南喻鼓足勇气说："萧川是安安的父亲，对不对？我见过他，才发现安安长得像极了他。"

南谨忽地变了脸色，连声音都一下子沉了下来："你在哪里见过他？"

"一个吃饭的地方，当时我和叶非在一起。"

听南喻的语气稀松平常，大约当时真的只是偶尔遇见，并没有节外生枝，南谨忽然沉默下来。

她这样不作声，南喻也不敢再追问。

暴雨击打着窗户，发出清脆单调的声响，其实夜已经很深了，再过几个小时天就要亮了。就在南喻快要迷迷糊糊睡过去的时候，才听见南谨淡淡地说："我认识他的时候，大学还没毕业。"

她的声音很低，仿佛是在回忆，又像是在自言自语。因为时间这样漫长，从她认识萧川一直到今天，整整七年的时光，却如同过了大半生。

在二十二岁以前，她还是家里的掌上明珠，从小学到中学再到大学，一路走得顺风顺水，根本不会为任何事情发愁。而二十二岁之后，因为人生中有了那个男人的存在，于是一切都被颠覆了，走向了另一个完全未知的方向。

那一年她正处在大四实习期，全寝室的同学都陆续找到了实习单位，就只有她暂时还没着落。

对面铺的女生和她关系最好，忍不住替她着急："我爸有个朋友也是开律所的，要不我回家问问，看能不能让你进去实习两个月？"

"不用，"南谨倒是十分淡定，"我还在等通知呢，最迟这个月就会到。"

她想去的那家律所在沂市很有名气，每年招收的实习生人数有限，但绝对都是各家学校最出色的学生。

两个礼拜后，录取邮件果然来了，她很快收拾行李买了车票。

南母对此非常不理解，临行前一直在念叨："你一个女孩子，要实习在本地就好了嘛，干吗非要跑去那么远的地方，都跨省了。你一个人在外面，万一需要人照应怎么办呢？"

"那我去沂市找个男朋友好了，"她挽着妈妈笑嘻嘻地说，"这样你就不用担心没人照顾我了。"

"哦，你找的是男朋友还是保姆啊？"南母佯怒地瞪她一眼，"你也不是小孩子了，要找朋友我不反对，但是一定要看准啊，人品好最关键了。"

"哎呀，知道啦。"她暗舒一口气，总算把妈妈的注意力转移开了，不用再被唠叨实习的事。

那是南谨第一次离开家乡，独自在一个陌生的城市生活。

　　幸好所里的同事们都十分友好。大家平时工作忙碌，使唤实习生的时候也毫不心慈手软，但每个人都很好沟通，也乐于传授经验。

　　她很快就适应了新生活，还交到了好朋友。

　　律所不提供宿舍，只能到外面租房子住。为了分摊房租，她在网上找到一个求合租的帖子，对方也是个二十出头的外地女孩子，叫李悠悠。李悠悠在沂市念大学，因为要准备考研，所以从学校里搬出来图个清静。

　　合租的房子就在大学城附近，离律所有点远，但胜在房租便宜。两室一厅的旧式公寓楼，两个女孩子一人一间，平时互不打扰，偶尔约着一起出去吃饭。

　　虽然都还只是学生，但好歹南谨拿着实习工资，平时倒是她主动请客多一些。时间长了，李悠悠觉得很过意不去，便挑了个周末叫她逛街吃饭。

　　"我刚领到上学期的奖学金。"李悠悠解释说。

　　于是两个女生坐地铁去商业区，准备大吃一顿庆祝一下。

　　说是大吃一顿，其实学生们哪会去什么特别高端的场所？肯德基、必胜客这类的餐厅对她们来说就已经算是奢侈的美味了。

　　沂市的夏天又长又闷热，白花花的阳光当空照下来，仿佛能将地面烤出一层油来。

　　南谨和李悠悠为了吹免费空调，逛了一会儿商场，便又钻进附近的一家必胜客吃比萨。

　　那一餐花掉近两百元，埋单的时候，南谨都替李悠悠心疼，反倒是李悠悠很大方，笑嘻嘻地说："小意思。"

　　除去吃饭之外，李悠悠当天还买了好几条裙子，加在一起花了不少钱。

　　南谨不禁感到好奇："你们学校的奖学金有多少？"

　　李悠悠一边拿吸管搅动着果汁，一边说："三千块。"

　　"这么多？"南谨咋舌，自己学校的奖学金标准可比这个低多了。

"嗯。"李悠悠应了一声，有些心不在焉地看着窗外，过了一会儿才转回头，问："你待会儿能不能帮我先把东西拿回家？我还有点事情要办，想迟一点再回去。"

"需要我陪你去吗？"

"不用，我一个人就好。"李悠悠笑着把几个购物袋都推给南谨，站起身摆摆手说，"那我就先走啦，回见！"

那天晚上，南谨一直到深夜才终于等到李悠悠回来。

她坐在沙发上早已经哈欠连天，一边揉着眼睛一边说："你不回来我都不敢锁门，所以也不敢去睡觉，生怕有小偷进来。"

李悠悠连连道歉："不好意思，是我错了，应该早一点回来的。明天你还要上班，快去睡吧。你洗过澡了没有？要不要你先去洗？"

"洗过了。"南谨从沙发上站起来，走进自己的卧室，"晚安。"

"晚安。"

几乎就是从那天开始，南谨发现李悠悠经常晚归。本来她因为要加班，每天回去都很晚了，可是没想到李悠悠有时候比她更晚。

她觉得奇怪，终于找了个时间关心一下："你最近不复习考研啦？"

"要复习啊。"李悠悠把桌面上的书拿起来整理，有几本的封皮上沾了灰，她随手掸了掸，令站在一旁的南谨连打了好几个喷嚏。

"你没事吧？"

"没事……我的鼻子对灰尘特别敏感。"南谨吸吸鼻子，索性往后退了两步，与过敏源隔开一段安全距离，才又说："昨晚你不在，房东给我打电话催交房租。你是不是还没把钱转给他？"

其实她自己的那一半房租早在上个礼拜就交给李悠悠了，只见李悠悠收拾书桌的动作稍微顿了顿，然后"哦"了一声，说："是我把这事给忘了，明天我就去银行转账。"

"那你明天记得去啊。"南谨离开之前靠在门边做了个鬼脸，"房东太凶了，昨天在电话里说话很不客气呢，搞得好像我们恶意拖欠他一样。"

"哪有这回事。"李悠悠的精神似乎不太好，脸色在台灯的映照下显得有些苍白，她微微笑了一下说，"放心吧，我会办好的。"

可是，隔天就出事了。

南谨是在晚上加班时接到电话的。李悠悠的声音里带着明显的哭腔，她呜咽着喊："南谨，帮帮我……"

南谨吓得从座位上跳起来，赶紧避到茶水间去说话。

"出什么事了？你慢慢说。"

电话那头却没人应答，只是传来一阵细小的抽泣声，手机很快就被别人接了过去，一个男人粗声粗气地命令："快点带钱来赎你的朋友吧。"

南谨万万也没想到，自己会在有生之年踏足那样的场所。

看似寻常的酒店有一道后门，从这道大大的铁闸门进去之后，才发现别有洞天。

门后是一个三面住家的院子，仿佛是当地古老的民居，被重新装修打理后显得非常规整。

她到了之后，东南一角的房间里迎出来一个人，将她直接领进屋去。

办公室似的屋子里烟雾缭绕，一个留着胡须的中年男人边抽烟边浏览着电脑网页，见她进门，连眼角都没瞟过来，只是懒洋洋地问："钱带来了？"

南谨听出他的声音，正是之前电话里的那个人。

她没回答，反倒放眼去搜寻，很快就在墙角的一张单人沙发上找到了李悠悠。

李悠悠也不知是怎么了，单薄瘦弱的身体正蜷伏在沙发里，头发散乱地披着，随着轻浅急促的呼吸微微起伏。她身上穿着上回她们一起逛街时买的一条鹅黄色的连衣裙，衣衫完好，这令南谨稍稍松了口气。

南谨直觉就想要抬腿上前，但还是先问了句："我可以先去看看我朋友吗？”

胡须男这才瞥她一眼，嘴上没说什么，只是抬了抬下巴。

恰恰就在这时候，李悠悠也动了动。

她刚才又惊又累，最后实在撑不住就这么哭着睡着了。仿佛是听到声响，她才像受了惊一般整个人抽搐着跳起来，两只眼睛肿得像桃子，惊惧警惕地四处张望。

然后，她一眼看到南谨，先是怔了怔，紧接着"哇"的一声再度哭起来。

南谨赶紧跑到她身边，轻轻搂住她，拍着她颤抖不已的背，安抚说："别怕，没事。"她却没发觉，其实自己的声音也抖得厉害。

南谨当了二十来年的乖乖女，从来都是循规蹈矩，平时连扑克牌都没打过，更别说进到这种地方了。

她其实怕得要命，手脚都是凉的，却又不得不强自镇定下来。她转身望向胡须男，捏紧了手里的包包："我要给你多少钱？"

"电话里不是都说过了吗？两万。"

好像是说过，但她当时慌慌张张，根本就没听清。

这么大一笔数字……她震惊地看向李悠悠，想要确认，就只见李悠悠一边抽噎一边微不可见地点了点头。

李悠悠将脸埋得很低，南谨觉得自己的一颗心也跟着降到了深渊里。

之前一直强撑在胸口里的那股真气仿佛在一瞬间泄去，南谨抿了抿嘴唇，感到无力又绝望。她的钱包里只有千把块现金，卡倒是有两张，一张是发工资用的，可是实习生的工资并不高，每个月扣掉房租、生活费后剩不下多少，而另一张是离开老家时妈妈给的，里面倒有一万块钱的存款。当初是为了让她应急用的，她一直没怎么花钱，那笔钱也就这么一直存下来了。

这种时候也顾不上那么多了，她咬咬牙老实地说："我这里只有一万多，剩下的钱我们需要点时间，能不能过两天再给你？"

"这是打算分期付款？"胡须男像是听到一则笑话，意味不明地笑了一声，然后推开椅子从办公桌后踱着步子晃出来。

他的身材非常高大，站在两个女孩子面前，淡淡的阴影将她们兜头兜脸地覆盖住，产生一种隐约的强迫感。

他把注意力全都放在了南谨身上，浓眉挑得高高的，居高临下地打量她："你的这个朋友下注的时候可是爽快得很，借钱的时候也很爽快，怎么要还钱了却这么困难？"他停了停，又笑了一声："倒是你，钱没带够就敢跑来要人，小姑娘还挺有勇气的。不过我们这里向来有规矩，规矩不能破，两万块一分不能少，还清了才能走人。"

他说得斩钉截铁，看起来毫无转圜余地。南谨一时不再出声，双手紧紧交握在身前，又忍不住转头去看李悠悠。

李悠悠仍旧垂着脸小声抽泣，好像周遭的一切都与她无关。

南谨心里又气又无奈，只恨不得冲上去摇醒她，请她别光顾着哭，好歹说说这到底是怎么回事。

两万块，对一个学生来说根本就是天文数字。

南谨觉得丧气极了，这样急匆匆地赶过来，不但没解决问题，如今就连自己也走不了了。

她开始默默计算身上所有能拿得出的钱，又考虑着是否应该向家人求助。

就在这时，门外进来一个年轻人，凑到胡须男身边报告："沈先生来了，和他一起来的还有……"他的表情很严肃，声音压得又轻又低，即便南谨站得这样近，也几乎听不清楚，尤其最后一句更是模糊不清。可是胡须男却连脸色都微微变了，二话不说转身就走，似乎十分重视来人。

临到了门口，他才又转身指了指她俩，吩咐那年轻人："给我好好看着她们，等我回来继续算账。"

胡须男离开了，那个年轻男人也没进屋，只是守在门外。大门虚掩着，屋里突然安静下来。墙上有一面关公神龛，神龛前插着两根电子的红蜡烛，隐约有极细微的电流声正"咝咝"作响。除此之外，屋内就只余下颤抖不稳的呼吸声，或许是她的，又或许是李悠悠的。

南谨这才觉得腿脚一阵阵发软，她也顾不上许多，慢慢移到旁边的沙发里坐下来。

李悠悠却仍旧站在原地，像一尊一动不动的雕塑。从头到尾，她除了哭，几乎没说过半个字。

南谨什么都没问，仿佛失去了追问的力气，只是有些脱力地坐在那里发了一会儿呆。也不知过了多久，门外再度传来响动，令她"蹭"地一下惊跳起来。

胡须男出现在门口，冲她一招手："你过来。"

她迟疑了一下，才警惕地走上前，却仍离了有几米远就牢牢站定。

胡须男觉得好笑："你满脸防备的样子，是怕我吃了你？"

"什么事？"她问。

他说："你不是没带够钱吗？我现在可以给你一次机会，如果你能把握得住，你和你的朋友今晚就可以顺利离开。"

天底下哪有这样好的事？

她狐疑地盯着他，甚至没有半分欣喜，反倒是问："如果我没能把握住呢？"

胡须男似乎有些吃惊，不由得又打量了她两眼，才笑笑说："你都不先问问是什么样的机会？"

"我不认为你会这么便宜地放过我们。"

"所以根本不关心内容，只关心失败的后果？"胡须男哈哈大笑，"你这小姑娘还真有点意思。"

南谨不作声，面无表情地垂下眼睛。

他收了笑容，声音沉下来："来吧，你应该知道你们也没别的选择了。"

这是南谨有生以来第一次坐在赌桌前。

桌面上铺着平整簇新的特制绿色绒布，对面站着穿马甲衬衫的年轻荷官。崭新的扑克牌被当面检查拆封，荷官的手势熟练灵巧，将牌在桌上摆出一道弯曲优美的弧度，仿佛多米诺骨牌被逐一翻开，然后又变魔术般地重新迅速收拢，回到荷官手中。

眼前的场景，她只在香港电影里见过。

像是一条被架在炭火上炙烤的鱼，她连挣扎抗拒的能力都没有，唯有认命地坐在这样一张完全陌生的桌前，听候别人的发落。

"以前来过这里吗？"胡须男问。

她没作声，从被带进这间宽敞明亮的房间开始，她就始终一言不发。

她只是这样静静地坐着，脸上也没什么表情，似乎将惊慌恐惧掩藏得很好，这倒让胡须男对她越发地感兴趣起来。最后他索性赶走原本坐在她对面的手下，自己大马金刀地坐下来，目光锁在那张清纯秀美的脸庞上，说："在我们这里欠的钱，就用我们的方式来还，这应该很合理吧？你要是能赢够两万块，就可以和你的朋友离开。"

"如果我赢不了呢？"她终于开口，声音很轻，却没太多情绪。

"你可以走，但你的朋友得留在这儿，什么时候凑够了钱，什么时候带她离开。但是我要提醒你一句，今天是两万块，明天就是两万二了。"

她不由得深吸一口气，可是除了点头，也别无他法。

胡须男的表情很轻松，甚至有些愉悦，他用手指叩击桌面，介绍规则："每人两张牌，比点数大小。怎么样，很简单吧？"

她终于抬起眼睛看了看他，说："那就是纯凭运气，对吗？"

"差不多吧。"

"……我需要考虑一下。"

"考虑什么？"

"如果因为运气不好而输掉，那也太亏了。"她认真地说。

胡须男忍不住哈哈大笑，饶有兴趣地盯住她，像是在逗小孩一般，问："那你想怎么样？"

她说："我以前从没玩过这些东西，当然比不上你。但是就算要输，我也想选择更有技巧性的玩法。"

"哦？"胡须男挑起眉毛，"比如说？"

"得州扑克。"

"后来呢？"这样一段往事让南喻听得入了迷，忍不住插嘴问。

雨声还没停歇，而南谨的声音在这个漆黑的夜里也如袅袅水汽，又轻又淡："后来我赢了。"

那个晚上，她最终赢了两万多块钱，不但还清了李悠悠的欠债，还多出几千块来。离开那个地方后，她把多余的钱全部交给李悠悠。

"不知道你遇到什么困难了，是不是真这么需要用钱。"她说，"这些钱你拿着吧，以后别再做这样的事了。"

李悠悠怔怔地接过那些钱，隔了好半晌，才捂着脸痛哭出声。

当时已经是凌晨了，地铁早就停运，她们就这样站在沂市的街头，看着每辆车子从空旷的路上呼啸而过。

这里不是她们的家乡，两个女生举目无亲，遇上紧急的事情，根本找不到任何亲戚朋友帮忙。这也是她晚上义无反顾地留下来帮助李悠悠的原因，哪怕自己也被吓得够呛，但她还是选择坚持到底了。

夜风拂过，南谨不禁打了个寒战，炎炎夏夜，却恍恍惚惚地只觉得冷，这才发觉身上已悄然覆着一层薄汗。方才在赌桌上，在下注加筹码的时候，哪怕屋里的空调风力强劲，她仍旧出了一身冷汗。

她手脚冰凉地站在街头，回想着刚才发生的一切。这是她有生以来第一次经历这样的事，估计也是最后一次，恐怕这辈子都忘不了。

而她不知道的是，那个名叫陈剑勇的胡须男在此后的很长一段时间里，都牢牢地记住了她。

最后一局的 All in（全押）。

他万万没想到，也从没遇见过像南谨那样的年轻女孩子，没想到她竟然会诱他 All in，并且一举收走了所有的筹码，赢得了最后的胜利。

明明只是一个对牌局一窍不通的大学生，她说自己只是在 QQ 游戏里看同学玩过两次。

也许是真的一窍不通，所以她很小心谨慎。可他还是赢得相当顺利，因为她会被他的各种反应蒙骗而错失良机，也会因为输急了变得心浮气躁，突然大胆下注那么一两回，大约是想搏一下，结果自然还是输。

论经验和熟练程度，她根本就不是他的对手，只能偶尔凭借非常好的运气，赢上那么一两局。

直到最后一局之前，她手上的筹码是一万七千块。其实已经相当不容易了，这全要归功于前面连续几局的好运气。

他替她估算过，这已经是她所有的资本，身上再拿不出多余的钱了，却离目标还差三千块。

可是哪怕只差一分钱，她们也不能离开。

他轻松自在地看着她，这个坐在自己对面、微微垂敛着眉睫的年轻女孩。

她很漂亮，五官娟秀，有一种江南女孩特有的纤弱气质，就连她讲话的口音也仿佛吴侬软语般绵软柔糯，婉转似小桥流水。

然而，她的性格似乎却并不像外表那样柔弱，反倒时时处处透出一股坚毅的决绝和勇气。就像她会独自跑来救李悠悠，就像她放弃比点数，主动提出来要和他玩得州扑克……

陈剑勇觉得她很有意思，但也并没有因此而心慈手软。

最后一局由他坐庄。看过底牌之后，他下了一千的注，然后问："怎么样？"

南谨没说什么，跟了一千。她之前一直都是这个风格，只要不超过两千，至少都会跟到第二轮。

接着便是三张公共牌，翻出来分别是黑桃 A、黑桃 10 和红桃 10。

陈剑勇手里握着一张梅花 A 和一张方片 A，故意皱眉考虑片刻，最后推出了三千的筹码，脸上微微露出一点笑意。

他下注前和下注后的神情反差全都落在南谨的眼里，显然把她给迷惑住了，嫣红的嘴唇抿了抿，一时之间思索不定。

陈剑勇保持着笑容，心里已经十分明白，这个小动作一贯都是她犹豫不决的表现，这代表到目前为止她的牌不算太好也不算太差。

只见她朝自己面前的筹码看了一眼，似乎是在估算着什么，然后一咬牙，也跟了三千。

第四张公共牌发出来，是张黑桃 J。

陈剑勇又扔了三千出去，脸上一派淡定从容。

下注后，他不动声色地观察着南谨，只见那双秀美的眉微微蹙了一下，仿佛有失望为难的神情从眉间一闪而过。很显然，这张牌不符合她的预期。

她再度抿了抿唇，带着一点迟疑跟了注，只是那副表情，倒很有些凛然就义的味道。

也是，如果她不继续跟下去赌一把，之前下的四千块就没了。

这个赌局没太大悬念，他却觉得很好玩，同时又是头一次在心里产生了一种胜之不武的念头。

一个纤弱的年轻女孩子，恐怕从没经历过这样的场面，竟然也能坚持到现在，其实已经足够令人吃惊了。而他是个粗人，平常吃喝嫖赌样样精通，就是不会怜香惜玉，此时此刻，望着眼前这张略微苍白的小脸，竟也从心底生出一些不忍来。

所以，当第五张牌翻开的时候，他只是象征性地下了一千的注。

那是一张红桃 A。

四个 A，他已经赢定了。

赢走她七千块，最多八千，然后放她回去想办法筹钱好了，他是这样想的。

结果，偏偏对方却辜负了他千年难得一遇的好意。

这张 A 出来后，南谨飞快地扫了一眼池里的筹码，像是极短暂地犹豫了两秒钟，然后便笑了笑。

陈剑勇双手环在胸前，一动不动地盯着她。

他想，到底还是太嫩了些，但不得不承认，她很聪明，而且学得很快。她竟然开始模仿他，正试图用表情和反应来迷惑他。

陈剑勇心里觉得有趣极了，面上却不动声色，他其实根本就不担心，因为南谨的这份笑容远远不够娴熟。她大约是想做出一副胸有成竹的样子，但是略微僵硬的笑意出卖了她。

他看着她微微扬着嘴角，将面前所有的筹码慢慢推了出去。

一万块。

这是她的全部家当。

她 All in 了。

陈剑勇还是没有任何动作，只是牢牢地盯住她。而她在这种早已洞察一切的目光之下，似乎终于有些坚持不住了，渐渐收起之前的笑容，只是拿那双深褐色的漂亮眼睛去看他，眼神里划过一丝压抑不住的紧张和不安。

她仿佛有些忐忑，就连呼吸都变得急促而轻浅，正在急切地等待着他下一步的反应。

如果她的牌足够好，如果她有信心赢下这一局，其实根本不必 All in。目前池里下的注，再加上她手上剩余的筹码，已经足够两万块了。

这样孤注一掷，她只是在赌。

她的牌已经是输定了，所以才会这样赌他的反应。她用 All in 的姿态，努力表现出一副胜券在握的样子，只是想要让他自动放弃那池里的八千筹码。

陈剑勇的眼里不禁露出几分激赏之色。

他头一回见到如此聪明又大胆的女孩，只可惜……

他再度确认了一眼自己的底牌，然后笑了笑，也跟着推出了九千的筹码。

池里一共下注三万四。

这局终了。

陈剑勇率先把底牌亮出来，四个 A、一个 10。

但他还是面露赞赏："你很聪明。"

"谢谢。"

南谨也终于笑了笑。

陈剑勇却突然愣住了。

就在这一刹那，仿佛电光石火般，某个模糊的念头极快地从他脑海中划过，他却一时之间抓不住它。

但他已经隐约猜到了。他不禁猛地再度看向赌桌对面的这个女孩，因为极度的惊讶，他的瞳孔正在急剧收缩。

此时此刻，这张漂亮的脸上丝毫没了方才那种紧张僵硬的表情，取而代之的是一种轻松而又略带狡黠的笑容。那样的笑容像是极璀璨的光芒，将她整张脸庞都点亮了。

就连她的眼睛都仿佛在发光，那双前一刻还忐忑不安的眼睛，这一刻正望着他，宛如熠熠生辉的琉璃宝石，眼底流动着耀眼的光华。

他终于明白过来，却仍旧不敢相信，十足震惊的目光迅速游移到对面的底牌上。

绿色绒布桌面将女孩的手衬得白皙如玉，纤细修长的手指轻巧地翻过底牌。

黑桃 K 和黑桃 Q。

与公共牌中的黑桃 10、J、A 凑成了同花顺。

他输了。

手握四张 A，却输得彻彻底底。

在她 All in 之前，他以为她的一切表现和反应都是在诈他，只是显得那么不娴熟。

结果她却真的是在诈他。只不过，她用了一个连环套，虚则实、实则虚，成功地将他引诱入局，最终赢了这一场。

结清了借款，她们走了，陈剑勇却似乎还不能从震惊中恢复过来。

他输了，竟然输给一个初次玩牌的年轻女孩。

而她在刚开始坐下来的时候，明明还是那样的生涩和紧张，有好几次下注时，就连手指都在轻微地颤抖。

那是装不出来的。

所以他万万没想到，她会有那样的计谋和魄力，在第四张公共牌翻出来就已经锁定胜局的情况下，竟然使诈骗过了他的眼睛和判断力，多赢走了他一万块。

可真是又绝又狠。

荷官也静悄悄地退了出去。

陈剑勇独自呆立在偌大的房间里，也不知在想些什么，而他的几个手下在旁边目睹了今晚的全过程，谁都不敢贸然上前打扰。

最后还是有人推开门走进来，云淡风轻的笑声打破了仿佛凝固住的空气。

几个年轻小弟齐齐喊道："沈先生。"

斯文清俊的男人摆摆手，同时笑道："阿勇，走吧，去你办公室喝茶。"

已经是凌晨时分了，在陈剑勇的那间办公室里，早已坐着一个年轻男人，正在亲自煮水泡茶。

金红色的茶汤澄净透亮，盛在天青茶杯里，冒着袅袅的香气。他端起杯子轻嗅一下，然后才慢条斯理地啜了一口，赞许道："你这茶倒是不错。"

陈剑勇立在一旁，毕恭毕敬地叫了声："萧先生。"然后赔笑道："您要是喜欢这种茶，我马上叫人装几斤给您送过去。"

"不用了。"萧川又喝了两口才放下茶杯，示意他，"坐吧。"

陈剑勇点着头，却不敢真的坐下来。他垂手站在茶几边，脸色有些忐忑，沉下声音主动认错："晚上的事是我搞砸了，还请萧先生处罚。"

　　萧川并没有看他，只是执起水壶往茶碗里冲注新水，同时不以为意地笑了笑："这场赌局本来就是沈郁出的主意，和你没什么关系，你也不用太在意。"

　　"可是……"虽然羞于承认，陈剑勇到底还是咬着牙尴尬地说，"可是，是我输给那个小丫头了。"

　　"要怪也得怪沈郁，是他怜香惜玉，想给那个女孩一次机会，不至于让她们太为难。"说到这里，萧川才停下手中的动作，意味不明地朝沈郁瞥去一眼，语调轻淡。

　　沈郁却像是毫不在意一般，架着长腿靠在单人沙发里，心安理得地喝着茶，斯文的脸上一副似笑非笑的神情："欺负女孩子未免有失风度。我可不想为了区区几万块，坏了自己的名声。"

　　"但你之前想到过她会赢吗？"萧川低垂着眼睛，一边观察杯中晃动的茶汤颜色，一边淡淡地问。

　　沈郁的声音不由得一顿，笑了声才说："……那倒真是没想到。"

　　这样一说，陈剑勇立在一旁更是羞愧难当。

　　他管理这个场子五六年了，自己也是个中高手，见识过形形色色的人，没想到今天竟被一个乳臭未干的小丫头给骗过去了。

　　而且，还有一件事是他始终没能想通的。即便是当着萧川和沈郁的面，他仍旧难掩挫败和气愤，气得胡须都快翘开了："就算最后没有 All in，她赢的钱也足够还债了，没想到她居然这么绝！一个年纪轻轻的小姑娘，做事怎么能狠成这样！"

　　说到激动之处，陈剑勇不由得停下来喘了口粗气。他给自己倒了杯茶，像是根本不觉得烫，"吸溜"一口全咽下去，龇着牙继续说："我是真想不通她为什么这样做。萧先生、沈先生，你们能不能告诉我，这到底是为什么？"

　　"姐，你当时为什么要用 All in 故意引诱那个人下注？"南喻好奇地问，"在 All in 之前你明明就已经赢够数了呀。"

南谨不以为意地笑了笑："因为在那之前，他骗了我好几次，我只是气不过。"

"因为她想以牙还牙，谁叫你屡次用假表情和反应迷惑她，害她上当。"萧川淡淡地说出答案，也不知是想到了什么，唇角边浮出一抹难得的笑意。

整个晚上，关于那张桌子上发生的一切，他都在总控室里通过高清监控设备旁观得一清二楚。

那个外表纤美柔弱的年轻女孩，很明显是迫不得已才会坐在桌前的。看她的样子，恐怕从来没有经历过这种事，所以在最开始，她尽管一直垂眸沉默，脸上也少有表情，但是肢体却微微僵硬，放在桌沿的手指始终显得很不安。

看得出来，她很紧张。

而且，她根本没什么玩牌的经验，与陈剑勇这样的老江湖比起来，她仿佛就是一只任人宰割的弱小动物，毫无抵抗能力。

所以，哪怕她下注时再谨慎，也有好几次都被陈剑勇轻而易举地骗过，一输再输。

这原本是一场没有悬念的赌局。

直到最后一局，萧川坐在监控屏幕前，才忽然难得地有了些兴致。

为了确保每一场赌局的干净，这里所有的房间里都装有无数高清探头，可以全方位、无死角地看清房里每一个人的举动。当他们翻起底牌查看牌面时，也有一个专门放置的摄像头将画面实时传送出来，为的就是防止有的客人手法高端，作弊出千。

所以，当她拿到自己那两张底牌的时候，萧川也在同一时间看清了底牌的牌面。

黑桃 K 和黑桃 Q。

配着第一轮发出的三张公共牌，她差的只是一张黑桃 J。他看着大屏幕，看出她跟注时有些犹豫，但并没有太多迟疑。这样的机会太难得，却也同样太难实现，因为概率实在太小了，可她竟然有这样的赌性，想去赌一把，并且面上几乎不露声色。

大概也就是在那时，萧川才真正对她多了几分关注。

高清屏幕上的少女最多不过二十岁出头，身材修长匀称，柔顺的长发披在肩后，尤其从下颌到颈部的线条显得十分纤细优美，仿佛一枝迎风遥立的睡莲，有一种说不出的沉静美好。

等到那张黑桃 J 奇迹般地出现时，她其实已经胜券在握了，可是她的表情却依旧十分平静，甚至带了一丝若有若无的失落。又过了一会儿，她才冲着陈剑勇笑了笑，只是笑容有些刻意逞强，然后故作轻松地推出了自己所有的筹码。

从锁定胜局，直到最后 All in，她的一切反应和表情都是反常的。

萧川坐在监控的大屏幕前，饶有兴趣地看着这一幕，手指在桌面上轻叩两下，不禁微微眯起了眼睛。

这时，始终站在一旁的沈郁也低低地"咦"了一声，似乎事情的发展有些出乎他的意料。

最后，陈剑勇输了，只能瞠目结舌地看着两个女孩子携手离开。

沈郁长舒一口气，不加掩饰地笑着赞叹："挺厉害的。"他指的当然是那个女孩。

萧川却没作声。过了片刻，他操纵鼠标调出方才那段的录像，拉动进度条，又重新看了一遍。

画面从她说"谢谢"开始，然后被他定格在某一个时刻。

那是一个很轻很淡却又偏偏璀璨若烈阳的笑容，浮在那张清丽至极的脸上，仿佛在刹那间点亮了周遭的一切景物。

在近三十年的人生里，他从没见过这样的笑容，也从没见过这样美的眼睛。她的眼睛仿佛琥珀般清透灵动，又仿佛盛着一汪秋水，那眼底有光，又透又亮的光，哪怕隔着屏幕，也几乎能感受到那盈盈流转的光华。

直到一年多以后，他才再次见到她。

那时候她已经毕业了，正孤身一人在沂市找工作。说起来巧得很，她竟然将简历投到沈郁下面的一家投资顾问公司，想要应聘一个行政职员的岗位。

沈郁一大早就拿着简历来找他，笑得有些意味不明："哥，给你看个有趣的东西。"

他才刚起床下楼，薄薄的两页纸就这么被扔在餐桌上。

他拿起来看了一眼。

秦淮，女，22岁，江宁人，×大管理系毕业的本科生。

右上角还有一张两吋彩照，年轻女孩将头发梳成清爽利落的马尾，素面朝天却灵秀动人，唇边挂着一抹浅淡的微笑，那份笑意一直延伸进眼底。

"我已经让人事部门通知她来面试了啊。"沈郁自顾自地在餐桌边坐下，喝了两口现磨豆浆，开始享用丰盛的早餐。

"这种小事，不用特意来告诉我。"他表情平淡地将简历扔还回去。

浮生
寄流年

Chapter _ 6

原来有些东西早已渗入骨髓，埋在血管的深处，那些自以为是的遗忘，其实不过是它们暂时沉睡了而已。如今只需要一个背影、一个声音，就会被轻而易举地唤醒。

这次台风在沂市肆虐了两天，直到第三天才终于渐渐停了。恰逢周六，下午太阳出来，天气倒比台风之前更加炎热。

南谨接到电话的时候，正在家里大扫除。因为要保持通风，所以她没开空调，只是将所有窗户都敞开着，拖完地板已经出了一身汗。

南喻在电话里听她气喘吁吁的，还以为发生了什么事，结果听说她在做卫生，不由得咪咪笑道："要不要我过去帮忙？"

"不用了。"南谨搬了张椅子进浴室，准备擦镜子和灯罩，她一手拿着手机，一手扶住椅背站上去，"你有什么要紧的事吗？如果没有，就先挂了。"

南喻本能地匆匆"哎"了一声，像是要阻止她挂断电话，然后才仿佛稀松平常地问："姐，晚上要不要过来一起吃饭？"

结果没想到，南谨竟然一口回绝她。

"别以为我不知道你在想什么。那天的故事没听完，心里一直惦记着，是不是？"南谨冷哼一声。

有个太聪明的姐姐真是个麻烦事。

南喻愣了一下，就忍不住哀叹起来："用得着这么犀利吗？一眼看穿别人的想法，这样也太无趣了吧。从小到大跟你在一起，总是衬托得我傻兮兮的。"

南谨笑了一声："你才不傻。只不过，比我稍差一点而已。"

　　南喻当然不傻，她平时最懂察言观色。南谨越是这样轻松调笑，便越是让南喻不敢开口继续追问当年那段往事。

　　收了线，南谨将手机扔在洗手台上，无意间抬头看见镜子中的自己，动作不禁顿了顿。

　　为了打扫方便，她只穿了件家居的背心和短裤，汗水打湿了前襟后背。她慢慢侧转过身，将紧身背心从下往上撩起一截，只见本该光洁的腰背处，有数道浅浅的疤痕。那些疤犹如一条条丑陋的虫子，弯弯曲曲纵横交错。由于当年背部受伤最严重，后来即便做了修复手术，仍旧不能完全平复。随着时间一年一年过去，疤痕的颜色渐渐褪成了浅褐色，但却永久地留在了那里。

　　她还记得以前，萧川似乎很喜欢她的背。曾经无数个清晨和深夜，他的手总是习惯性地在她的后背流连，而他的手指仿佛有一种特殊的魔力，明明只是不经意地抚摸，却像是最柔软的羽毛划过，让她觉得又酥又麻。

　　她从小就怕痒，所以经常就这样被他从蒙眬的睡意中吵醒，眼睛都还没睁开，便下意识地去躲。可是哪里躲得过？虽然床那么大，可无论她避到哪里，都会被他伸出手臂轻而易举地拽回来。

　　而他这人既自私又霸道，只是为了自己享受和好玩，根本就不顾及她睡没睡醒。她越是想躲，就会被他惩罚般地禁锢得越牢。

　　后来有一次，他凌晨才回来，洗完澡也不肯睡觉，就那样侧靠在床头，手指在她的背上玩得不亦乐乎。她正做着美梦，忽然觉得腰上一阵轻痒，硬生生清醒过来。卧室里没开灯，但是借着窗外的月光，可以隐约看见他似笑非笑的表情，她气坏了，怎么感觉自己就像他的玩具一般？

　　她忍无可忍地拍开他的手，在黑暗中瞪他，也不管他收不收得到自己想杀人的眼神："请问萧先生，这样好玩吗？"

　　"什么？"他似乎一下子没反应过来。

　　"大半夜的不睡觉，在我背上摸来摸去，这纯属骚扰。"她控诉道。

"哦，"他听后笑了一声，撑着头侧躺着看她，慢悠悠地说，"谁叫你的皮肤这么光滑，背部线条又这么漂亮呢。"

他在夸她。

他一向极少这样直接地赞美什么，可是他竟然这样赞美她。

忽然之间，好像被吵醒也不是那么严重的一件事了。她甚至有点暗暗得意起来，结果一时恍了神，他的手已然再度欺了上来。

"你睡你的，我玩我的。"他说得理所当然。

得到难得的赞美，她决定不再和他计较，可是哪里还能睡得着？索性翻身扑过去，凑到他面前闻了闻，立刻皱眉说："喝酒了。"

"嗯。"

她最讨厌酒味，忍不住又伸手去推他，十分嫌弃："离我远一点。"

结果他躺在那儿纹丝不动，反倒手臂一伸，轻松地将她圈进怀里。

"人在江湖，身不由己。"

她被迫靠在他胸前，声音听起来仿佛是从他胸膛里发出的，又低又沉，还似乎带着一丝白酒的醇香。

她心中微微一动，几乎想都没想就说："那就别在江湖里了。"顿了顿，又说："我们一起走吧。"

他被她逗笑了："走去哪儿？"

"随便哪里。"她伸手抱住他的腰，像只小猫似的主动往他怀里蹭了蹭，连声音都是娇软的，"好不好？"

他不置可否地"嗯"了一声，倒更像是在哄小朋友，显然并没把她的话放在心上。

她渐渐沉默下来，也忽然清醒过来。

其实她知道自己不过是痴人说梦罢了。这江湖，他离不开，也不会离开。

而她刚才在那一刻，居然犯了傻，竟会提出那样的要求。

他很久都没再说话，她也似乎又有些困了，松开他打了个哈欠，翻过身重新回到自己的枕头上去睡，离他远远的。

　　然而他这一回却没有再轻易放过她，整个人在下一秒便直接压上来，温凉的、带着酒气的嘴唇开始在她耳边流连……

　　南谨突然摇了摇头，迫使自己从这样的回忆中清醒过来。

　　明明已经过去这么久了，但有些情景却还是清晰得如同近在昨日。她的心情仿佛受了一点影响，连剩下的一部分卫生都懒得认真去做，冲了个凉后就出门了。

　　赵小天已经在律所里等候多时，见到南谨出现，他立刻送了一杯冰咖啡进办公室。

　　"刚才在楼下店里买的。"

　　"谢谢。"南谨接过杯子搁在一旁，抬头问，"客户和你约了几点？"

　　"三点半。"赵小天看看手表，已经是下午三点一刻了，"不过，他刚才打电话过来，说会稍微耽误几分钟。"

　　"嗯，那你先去把会客室准备一下，等客户到了再来叫我。"

　　"好。"

　　赵小天出去后，顺道替她将门掩上了。南谨看着那杯冰咖啡，塑料杯壁上渗出点点水珠。其实她已经戒掉咖啡很久了，但犹豫半晌，到底还是喝了两口。只是这久违的醇香加上冰凉的口感，仍旧没能让她缓过劲来，只感觉脑袋还是晕沉沉的。

　　她这段时间睡眠不好，时常突然醒过来，然后就是整夜整夜的失眠。

　　因为不想依赖药物，只能靠自我调节，其实在这种情况下，更加不应该接触这种刺激性的饮料，但她现在精神欠佳，连多说两句话都觉得疲惫，状态实在太糟糕了。为了一会儿能够顺利地接待客户，也只能靠这杯咖啡来提神了。

　　三点四十分，赵小天敲门进来的时候，南谨正靠在椅背里闭目养神。

　　赵小天站在门边探头进来说："南律师，他们到了。"

　　"好。"南谨很快睁开眼睛，稍微收拾了一下便径直走向会客室。

　　因为是周末，律所里只有一部分同事在加班，每个人都在自己的位置上安静地忙碌着，几乎没人交谈，只间或有些电话铃声和传真机的声音。

　　经过外面大办公区时，恰好碰到姜涛一边低头翻阅资料一边走过来。

　　他看东西十分专注，两个人差点儿撞了个正着。姜涛这才抬起头"哟"了一声，不由得仔细看了看南谨："怎么，你今天还有事？看你脸色不太好啊，是不是病了？"

　　"约了个客户见面。"南谨深呼吸两下，希望这样能令自己看起来更有精神一点。

　　"嗯，"姜涛略一沉吟，才又严肃地叮嘱，"那你先去忙吧。但如果身体不舒服要及时说，别真的病倒了。"

　　南谨点点头："我明白，谢谢。"

　　赵小天将客户安排在第三会客室，这个房间虽然不是最大的，但是光线充足明亮。宽大的落地窗外正对着环球金融大厦，那是沂市新商业区的坐标式建筑，三十六层的蓝灰色楼宇高耸在金色的艳阳下，犹如一道笔直的剑，钢筋玻璃混合幕墙反射着隐约的光芒。

　　律所一共设有五间会客室，就属这第三会客室的视野和风景最好，但南谨向来很少用到这一间，想必是阿雅交接工作时忘了将这件事告诉赵小天了。

　　南谨在门口停了两秒，才在赵小天的陪同下走进去。

　　长方形的会议桌前坐着一个年轻男人，正神情悠闲地喝着律所接待客人专用的大红袍。见到推门而入的二人，他一手端着茶杯，冲着门口微微挑眉，脸上的笑意十分爽朗，主动打了个招呼："嗨，南律师，我们又见面了。"

　　南谨怔了一下，似乎根本无心回应他，很快地便将目光移到了另一处。

落地窗的百叶帘全部高高拉起，整面明净透亮的玻璃被烈艳的阳光映成浅金色。

窗前还站着一个人，他穿着最简单的深灰色休闲衬衫和黑色长裤，却因为衣裤的剪裁无比合身利落，将整个人衬托得瘦削挺拔。也不知他正在看着窗外的什么风景，似乎看得有些出神了，连门口的动静都没能让他立刻回头。

南谨隔着一整间会客室的距离，定定地看着那个背对着自己的男人。他没有说话，没有任何动作，甚至只是一个安静沉默的背影而已，周身却仿佛环绕着一股极强大的气场，倒好像这里并不是她的地盘，而是他的一样。

她从极短暂的惊愕和怔忡中清醒过来，只觉得手脚发凉，下意识地想转身就走。结果脚下刚一动，窗前的男人正好在这时转过身来。

他站的位置有些逆光，整个人都像是陷在一片巨大的交错光影之中，只剩下一个模糊而俊挺的轮廓。其实她甚至都看不清他的表情，却仍觉得那双沉郁深邃的眼睛正直直地望过来，就这么望着她，锋利得像一把剑，仿佛能刺穿所有的保护外壳和伪装。

她不知道他为什么会出现在这里，包括那个正在悠闲喝茶的余思承，他们两个来这里干吗？

南谨只觉得这会儿脑袋更晕了，那杯冰咖啡的效果微乎其微。恍惚间只能回头去找赵小天，后者大概是接收到她混乱的眼神，从中读到了一丝询问的意味，虽然感到奇怪，但还是连忙介绍说："这位就是余先生。"他用手势比指着的是余思承，至于那个站着的男人，刚才领着他们进来时，对方并没有自我介绍过，因此他也不认识。

南谨一时没吭声。

赵小天愣了一下，隐约意识到这中间恐怕是出了什么差错，但又实在想不通哪里出了问题，只好轻声问："南律师？"

过了两秒钟，南谨才低低地"嗯"了一声。其实她的脸色依旧有些泛白，但好歹神情渐渐恢复了正常。她迈开步子走到会议桌前，对着余思承说："余先生，你好。"然后又看了眼那人，微一扬眉："这位是……？"

"萧川。"男人的声音沉冽如冰水，他不紧不慢地离开落地窗边走到会议桌前，在她对面坐下。

如今这样近的距离，南谨终于能够看清他的脸。

五年的时光过去，他的样子仅仅是清瘦了一些，五官依旧英俊得近乎锋利，只是在眼角和眉宇间多了几道极浅淡的细纹。

她离开他的时候，他三十岁，现在三十五岁，正是一个男人最巅峰的阶段。他还是像以前一样，哪怕只是静静地坐在那里，也有本事让人无法忽视他的存在。

南谨清了清嗓子，看着萧川，声调十分平静："你好。"然后便很自然地将目光转向余思承，因为是他同赵小天联系的。

南谨问："余先生，你今天来是想委托我们办理什么案子？"

余思承放下茶杯说："杀人案。"

这三个字从他口中说出来，倒像是极为平常的一件事。

余思承笑了一下："南律师，我听说这类案子你打得最好，所以这次想请你帮忙。"

南谨微微垂下眼睛，不置可否地回应道："我需要先了解一下基本情况。"

原来是余思承手底下的一名男性员工，前两天半夜回家时发现老婆失踪了，连带着放在家里保险柜中的一大笔现金也不翼而飞。后来那男人也不知从哪里打听到的消息，三更半夜飞车追赶至码头，果然发现自己的老婆带着钱，正偕同情夫准备登船离开。

男人大怒之下截住他们，在岸边与情夫扭打起来，最后致使情夫落水身亡。

那男人的老婆当即报了警，并录下口供，证明自己全程在旁看得一清二楚，是这男人将情夫打晕后推落下水，属于故意杀人。

余思承说："这个人很重要，目前他还不能坐牢。"

南谨一边低头做记录一边发问："这个人是你的亲戚吗？"

她的声音很平淡，听不出到底是认真提问抑或是在嘲讽，以至于余思承都难得地愣了一下，才笑着轻描淡写地解释："他致使公司亏空了一大笔钱，我还没查到钱的去向，所以现在不能让他去蹲监狱。"

南谨这时才停笔，抬起头看了他一眼："如果牵扯到其他经济问题，你也照样可以再请个律师去解决，这和刑事案件并不冲突。"

余思承说了句"谢谢提醒"，却显然并不打算接受她的建议。他又喝了口茶，嘴角挂着一抹意味不明的浅笑，淡淡地表示："只是查问钱的下落而已，不需要走法律程序那么麻烦，我只是需要一点时间。"稍稍停了一下，他才换了副认真严肃的表情，对南谨说："这也是我今天过来的目的。请南律师考虑一下，接受我的委托。"

果然是跟在萧川身边的人，就连说话的语气和态度都是一样的强势。南谨不禁怔了一下，才又觉得可笑。她忽然意识到，是自己离开他们太久了，所以一时之间倒真忘记了，余思承这个看上去油腔滑调的公子哥儿，骨子里却从来都是狠厉强势的。

其实还有沈郁，还有程峰，以及许许多多的旧识，那些常年跟着萧川的人，他们似乎都是一模一样的。

五年的时光而已，并不能改变他们本来的面貌。

可她竟然差一点就忘记了。

会客室里的中央空调冷气强劲，南谨只待了一会儿，便觉得一阵阵发冷。而且那半杯冰咖啡并没能拯救她萎靡不振的精神，反倒让胃也变得难受起来。

有些东西，似乎因为远离得太久，于是变得难以再接受。

她强忍着忽然涌上的不适，转头低声吩咐赵小天："麻烦帮我倒杯温水进来。"

赵小天出去后，她垂下眼睛缓了缓才说："最近我手头的案子也比较多，关于这个委托我需要评估一下，最迟两天后给你答复。"

结果余思承还没表态，倒是另一个人忽然开口了："南律师，你的脸色不太好，不舒服？"

这是萧川来到这里之后说的第二句话，却令南谨不禁愣了一下。

其实她知道，虽然他方才始终保持着沉默，但他一直都在用一种不动声色的目光看着她。在她与余思承交谈的时候，他就那样静静地坐着，冷峻的脸上看不出什么表情，也不知在想些什么。她只好借着做记录的机会低下头去，以为这样就可以避开他了，没想到他还是察觉出她的异样，并且直截了当地问了出来。

只是，他的语气很平淡，并不像是关心的样子，仿佛只是随口问问而已。

南谨强自撑了个礼貌的笑容："我没事，可能有点感冒。"

说话间，赵小天已经端了杯温水进来。她勉强喝了一口，又将手掌紧贴在温热的杯壁上，却仍压不住胃里翻涌般的难受，以及周身泛起的阵阵寒意。

她想，自己恐怕是真的病了。

幸好这时萧川站了起来，余思承也跟着站起来，看样子是准备走了。她放下水杯，身体刚想动一动，却只觉得眼前一阵发黑，一时之间也分不清是哪里更难受，恶心的感觉突然翻江倒海般袭来，双脚软得根本支撑不住身体的重量。

她隐约听见赵小天在旁边叫了一声，但是耳朵里嗡嗡直响，听得并不真切，眼睛也是花的，黑一阵白一阵，额上还冒着冷汗。要强忍着胃里泛起的恶心已经是件十分艰难的事，根本无暇顾及其他。

就在这时，有人伸手扶住了她。

或许是赵小天，又或许是另一个人，她闭着眼睛不敢睁开，想吐的感觉一阵强过一阵，唯恐下一刻就会真的吐出来。

对方的手很有力，温热的掌心贴在她隐隐发寒的胳膊上。她借着这股力道，努力想要稳住身体，就听见耳边又有人说话。

这一回，大约是因为靠得太近，她终于听清楚了。那道清冽的声音在说："她需要去医院。"

似乎他还说了句什么，她却怔了一瞬，然后便只想要抽开自己的手臂。

昏昏沉沉之间，她觉得既可悲又可怕。

哪怕自己已经难受成这样了，竟然还能在第一时间就听出那是萧川的声音。这么多年没见，他只需要开口说一个字，她就能立刻听出他的声音。

原来有些东西早已渗入骨髓，埋在血管的深处，那些自以为是的遗忘，其实不过是它们暂时沉睡了而已。如今只需要一个背影、一个声音，就会被轻而易举地唤醒。

她不想被他扶着，就像她不想再在这茫茫人海中遇见他。可是没有办法，她挣扎的力量实在微乎其微，似乎没什么人注意到她的抗拒，因为她很快就被送到了楼下的车里。

开车的人车技很好，将车开得又快又稳，然而即便是这样，到医院的时候南谨的脸色也已经白得像纸。

挂了急诊，很快就有医生过来检查。有人帮忙量血压、测脉搏、查看瞳孔情况，而她只是不停地冒着冷汗，就连医生的问话都没力气回答。

最后还是赵小天回忆说："她最近经常加班，有时候饮食也不规律，前两天还说胃不舒服……哦，对了，我下午帮她买了一杯咖啡，不知道是不是……"

医生已经在电脑上写处方，又将打印出来的化验单递过去，交代说："她在发低烧，又觉得恶心想吐，我先开止吐和退烧的针。你们现在带她去抽血做个化验，到时候再把化验结果拿过来给我看看。"

医生说："初步诊断是急性胃炎。"

傍晚的输液室里只剩下零星几个病人和家属。

其实身体这么难受，本应该躺在病床上输液，但因为南谨十分抗拒病床，说什么也不肯睡上去，护士只当她嫌病床不卫生，便只好将她安置在单人座椅上。

护士调好了点滴的流速就走了，剩下赵小天陪在一旁，他十分歉疚地说："南律师，是我不好，不应该买冰咖啡给你喝。"

南谨输了液，状况已经好转许多，反过来宽慰他："跟你有什么关系？是我的咖啡瘾上来了，一时没忍住多喝了两口，没想到对胃的刺激会那么大。"

赵小天说："医生刚刚交代了，让你以后尽量少接触刺激性的食物和饮品。我以后也会时刻注意的，再也不敢买咖啡给你喝了。"

南谨有气无力地笑笑："知道了。"

见她笑了，赵小天这才松了口气，掏出手机说："我出去给姜律师打个电话报平安。刚才送你来医院的时候，他正好在处理急事脱不开身，特意嘱咐我要及时跟他汇报这边的情况。"

"去吧。"南谨点头。

其实她还有点累，恶心的感觉虽然止住了，但仍旧提不起精神来，烧也还没立刻退下去。医生开了三四瓶大大小小的药水，刚才问过护士，全部输完大约需要两三个小时。她一整天几乎没吃什么东西，这会儿倒也不觉得饿，只是没精神。

输液室里挂着一台液晶电视，也不知是谁将频道调到了本地一个电视剧台，里面正上演着情节零碎的婆媳剧，几个正在输液的女病人连同家属看得津津有味，而剩下的两三个男士则都低头玩着手机。

南谨这才发现，自己被送来医院的时候什么都没带，连手机都不在身边。她百无聊赖地看了会儿电视，幸好赵小天很快就回来了，告诉她说："姜律师说等他忙完了就赶过来。"

"哪用这么麻烦。"南谨皱眉，想了想说，"你给他发条短信吧，让他别来了，又不是什么大事。"

赵小天依照她的意思，编了条短信发过去，然后又像是突然想起什么来，抬起头笑着说："南律师，想不到你怕打针啊。"

"什么？"南谨愣了一下，一时没反应过来。

"你怕打针啊。"仿佛是发现了什么有趣的事，大男生俊朗的脸上满是兴味，"刚才你都难受成那样了，连话都没力气讲，可是一听说要扎针，吓得像个……"他犹豫了一下，才一边笑一边拿着胆子形容："吓得像个小朋友一样。"

"有这种事吗？我没印象了。"南谨有点尴尬。

她是真的没有印象了。方才有一阵，除了胃痛和恶心想吐之外，她几乎失去了其他所有的感觉，就连怎么进到输液室的都想不起来了。

赵小天点点头，还生怕她不信似的，将每一个细节都还原给她听："一次是抽血化验，一次是扎输液的针。反正只要一看到针头，你就拼命往一旁躲，而且挣扎的力气还挺大，幸好我们三个人都在场，不然护士估计都拿你没办法。"

其实他故意忽略了另一个细节没讲出来，南谨不仅仅是害怕打针，甚至已经到了恐惧的地步。明明人都已经昏昏沉沉了，却仿佛能够感应到针头的存在，只要护士碰到她的手臂，她就吓得整个人瑟缩起来。

他从没见过哪个成年后的女性会像她这样害怕打针。她的眼泪在眼眶里打转，手指紧紧地抓住身旁的人，像是抓着一根救命的浮木，可怜兮兮地仰着脸哀求。看她那样子，倒似乎不是要打针，而是在要她的命。

平日里那样干脆利落的一个女人，在法庭上理性冷静得令对手生畏的一个女人，谁能想到就在刚才的某个时刻，她居然会像个受了天大委屈的小女孩。那样楚楚可怜的模样，令他看了都有些心生不忍。

赵小天记得，当时站在她身边的恰好是那个冷峻沉默的萧先生。而她满眼都是泪水，人又迷糊着，仿佛仅仅是凭着本能找到萧川，手指死死攥住他的衣袖，什么话都不说，又或许是说不出来，便只是那样哀求般地望着他。

那副样子，任谁见了都会心疼。赵小天甚至想，如果换成是孙菲菲这样，他恐怕都会失去理智，不打针就不打针，想怎么样都依着她，只要她别再哭就行了。

可是赵小天觉得，萧川的反应有些奇怪。

当时的南谨就像完全变了一个人，那样依赖他，仿佛将他当成了自己唯一的救星，而他却只是居高临下地看着，竟然无动于衷。反倒是在南谨碰到他的那一刻，他的眉头才微不可见地皱了一下，那双墨色的眼睛又深又沉，清冷的目光垂下来，像是在看南谨，又像是并没有真的在看她。

他就那样良久地沉默着，任由南谨抓住自己的衣袖，而他仿佛是忽然走了神。最后还是护士姑娘着急了，在一旁催促道："家属赶紧的，帮个忙。"他这才伸手掰开她的手指，同时转头用眼神示意余思承过来帮忙，自己则往后退开了两步。

后者的动作干脆利落，看起来十分有技巧，也不知他是怎么做到的，既没有弄痛南谨，又让护士姑娘顺利地将针头插入她的血管里。

赵小天在旁边看得清楚明白，在针头接触到皮肤的那一刻，南谨的眼泪终于扑簌簌地落下来，像是真的害怕极了，又抗拒极了，可是没有办法，于是只能咬着苍白的嘴唇低低抽气。

赵小天从没经历过这种场面，竟被弄得有些手足无措。他下意识地抬头去看在场的另两个男人，只见余思承正协助着护士，脸上没什么表情，而萧川，几乎在南谨落泪的同时，他转身走了出去。

"……你们三个人？"南谨以为自己听错了，犹豫一下才出声确认。

"对啊，我、余先生，还有萧先生。"赵小天说，"南律师，你该不会不记得了吧？你在会客室里突然不舒服，还是余先生开车送你来医院的。"

她当然记得，甚至还能隐约想起来，将自己送到医院的那辆车又高又大，大概是辆越野车。她当时路都走不稳，费了好大力气才能折腾上车。

可是后来到了医院，倒真有许多细节记不起来了。

而且，她根本就没料到，萧川和余思承竟会全程陪在一旁。

赵小天刚才说她害怕打针，表现得像个幼稚的小朋友，那么想必这一幕也全被那人看见了。

南谨闭上眼睛，深深呼出一口气，却仍觉得胸口发闷，过了半晌才问："他们什么时候走的？"

她本来还抱着一丝侥幸，结果赵小天的回答令她不禁大吃一惊。

赵小天想了想说："应该还没走吧。刚才我去外面打电话，看见他们正在抽烟，可能抽完烟就会进来看你了。"

可是，谁要他看？

南谨忽然有些不安，仰头去看挂在架子上的点滴。护士将流速调得偏慢，到现在为止一瓶都还没输完。

输液室就这么大，她根本避无可避，只好说："小赵，麻烦你出去跟他们两位道个谢，同时让他们不用进来看我了，早点回家去吧。改天等我身体恢复了，再请他们吃饭，表示感谢。"

最后那句话只是权宜之计，赵小天却不疑有他，还只当她是不好意思了，毕竟她方才当着两个陌生男人的面又哭又闹，换成谁都会觉得不好意思。

他立刻答应下来，临走时还帮她倒了杯温水。

南谨心里还装着另一件事，勉强笑道："谢谢。"

落日的余晖融在远处高耸的楼宇之间，将天边映得犹如一幅浓墨重彩的油画，红橙蓝紫交替重叠，浅淡的云层被勾出一圈金色的边。

盛夏傍晚暑气犹存，连地面上都是热烘烘的。医院就在市区里，一墙之隔的院外是一条市区主干道。晚高峰还没正式开始，路上的车已经渐渐多起来，隐约可以听见汽车引擎声和零星的喇叭声，夹杂在热风里远远地扑送过来。

急诊大楼的后门外头原本是个停车场，最近因为医院扩改建，车子都停到地库去了，这块地便被划为花园绿地区。

除了新铺的草坪外，院里还移种了许多高大茂盛的树木，环绕着大楼，郁郁葱葱，树荫遮蔽下来，仿佛暑气也消了大半。

萧川站在树下抽烟。浅金色的夕阳余光透过高高的树叶缝隙，稀疏地落下来，像一把零碎的金片，散落在他的肩膀上。

他今天穿着棉质的休闲衬衣，袖口随意卷到肘部，可是现在那里已经凌乱不堪，是被人捏皱的。那个女人泪汪汪地拽着他的袖子，明明已经神志不清，偏偏手指还能攥得紧紧的，最后他掰开她，才发现她似乎是因为紧张害怕而正轻微地痉挛。

他站在外面抽了两三根烟，却始终没怎么开口说过话。

余思承不免觉得有些异样，叫了声："哥。"

他没应，眼睛在淡白的烟雾后头微微眯起来，看着前方不远处。

余思承也顺着他的目光看过去，场地中央有个小型的石雕喷泉，喷出的水流四下飞溅，将周围的地面打湿了一圈。有位年轻的母亲正在那里哄孩子，那孩子还很小，大约只有三四岁，也不知为了什么，趴伏在妈妈肩头哇哇大哭。

他们与这对母女隔得并不远，可以隐约听见那个年轻母亲的轻柔絮语。然而那孩子却不怎么好哄，哭声始终没有停下来，这时恰好有个穿白大褂的医生从她们面前匆匆经过，孩子看到更是整个人缩成一团，哭声更大了，看样子十分伤心。

这样一幅场景在医院里每时每刻都可能发生，其实并不稀奇。毕竟医院这个地方、医生这个职业，总是不招小朋友们喜欢的。

余思承不明白，这有什么好看的。结果就听见萧川淡淡地开口说："她也一样，像个小孩子，害怕医院和打针。"

他的语调平静，目光仿佛没有焦点，更像是穿透了眼前的人和事，看到更遥远的过往。

他口中的"她"没名没姓，余思承却立刻听懂了，不禁有些惊愕。

　　自从秦淮死后，所有跟在萧川身边最亲近的人，都不曾听他主动提起她。

　　可是今天……

　　饶是余思承平日反应快口才佳，一时之间竟也不知该如何回应，只好清清嗓子，迟疑半晌才劝道："哥，过去的事就别想了。"

　　萧川的目光转过来，朝他瞥去一眼，意味不明地笑了一声："我还以为你不敢接这个话题。"

　　是不敢。

　　相信没人敢在萧川面前主动讨论有关秦淮的任何话题，可是余思承只觉得这道眼风扫过来，凌厉得像一把冰刀，令他不自觉打了个寒噤，也只得老实承认："我这还不是怕哥你多想嘛！"

　　萧川不置可否，低头掐灭烟蒂，动作停了一会儿，他的语气很淡，眉宇间的那抹倦意也很淡："是今天这个南谨让我想起了她。"

　　他当然还记得，以前的秦淮有多么害怕去医院。为此他曾经问过她，而她的回答则是："因为小时候大病过一场，住了很久的院，每天都在打针吃药，结果弄出心理阴影来了……"

　　事实当然不会这样简单。可是既然秦淮不肯说，他便也不多追问。

　　每个人都会有一些小小的怪癖，而她的这个怪癖，其实也挺可爱的。

　　因为秦淮和一般女孩子不一样，她聪慧敏捷，勇敢独立，并不喜欢黏人，也不喜欢撒娇。偏偏只有在看病打针时才会突然变成另一个人似的，楚楚可怜地依偎着他，仿佛只有他才能救她脱离苦海。

　　她眼泪汪汪的样子十分招人疼惜，如同一只急需被人保护的幼小的动物，一点力量都没有，变得那样柔软可爱。在那个时候，他就是她的天、她的地，是她唯一的依靠。

　　这么多年以来，他的身边一直有许多的人，他们为他做事，同时也都在受着他的荫蔽，却唯有在保护她的时候，竟会令他产生一种甘之如饴的感觉。

她根本不需要做什么，只需要静静地待在他的羽翼下。

他从来没有这样疼惜过一个人。

记得有一次，恰好是隆冬季节，还有两三天就要过年了，室外气温最低时能到零下几摄氏度。她在外头淋了雨，结果很快就感冒发烧起来。他将医生叫到家里，可是即便如此，她一听说最好要打一针，吓得脸色更加苍白了，孩子气地蜷在被子里，说什么都不肯将身体露出来。

当着外人的面，他也不好去哄她，只能转头跟医生商量。最后还是医生无奈地妥协，说："那就吃药吧，再用物理方法降温。半夜有情况随时给我打电话。"

结果那天晚上，她果然烧得很厉害，吃了药也几乎没什么效果。他只好整夜不睡，就那样抱着她，用棉球蘸上酒精，在她的身体和四肢上来回擦拭着降温。

而她始终表现得十分乖巧，既不吵也不闹，只是偶尔觉得冷，便会朝他怀里挤一挤，紧紧地靠向他，像一只安静蜷缩的小猫。

直到下半夜才终于渐渐退了烧，她被渴醒了，声音虚弱地吵着要喝水。

一大杯温水咕咚咕咚灌下去，她才清醒了些。或许是因为刚刚发过烧，她脸上没什么血色，一双眼睛倒更显得清透明亮，犹如暗夜里的明珠，只是此时睁得大大的，惊讶地望着他："你怎么还没睡？"

他简直哭笑不得，看来她之前是真的烧迷糊了。

外面天快亮了，他抱住她一起躺下来，声音低低沉沉地，半哄着说："再睡一会儿。"

他是真的困了，又忙了一整晚，放下心来之后睡得格外沉。等到一觉醒来，窗外正飘着鹅毛大雪，身侧早已空荡荡的，就听见门廊外传来一阵清脆欢畅的谈笑声，貌似又恢复了十足的活力。

他原本以为秦淮是个异类，哪还有成年女人会因为看病打针而吓得瑟瑟发抖呢？结果没想到，在秦淮走了五年之后，今天竟然又遇见了一个这样的女人。

当南谨苍白着一张脸，哀求似的拽紧他的时候，他低头看见她眼睛里薄薄的泪意。那一层闪烁的水光犹如惊涛骇浪，在瞬间狠狠地击中他的心口，心脏涌起一阵猝不及防的闷痛，让他觉得呼吸都是费力的。

这是个完全陌生的女人，在某个时刻却像极了秦淮。不是因为她的脸，而是因为她的神情、她的眼泪、她揪住他不肯松手的姿态。

他向来足够清醒冷静，可是这一次，他用了太大的力气才能克制住自己瞬间产生的冲动。

他差一点儿就失态了，差一点儿就以为，这个靠在自己身边的、柔弱得像一只初生小动物一般的女人就是秦淮。

在烟草的作用下，萧川重新镇定下来，所以当赵小天走出来找到他们的时候，看到的仍是那张冷峻的面容。

赵小天替南谨表达了谢意，并委婉地表示不需要再上楼去看望南谨了。

余思承把烟掐掉，点点头说："那我们先走了。"

"好的。"赵小天想起来，客气地转述南谨的话，"南律师说了，等她康复了，请二位吃饭。"

余思承手里掂着车钥匙，笑道："没问题。"

上了车，他才问："哥，想去哪儿吃饭？"

萧川望着窗外，最后一线夕阳也沉没在林立的楼宇间，晚霞褪去，天空被蒙上一层浅浅的灰色，正是华灯初上的时候。他似乎是在思索着什么，又似乎什么都没想，过了一会儿才淡淡地说："去林妙那里。"

余思承闻言，不禁微微转过头来看了他一眼，却什么都没说，只是一手搭在方向盘上，一手掏出电话通知林妙。

"我这儿正好还没开饭呢，你们赶紧过来。"林妙没有犹豫，声音听起来干脆利落，似乎心情很不错。

难得她这样热情好客，余思承挂断电话后，目不转睛地看着车前方笑了一声："哥，还是你面子大。"

要知道，有多少人想去林妙那儿蹭饭吃都没成功。

林妙家的大厨是她花了大价钱，专程从香港老字号酒楼挖来的，手艺超一流。余思承他们又都是孤家寡人，没老婆没孩子，吃了上顿顾不了下顿的，难免垂涎她家的菜，可是全被她挡在门外，显然并不欢迎他们。

程峰曾经半开玩笑地评价说："这女人成天一副冷若冰霜的样子，简直白长了一张妖精似的脸。"

余思承深以为然，他也觉得林妙并不好相处，但又不得不佩服她。

一个年纪轻轻的女人，混迹于一帮大老爷们儿中间，却并不比任何一个男人做得差。

她从十几岁起就跟着萧川，这么些年，也是萧川身边唯一能留得下的女性。她性格孤傲、处事冷静，手段凌厉狠决，有时候甚至不像一个女人，可又偏偏长着一张艳丽至极的面孔。

只是她不爱笑。

似乎也只有在萧川跟前，林妙才会笑得多一些。

所以，当程峰这样评价她的时候，沈郁在旁边不冷不热地接了一句："她那张脸，也不是长给你看的。"

是给萧川看的。

包括她难得的笑容，也是给萧川的。

这些年来，这几乎已经算是尽人皆知的秘密了，只是大家都很有默契地假装不知道。

这是个不能被公开的秘密。

就连林妙自己也很清楚，有些事，只能守一辈子，一旦宣之于口，那就将死无葬身之地。

Love as
———
Time

浮生
寄流年

Chapter _ 7

你那天晚上看见我脸红了，其实并不是因为我喝了酒，也不是因为我被你吸引，而是因为我紧张……我很紧张，因为我发现你对我似乎很感兴趣，而我终于可以接近你！

今晚萧川会上她这儿来吃饭，简直令林妙既诧异又惊喜。明明只有三个人，她却吩咐老师傅准备了一桌子的菜。全是清淡的广式口味，符合萧川的习惯。

厨房里正在忙碌，离开饭还有一段时间。

萧川进门后就闲坐在沙发上翻杂志，任由余思承和林妙在一旁聊天，连眼皮都没抬一下，完全无动于衷。

余思承是知道他的，看样子他这个时候不想被别人打扰，于是识趣地站起身，百无聊赖地在各个房间来回溜达。

这是一套两百多平米的复式公寓，一个年轻女人独自住在这里，堪称奢侈。

余思承从书房逛到健身房，然后又踱步到隔壁的视听室。他很少上林妙这儿来，这时倒觉得有些新鲜，尤其是房间里的陈设和摆件，除了做工精致之外，竟还透出年轻女性特有的柔软气息。

视听室里有一整面墙被装成了 CD 架，电影、音乐、纪录片等等各种类型的碟片整整齐齐地摆在架子上。余思承饶有兴致地站在墙前浏览，这时就听见身后传来一点轻微的响动。

他应声回过头，只见林妙双臂交叉抱在胸前，正站在门边冷淡地看着他："没经主人允许就随便参观，这种行为好像不太礼貌。"

他却根本不以为意，反倒朝门外努努嘴："这个时候你来管我干吗？那位难得过来一趟。"

林妙愣了愣，才淡淡地说："他不想有人在旁边打扰。"停了一下，她问："今天出了什么事？"

余思承眉峰微扬，答得轻描淡写："我哪儿知道啊。"

林妙忍不住瞪去一眼："不说算了。"她脸上还是那副不冷不热的表情，问他："晚上想喝什么酒？"

"喝什么酒啊！几乎每晚都泡在酒精里，今天好不容易能尝到你家大厨做的菜，晚上只吃饭，不喝酒。"

"真是难得。"林妙冷哼一声，转身出去，不再管他了。

但是余思承的主意做不得数，一切都还得听另一个人的。萧川说晚上要开酒，林妙立刻就去酒架上挑了一瓶。

是年份很好的红葡萄酒，入口顺滑，气息甘醇。深红的液体盛在杯中，在暖光灯下泛动着莹润的色泽。

三个人分一瓶酒，很快就见了底。谁知萧川似乎意犹未尽，说："再开一瓶。"

其实在自己人面前，他已经很多年没有这样喝酒了。林妙终于觉出一点不对劲来，转头去看余思承，却只见余思承给自己盛了碗金线莲老鸭汤，正低眉垂眸，有一口没一口地喝着，根本不表态。

她被余思承气得半死，又不知道萧川今天是怎么了，一时之间也拿捏不准该不该劝。

结果坐在对面的男人不紧不慢地瞟了她一眼："你什么时候变得这么小气了？知道你收藏了不少好酒，今晚难得上你这里来一趟，总该不会是舍不得拿出来喝吧？"

他唇边浮着一点调侃般的笑意，倒令脸上沉峻的气息削弱了几分。

她看得心中微微一动，不由得抿了抿嘴角，目光盈盈，似笑非笑道："哪里舍不得？"她站起身，索性咬咬牙："大不了今晚奉陪到底。"

萧川看了看她，却只是不置可否地笑笑。

其实林妙的酒量并不算好，一瓶红酒已经是极限了，但是因为今晚情形特殊，就像余思承说的，萧川难得过来一次……她记得很清楚，他上一次走进这扇门，还是几年前和大家一起祝贺她搬新家的时候。

那天他只待了不过半个小时就离开了。此后她一个人住在这样大的房子里，甚至从来不敢奢望他会再来看一看她。

可是，今晚他却这样突然地出现了，给她带来的是一种巨大而隐秘的欣喜。为了他的每一个举动、每一句话，林妙觉得无论自己做什么都是值得的。而事实上，一直以来她都是这样做的。

如今，只是喝酒而已。

只要他想，她宁愿陪他喝到天亮。

林妙的酒量不好，但喝酒的姿态向来干脆爽快。又是在自己家里，更加不需要顾忌。

不过，第二瓶酒打开后，萧川就淡淡地发话了："你不要再喝了。"

他的神情与往常无异，只是拿过酒瓶，慢条斯理地自斟自饮，就连余思承在旁边想要陪一下，都被他当作空气一般地无视了。

林妙这才能肯定，是真的出了什么事。

她不担心他会喝醉，因为他的酒量非常好，她只是在担心，不知发生了什么。

这餐饭吃了近三个小时。临近结束的时候，余思承突然接了个电话，有要紧的事不得不匆匆离开。

"照顾好哥。"临走时，余思承不忘交代。

林妙送他出门，还来不及出声答应，就见萧川坐在餐桌边摆了摆手，漆黑幽深的眼睛瞟过来，眉头微微皱着，仿佛有点不耐烦："废话真多，要走赶快走。"

余思承不敢再作声，只好冲林妙使了个眼色，这才快步离开了。

林妙将门关上，身后传来清脆的机械开合声，萧川拨弄打火机，低头点了支烟。

淡白缥缈的烟雾将他笼罩起来，萧川的脸仿佛陷在一层清晨的薄雾后面，看不清表情。她远远地站在门廊上，看他漫不经心地吸了两口烟，掸掉烟灰，然后站起身说："我也回去了。"

她怔了一下才像是回过神来，立刻说："我让司机送你。"

她陪萧川下楼，在车边迟疑了一瞬，然后便绕到另一边，拉开车门坐了进去。

"酒喝多了，正好出来呼吸一下新鲜空气。"她一边笑一边解释。

萧川只是看了她一眼，不置可否。

车子开动起来，汇入了这城市最繁华的街道。

忽明忽灭的光影像细碎的流水一般，无声地划过那张沉静冷然的侧脸。从上车开始，萧川始终微合着眼睛，似乎是在闭目养神。而他不说话，林妙便也不敢随便出声。

车厢里很静，有淡淡的酒气，混杂在她的车载香氛里，清甜的味道中隐约带着一点甘冽。

旁边那人气息均匀沉稳，今晚喝了太多酒，她也不知道他醉了没有。

到了家门口，车子稳稳停下来。大门外头几盏雪亮的路灯照在车前，在水泥地上拉出浑黑寂静的影子。

萧川仍旧没什么动静，大约是真的睡着了。林妙又等了一会儿，才不得不轻声提醒："到了。"

她的话音刚落，萧川很快便睁开眼睛。

林妙见他坐直身体，看样子是准备下车离开了，也不知自己从哪里来的勇气，她心头一热，有些话就这么冲口而出："能不能让我进去喝杯水？"

萧川的动作微微一顿，转过头来看了看她。

车外的灯光恰好有一缕打在他的侧脸上，此时此刻，她把他的目光看得清清楚楚。那目光又深又沉，犹如一道不见底的深渊，令

她莫名忐忑。她坐在那儿下意识地咬了咬嘴唇，勉强解释道："我
渴了，想喝点温水。"

也只有在他面前，她才会露出这样的表情，就连语气都仿佛怯
怯的。

是谁说的？爱一个人，就会不自觉地低到尘埃里去。

她不过是珍惜难得的共处时光，竟会像一个卑微的小偷，找出
如此拙劣的借口，只为偷取一段奢求。

幸好萧川没有再看她，转身一手拉开车门，淡淡地说："走吧。"

进了门，萧川吩咐用人倒茶，自己直接上楼去了。

客厅里灯火通明，中央空调冷气充足，莹莹的灯光落在地板上，
反射出一种清冷安静的色泽。

林妙心不在焉地喝了水，似乎再没理由继续留下来。她原本以
为萧川还会再出现，结果并没有。他让她进屋，却任由她活动，像
是对待沈郁他们的态度，随时可以来，也随时可以走。

其实这个地方林妙并不常来。有时候她暗暗羡慕沈郁他们，因
为都是男人，所以总是可以堂而皇之地过来吃饭、看球。

今天，萧川也是这样对待她的，可她却觉得难受。望着空荡荡
的楼梯，林妙的胸腔里仿佛堵着一团又干又软的棉花，就那样密密
实实地梗在心口，每一下呼吸都是难熬的。

也许从一开始就错了。她不该跟着他上车，更不该找借口进门，
这样鬼使神差般的做法，根本不是她林妙一贯的行事风格。

可是，她想，错就错到底吧。

她横了心，甚至有点不计后果，径自沿着楼梯走上去。

二楼拐角处的一扇门虚掩着，从里面透出一丝昏黄的光。

林妙停在那里迟疑片刻，终于还是伸手推开。

原来是间书房，整整两面墙都是高而宽的书架，靠窗的位置摆
了张大书桌和转椅，而萧川就静静地坐在那里。

房间里只开了一盏落地灯，光线昏暗温暖，遥遥落在那张沉峻

的脸上，带出一道暧昧不明的阴影，似乎令他的表情也变得温暖柔和起来。

林妙不自觉地上前两步，这才发现萧川一动不动，呼吸均匀，大约是睡着了。他睡前把手表摘了，就搁在书桌上，房间里静谧得只能听见指针走动的声音。

嘀嗒嘀嗒，一秒，又一秒……林妙也不知道自己就这样呆立了多久。她几乎没有机会能这样近距离地观察他，此时她就像一条几近干涸的鱼，终于重新回到海里，呼吸和眼神都带着肆无忌惮的贪婪。

她细细地看他，心中却没来由地一酸。

五年时间，哪怕朝夕相处，也能发现他的变化。

自从秦淮死后，萧川的神情气息愈加冷郁，心思更是难测。很多事情，他似乎都懒得亲自过问，只是将它们交给一众弟兄打理。

日复一日，他英俊的眉眼间终于现出细小的纹路。哪怕是此刻睡着了，那些细纹的痕迹仍隐隐约约的，似乎还有浅淡的倦意。

林妙紧抿着嘴角。

上一次她这样毫无顾忌地看着他，还是在五年前。

那时候萧川生了一场大病，身体状况不是太好，反反复复拖了几个月也没痊愈。恰好她手底下的一家夜总会在经营时出了点纰漏，被临时查封了。情况有些复杂难办，她走了很多门路，始终没办法搞定，最后只能来向他汇报。

萧川斜靠在床头，面色平静地听她叙述完，一时也没表态。

她很懊恼，又有点羞愧，低下头认错："是我疏忽了，没想到后果这么严重。而且，这件事本应我自己去解决，不该过来打扰你休息。"

"现在不要说这些了。"萧川只是淡淡地表示，"我明天会去处理。"

他那时的精力和体力似乎真的很有限，与她谈完之后，便微合上眼睛，不再说话。

深秋午后的阳光清泠冷冽，斜斜地穿过玻璃窗，落在床沿上。

床单是白色的，而他的脸色仿佛更加苍白，眉宇间满是深重的倦意，神情间虚浮着一层灰败的气息。

她一时没敢离开，就那样面对面守着，直到确认他真的只是体力不支睡着了，才悄悄放下心来。

时隔五年，不过一千多个日夜，却如同隔着遥远的几个世纪。

林妙觉得自己一定是疯了，才会不退反进，一步步靠近这个男人，像是着了魔、中了咒一般，一直走到他跟前。

她半蹲下来，灯光在背后投出一道浅淡的阴影，将她的影子落在萧川的腿上。

她低下头，盯着萧川的手。那双手静置在转椅扶手边，十指修长，骨节分明匀称。她从来不敢妄想更多，只要能被这双手握一握，便已是最奢侈的愿望。

她是有点不计后果了，才会这样大胆放肆。可是手指刚一触及萧川的手背，就被他突然抬手捏住了手腕。

她惊了一下，连忙抬头，猝不及防地撞上一双乌沉的眼睛。

萧川不知何时已经醒了，眼里透着清清冷冷的光，正面无表情地俯视她。

他的手指温度低凉，紧紧扣在她的腕间，像是一把淬过冰水的剑，又冷又利，令林妙忍不住瑟缩了一下。

"你的胆子越来越大。"他冷冷地说，同时松开她。

林妙被惯性带得身体一晃，差点儿跌坐在地上，漂亮的眼睛里除了惊讶，还有一抹难掩的难堪。

她默不作声，眼神浮浮荡荡，像是没有任何焦点，如同一尊雕塑一般维持着方才跪蹲的姿势，许久都没动一下。

萧川说："你喝醉了，早点回去吧。"说完他自顾自地点了支烟，起身走到窗边去抽。

林妙终于抬起头来，她微微仰着脸，直直地望向萧川的身影。

他在抽烟，英俊的脸上没什么表情，也没说要如何处置她，但她知道他已然动怒了，因为他的声音是冷的，几乎没什么温度。

她看了他半晌，终于慢慢地从地上站起来。其实她知道，自己此刻一定狼狈极了，但还是没忍住，咬着牙问："为什么我不可以？"

事情已经到了这一步，又能更坏到哪里去呢？

她将手指紧握成拳，眼睛里有深深的绝望："她已经死了很多年了，而我一直都在你身边。"

"你说什么？"萧川抽烟的动作顿了一下，侧过来瞥她。

"我说秦淮，她已经死了很多年了！"

"是谁给你的胆量？"萧川打断她，"是谁允许你在我面前谈论她的？"

他的语气轻描淡写，只有眼睛微微眯起来。这是他真正动了怒气的标志，可林妙明明知道，却依旧口不择言："秦淮对你根本就不是真心的，而且当初还是你亲自下命令……"话还没说完，她只觉得脸上一凉，剩下的声音硬生生卡在嗓子里。

林妙瞪大了眼睛，看着近在咫尺的男人。他修长的手指正贴在自己的脸上，仍是那样低凉的温度，指间还夹着半截香烟，那一点猩红的火光跟随着他的手，从她的脸颊边不紧不慢地往下移动，最后停在了脖颈间。

她晚上喝了不少红酒，身上很热，脑袋也是热的，所以才会一时昏了头，说了许多本不该说的话。可是萧川的手却是冷的，冷得她本能地想要避开，结果念头刚起，就发现自己根本动弹不得。

萧川只用几根手指，就轻而易举地扣住了她的下巴。

他的动作有点重，捏得颌骨隐隐生疼，但林妙不敢躲，又或许是忘了躲，只是一味地看着眼前这个高大的男人，从那双深沉幽暗的眼眸中，读到了危险的信号。

她知道自己彻底惹怒他了。

秦淮果然是萧川的禁忌，而秦淮的死，更是禁忌中的禁忌。平时谁都不敢提，偏偏就只有她，这样不顾死活地挑战他的底线。

　　"林妙，"也不知过了多久，萧川终于沉沉开口，"你跟了我多久？"

　　她怔了怔，眼里渐渐浮起一丝凄惶："十一年。"

　　女人一生之中最好的年华，都是在他身边度过的。可是她求的，永远也不会来。

　　萧川笑了笑，眼底却仍是冷的："念在这十一年的分儿上，你回去吧。"

　　他松开她，头也不回地径直离开书房。

　　林妙呆立在原地，望着窗外乌沉的夜色。

　　十一年，换来的是一次口不择言后的原谅。

　　可以换来原谅。

　　却也仅此而已。

　　她出了门直接问司机拿车钥匙，说："我自己开车回去。"

　　司机善意提醒："妙姐，你喝了酒。"

　　她脸色一沉，眉头皱起来："废话真多。"

　　司机哪敢和她硬顶？只好乖乖噤声，交出车钥匙。

　　启动，换挡，踩油门，加速，车子带着巨大的引擎轰鸣声迅速驶远。

　　夜已经深了，大多数马路上都空荡荡的，只有路灯孤寂地立在两侧路边，仿佛是两串夜明珠，将夜色点亮。

　　林妙的车开得很快，车窗降了一半，微热的夜风倒灌进来，吹散了她的长鬈发。

　　她觉得脸上有些刺痛，像是被发丝拂过，不禁伸手去抹，这才发现竟然是湿的。

　　满手的湿意，是眼泪。

　　她已经很久没有哭过了，似乎都快忘记流泪的感觉。可是如今却怎样都停不下来，眼泪不知不觉地汹涌而出，迅速模糊了视线。

经过十字路口的时候，眼前白光倏地一闪，林妙这才知道自己闯了红灯。斑马线上还有行人，她惊得迅速打方向盘，轮胎在柏油路面上蹭出尖锐的摩擦声，车子在惯性中整个横过来，最终猛地停在马路正中央。

林妙紧握方向盘，惊出一身冷汗，第一反应便是去看后视镜。

镜中有人倒在斑马线上，不知死活。

这时候，扔在副驾座位上的手机突然响起来，她也顾不上看，抓起包和手机便推门下车。

就在林妙下车的同时，被车蹭到的行人也自己坐了起来。林妙眼见对方还能动弹，心下暗暗一松，加快步伐走过去。

撑坐在地上的是一个年轻女人，她微微低着头，及肩的长发垂落下来，遮住了大半张脸。

林妙到了跟前，伸手去扶她，一边问："你没事吧？"

年轻女人顺势站起身，看到林妙，似乎犹豫了一下才说："没事。"

林妙却不由得又仔细察看了一下，对方穿着职业裙装，大概是被后视镜剐到，所以才会摔倒，膝盖处蹭破了皮。

"你的腿受伤了，需要去医院吗？"她问。

"不用，没关系。"那女人似乎并不怎么在意，只是微微地摇头。

见对方坚持，林妙也不勉强，虽然是真的松了口气，但又实在觉得抱歉，于是从包里摸出一张名片递过去："这上面有我的联系方式，必要时给我打电话。"

说起电话，她的手机倒是锲而不舍地持续响着。这时候才有闲工夫看一看，原来是余思承来电。

林妙刚把电话接起来，就看见一辆闪着警灯的车远远开过来，显然是看到路口发生的事故，正缓慢地靠近并停在对面马路边。

林妙拿着手机避到一旁，直截了当地告诉余思承："我这边遇到棘手的事了。刚才开车撞到一个人，这会儿有交警过来了。"

余思承的反应很迅速，立刻向她确认："是你自己开的车？在哪里？"

来的果然是交警，也是林妙运气不佳，恰好碰上他们夜间巡逻至这一带。

一高一矮的两个年轻交警过来察看情况，林妙不敢和他们站得太近，她酒后开车，已经严重违反交规了，结果又因闯红灯肇事，简直是罪上加罪。

所以她只是陈述："我心情不好出来兜风，一时没注意到是红灯，不小心蹭到这位小姐。"

高个子的交警仔细看了看她，果然脸上隐约还有没干的泪痕，眼睛也是红红的，看样子是刚哭过。

"心情不好更不应该开车，这样太危险了。幸好现在人没事，以后应该引以为戒。"

林妙点头："我知道了。"

正说话间，余思承也赶到了。

他将自己那辆拉风的改装版路虎往路边一靠，跳下车径直走过来。

林妙的神色微微一松，倒是两个交警将这位突然闯入的高大男人上下打量了一眼，正色问："你是来干吗的？"

余思承笑了笑，指着林妙说："我是她的朋友。"然后他一转头，眉峰挑起来，似乎也觉得十分惊诧："南律师，是你？"

南谨觉得最近自己的生活有点太热闹了。接二连三地遇见旧识，先是余思承，再是沈郁，如今就连林妙也出现了，真是你方唱罢我登场，彻底搅乱了原本平静的日子。

其实她第一眼就认出了林妙，所以才想大事化小、小事化了，根本不愿与林妙多接触。可是没想到偏偏被交警撞见，拦在路上问了半天，如今余思承也来了。

她只好冲他点点头。

余思承打量着她，问："没受伤吧？"

"没有。"

于是他暂时把她放在一边，转头去跟交警打招呼，脸上重新带了舒朗的笑意："都是认识的朋友，幸好没出什么事。你看，这大半夜的，实在是麻烦二位了。"

南谨见他把两个交警叫到一旁，也不知低声说了些什么，然后便笑着给他们各分了一支烟，更亲自用打火机点上。

回来的时候，交警对他的态度显然已经不像刚才那样生硬戒备，只是严肃地教育林妙："下次开车一定要小心一点。"

警车很快就开走了，余思承这才转头去看南谨，说："我送你回去。"

南谨还有些迟疑，就听见他半开玩笑道："保护你的人身安全是我的责任，毕竟我还有更重要的事情委托你帮忙呢。"

"我也没说一定会接你的案子。"南谨不冷不热地声明，但到底还是上了他的车。

她的膝盖蹭破了，虽然并不严重，却也一直火辣辣地疼着。南谨想，或许自己合该有这一劫。原本赵小天是要陪她挂点滴的，结果半途中接到女朋友的电话，紧急召唤他回去。南谨正好也想独自静一静，况且挂了几个小时的药水，身体已经不像之前那样难受，于是便将赵小天遣走了。

只是万万没想到，她刚从医院出来，就遇上这样的事故，而开车的人竟然还是许久未见的林妙。

是真的很久没见了，可她还是美艳如昔，身段玲珑有致，大波浪的鬈发垂在腰后，甚至比五年前更加妩媚动人。

这个萧川身边唯一的女人，也不知现在和萧川是什么关系？

南谨突然发现，在见到林妙之后，自己竟然在关心这种事情。明明都是前尘往事，早已恍若隔世了，现在萧川的一切又与她有什么相干呢？

晚上车少，余思承很快就将她送到家门口。

"谢谢。"南谨说。

　　"不客气。"余思承笑笑，"改天请你吃饭压惊。"

　　她不置可否，随即下了车。

　　直到这时，一路沉默着的林妙才突然开口问："她是律师？你们是怎么认识的？"

　　"一言难尽。"余思承的表情看上去漫不经心。

　　林妙冷哼一声："她长得这么美，该不会是你的追求目标吧？"忽又话锋一转，微微疑惑道："不过……为什么我总觉得以前好像在哪里见过她。你有没有这种感觉，会不会觉得她像是我们都认识的熟人？"

　　"会吗？"余思承看她一眼，"不觉得。"

　　引擎声伴着汽车尾灯，终于消失在小区大门外。

　　南谨在黑黢黢的阳台上站了一会儿，才返身进屋开灯。她洗了个澡，然后将腿上的伤口简单处理了一下，起身拿包的时候，一张纸片掉落出来。

　　那是林妙的名片，米色卡片上印着黑色的名字，外加一串电话号码，极简的设计风格其实与林妙的气质并不太配，反倒像是萧川的风格。

　　其实南谨还记得，早在多年之前，当她第一次见到萧川的时候，就已经看出林妙对他不太一般。

　　那时候她刚刚进入沈郁的公司，做着行政文职。工作倒不算繁重，像那样一家投资顾问公司，交给她这个新人的工作只是收发材料、复印打印之类的日常事务。

　　会见到萧川，完全是个偶然。

　　那日她下班迟了，楼下保安拿着一个快递信封上来的时候，偌大的公司就只剩下她一个人。

　　保安看见她，如同见到了救星，急忙说："刚才有人过来把这个交给我。听沈总说，这份材料很重要，他现在就要拿到，只好麻烦你送一趟。"

薄薄的一封同城快件，也不知里面装了什么。她问明地址后立刻下楼拦车，赶了过去。

当时正值晚高峰，路上车多人多，最后赶到目的地时已经将近晚上八点了。

沈郁在某会所里吃饭，她在服务员的带领下穿过幽僻的回廊。推开门，才发现很大的一间包厢，里面却没几个人。

沈郁正侧头和他旁边的一个男人说话，她站在门口远远看着，因为太饿了，只觉得心头一阵发慌。

她叫了声："沈总。"

不大不小的声音，却吸引了所有人的注意力。

沈郁回头看到她，微微点点头，冲她一招手："好，过来。"

她很听话地走过去，双手递上老板需要的材料。

桌面上显然已经酒过几巡了，她垂手立在一侧，等待着别的吩咐。结果沈郁却把快件随手搁下，反倒问她："你吃过晚饭了吗？"

她摇摇头。

"那正好，坐下一起吃。"

桌上不过才五六个人，除了自家老板之外，其余的全是陌生男女。

她虽然饿极了，但还是摇头，只不过婉拒的话还来不及说出口，那边服务生已经手脚勤快地在近门的位置加了一张椅子。

沈郁轻描淡写地示意她坐下："都是自己人，没什么好拘束的。"

他虽是这样说，但并没有将在座众人介绍给她。

结果这餐饭她吃得格外别扭，听着他们继续谈笑风生，感觉自己就是个局外人，只好低着头默默吃饭。

她是真的饿了，一边填饱肚子，一边有些走神。直到听见有人叫自己的名字，这才如梦初醒地抬起头。

原来不知是谁问起了她，于是沈郁在给大家介绍。

"这是秦淮，公司最近新招进来的员工。"沈郁比了个手势，让服务生倒了杯酒，在圆桌的正对面看她，"秦淮，敬杯酒吧。"

可是她从小到大滴酒都未沾过，唯一一次还是在毕业聚餐的时候，被男同学们起哄灌了两杯啤酒，结果还没走出酒店大门就已经晕头转向了。

她自知不能喝酒，喝了必定要出洋相，可是大半杯的红酒已经被放到面前，所有人都在等着她端起酒杯。她忽然觉得，这就像是一场鸿门宴，来得了，却未必能轻松退得出。

"沈总……"她有些迟疑，只能眼巴巴地望着沈郁，清秀的脸上满是为难，"我不会喝。"

以前就曾听说，许多初入职场的女孩子会在各种酒局里被灌得一塌糊涂，所以她在推拒的同时，其实也做好了豁出去的准备。万万没想到，沈郁似乎根本无意勉强，见她这样为难，只是微微抬抬下巴，示意她："那一杯就好了。"他笑得轻松随意："就敬……他吧。"

沈郁口的那个"他"，是坐在他右手边的年轻男人。

那是全桌的主位，与她隔着最远的距离。

她不禁抬眼看过去。

暖色的灯光落在男人身侧，那是一张她这辈子见过的最英俊的面孔。而他刚刚摁熄了烟蒂，这时也正看着她，眸光幽深沉峻，似乎是在审视着什么。

一杯红酒，虽然已经远超过她的酒量，但她也知道不能再得寸进尺了。

她索性一咬牙，起身端起酒杯，遥遥地问："不知这位先生怎么称呼？"

"萧川。"男人神色淡淡地说。

她抿嘴微笑："萧先生，我敬您。"说完闭上眼睛，真的一口气喝光了杯中的酒。

她向来都是这样，一旦决定要做什么，便不会拖泥带水。

可是酸涩的液体滑进喉咙，实在是难喝极了，却又不得不皱眉强忍住，末了她捂着嘴巴强咽下最后一口，才慢慢坐下来。

酒精的作用来得很快，仿佛有一团火，从胃里一路向上烧着，烧过喉咙，直到脸颊。她的皮肤白皙清透，于是那抹绯红色浮在上面便愈加明显。

就连眼睛里都仿佛涌上一层水光，她就隔着那潋滟的水光去看对面那人，发现他正坐在主位上微微晃动。后来她才知道，其实是自己的眼睛在晃，她看着周遭的一切，都像是在浮动的。

耳边隐约有人在说话，但她听不太清楚。因为很快就开始头晕，那些交谈声都化成低沉的嗡嗡声，像是被人拿着变音器，放缓了语速降低了声调，却又像是隔着千重万重的屏障，所以一句都听不清。

她稍缓了缓，才紧抿着嘴唇，勉强自己站起来。也许是自己的样子不太正常，身旁适时地伸过一只手，轻轻扶住了她。

在那样的情况下，她根本顾不上更多，踩着虚浮的脚步冲向卫生间，然后尽数吐了出来。

吐完立刻觉得好多了，她这才发现，一直扶着自己的是当时在场的唯一女性。对方很年轻，却又有一种妩媚的气质，从她艳光四射的眉梢眼角里透出来。

后来她才知道，她叫林妙。

林妙递了纸巾给她，问："好些了吗？"

她既感激又有些羞愧，说："谢谢。"

"不客气。像这样的场合，以后习惯就好。"

两人明明差不多的年纪，可林妙对她说话的口吻，倒像是将她当作什么都不懂的女学生。

之后他们果然都没再让她喝酒，直到饭局结束，沈郁经过她身旁时问了句："没事吧？"

她摇摇头，其实胃里仿佛被掏空了一般，人也晕乎乎的，走在绵软厚实的地毯上，每一步却都像是踩在棉花上。

沂市已经入秋，晚风打着旋儿卷起落叶和看不见的细尘，风吹在身上，其实是有些凉的。

她刚吐过，酒意还没退掉，站在四合院的院墙外不禁微微瑟缩了一下。

院外狭窄的胡同里停着好几辆车，此时车灯全都一一亮起来。

沈郁侧头看她一眼，忽然对站在另一旁的人说："哥，我一会儿还有事，让秦淮坐你的车走吧。"

她似乎听见那人低低地应了声，又似乎他什么都没说，其实她整个人都是晕的，甚至不知道沈郁在同谁讲话。就只见沈郁又转头吩咐她："回家后洗个澡好好睡一觉，明天可以迟点去上班。"

她感激地说："谢谢沈总。"

始终候在路边的那些车陆续开到门口来，最前面的那辆黑色轿车堪堪在她面前停稳。

沈郁往旁边让了一步，她这才看清他旁边站着的是谁。

院门外伫立着两盏路灯，昏黄的光照在萧川身上，他穿着深色风衣和长裤，整个人在暧昧不明的夜色中显得更加修长挺拔。他似乎看了她一眼，才率先上前拉开后座的车门，说："走吧。"

她怔了怔，抬眼接触到他的目光，这才恍然醒悟过来，原来他是在跟自己说话啊。

车厢里十分宽敞，座椅散发着淡淡的真皮气味，关上窗，便像是与外界隔绝了一般，静谧得仿佛身处另一个世界。

她端坐在后座的一侧，透过车窗，正好看见林妙就站在外头。虽然今晚只是初见，但她十分感激林妙在关键时刻伸出的援手，于是想同林妙道声再见。

她不好意思擅自降下车窗，便只是隔窗挥了挥手。因为光线足够，角度又正好，她本以为林妙能看见，没想到，林妙并没有在看她。

身姿娉婷的林妙立在灯光下，目光越过她，幽幽地落在了车内另一个人的身上。

她愣了一下，像是瞬间发现了一个秘密，下意识地转头去看，却正好对上一道又深又沉的视线。

"可以走了吗？"萧川对外头发生的一切恍若未闻，只是在问她。

或许是因为车厢里太安静，又或许是因为两个人近在咫尺，他的声音显得格外低沉清冽，仿佛带着某种特殊的磁性，化在空气中，让她的脸颊又开始微微发热。

她抿着嘴唇，讪讪地收回打招呼的手。

那时候，她一个人租住在旧城区的一栋居民楼里。

那一带多半街道狭窄，路边的旧楼虽然都不高，但却像是火柴盒子般排得密密麻麻，到了夜晚连路灯也都显得昏暗不堪，放眼望去，所有景致似乎都长得一模一样。

萧川的司机显然很少到这种地方，一时认不得路，而她喝了酒整个人都是昏昏沉沉的，大脑反应慢了半拍，坐在后座视线又不好，有好几回都指错了路，夜深人静，豪华轿车便在那旧城区里来回打转。

她抚着发烫的脸颊，不得不对司机说了好几次抱歉。幸亏司机脾气好，反而反过来安慰她："没关系的，我再开慢一点，你仔细看着路。"

可是再慢也没用，她觉得自己已经被绕晕了，望着车窗外黑漆漆的马路，根本分不清哪儿是哪儿。

结果，这一路上都没说过话的萧川，这时候才忽然开口问："你也不认路吗？"

他的语气很淡，仿佛漫不经心，可是她本来就在着急，这下子只怀疑他是在嘲讽自己，不由得又羞又恼。

他是终于耗光了耐心，开始嫌她浪费时间了吗？

她怀疑自己是真的醉了，才会一口气顺不过来，有失礼貌地朝他睨去一眼，赌气说："那麻烦让我在路边下车，我自己走回去或许会更快。"

可他看了看她，根本不为所动，仍旧问得云淡风轻："自己走路就能认得路了？"

"至少不会再耽误你的时间呀。"她挑了挑眉回答，又在心中补上一句：也不用再被人嫌弃埋怨了。

没想到他却只是轻笑了一声，换了个更舒服的坐姿，修长的手指搁在腿上慢慢叩了两下，淡淡地说："没关系，反正我现在也不赶时间。"

真的假的？

这么说来，刚才他并不是在讽刺她喽？

她忍不住侧过头仔细打量他。车外偶尔闪过的光缓慢地划过那道挺直的鼻梁，反倒令他脸上的表情更加晦暗不明。她看了半天，也无从判断他到底是不是对自己不耐烦了。结果司机适时地出声提醒道："秦小姐，你看看是不是从前面这条路进去？"

她连忙转过头，歪向座椅中间的空隙去看前方。不远处的那个十字路口向右边拐进去，果然就是自己的住处了。

终于找到了，她心中一喜，忙伸手指明方向，说："对，前面右拐！"

可是话音刚落，一辆速度极快的车子就从后面超上来，紧贴着他们的车边擦了过去。幸好司机反应快，迅速地打了一把方向盘，车子不期然地猛地一晃。她原本就歪着，这时更是重心不稳，顺着惯性就向旁边倒去。

她下意识地惊呼一声，结果肩膀和手臂就被人不轻不重地扶住了。她整个人就这样半倒在萧川的怀里，抬起头，正迎上那双乌沉深秀的眼睛。

这样近的距离，她发现这个男人的眼睛仿佛有种强大的力量，像是晦暗莫测的旋涡，能将人牢牢地吸进去。她仿佛看见自己小小的倒影，就那样映在他的眼底，而鼻端拂过的是他身上古龙水的气味。那是一种类似檀香的味道，宁远幽深，却若有若无。

这明明是一种能镇定人心的气味，可她的心偏偏在瞬间加速狂跳起来。

或许是车厢里太过安静，她甚至觉得听见了自己的心跳声，扑通扑通，像是有力而杂乱的重锤一下下砸在胸腔上，令呼吸都变得凌乱失序。

而萧川也微微低下头看她，车外的光影交织，划过他清俊的眉眼。他将薄唇扬起一个极小的弧度，似乎是觉得她有趣，语气平淡地说："别人受到惊吓时都面无血色，怎么你的脸反倒这么红？"

她愣了一下，强行调整心跳和呼吸，然后才一本正经地解释："您忘了，我刚才敬了您一满杯的红酒。"然后她便不再去看他的反应，兀自抬手拉住前座的椅背撑起身体，顺便脱离了他的怀抱。

直到很久之后的某天，她才终于跟他承认："你那天晚上看见我脸红了，其实并不是因为我喝了酒，也不是因为我被你吸引，而是因为我紧张……我很紧张，因为我发现你对我似乎很感兴趣，而我终于可以接近你！"

"所以你的意思是，你跟我在一起从头到尾都不是真心的了？"他的嘴角沉了下来，声音里也仿佛凝结着万年寒冰。

"是的。"她一字一顿，带着轻微却又明显的讥诮，她明知他正处在怒意爆发的边缘，居然还能露出一抹笑容，"我和你在一起，从来都是有目的的。想不到，你这种人也会要真心？好啊，那我可以善意地提醒你一下，从林妙的身上或许可以找到真心。"

他静了一会儿，却怒极反笑："这种事情不需要你来提醒。你都已经自身难保了，竟然还想着为别人牵线铺路，可真是难为你了。"

她听出他的嘲讽和不屑，仍旧毫无畏惧地迎向他："自身难保？请问你想怎么对待我？"

他的目光晦暗不定，最后只是深深地看她一眼，没有回答，转过身大步离去。

Love as

Time

浮生
寄流年

Chapter _ 8

时光明明已经向前迈出了很远，然而仿佛又兜兜转转，仅在周围转了个圈，如今又回到原地。

后来的那一场死里逃生，让南谨感觉恍若隔世，可是即便如此，她还是记得林妙对萧川的特殊感情。所以当几日之后，余思承打电话约她吃饭的时候，她多留了个心，问："就你和我单独吃饭吗？"

她担心林妙也在场。女人的直觉往往最准，她怕林妙在自己身上找到昔日秦淮的影子。

余思承在电话那头开玩笑说："你想叫谁一起来就叫谁呗。当然，我私心里是希望只有我们两个人的。难得南大律师肯赏脸，正好我们再详细聊聊案子的事。"

南谨听他这样的口气，倒是放心了些，便答应下来。

结果没想到，等她抵达餐厅包厢时，赫然发现林妙竟然在场。

余思承一脸无辜地解释："林妙听说我今天请你吃饭，主动提出要参加，就当是为了那晚的事赔礼道歉。"

南谨只好说："没关系，又没真的受伤。"

"今天这餐我请客，"林妙冲她笑笑，"余思承就算作陪的。"

余思承摇头失笑："明明是我把南谨约出来的，怎么我反倒成了配角了？"

"让这样一个大美女和你单独吃饭，我还不放心呢。"林妙睨他一眼，又招呼南谨在自己身旁坐下来，似笑非笑地提醒道，"你千万要当心这个人。"

南谨只装作不明白，说："我和他只是普通朋友。"

"对啊，本来就只是朋友。"余思承附和着，亲自给二位女士倒了茶，这才坐下笑着说，"那么看在朋友的分儿上，我的那个案子，你能不能考虑接下来？"

就事论事，南谨倒真觉得这案子有得一打，只是她心中顾及的是另一层关系，终究不想与他们牵扯过多。

余思承是何等精明的人物，看她的神色就猜到七八分，只是暂时不清楚她犹豫的原因是什么。于是也不打算急于一时，转头吩咐侍者上菜，准备边吃边聊。

饭局进行到一半，门被人推开。

随着侍者轻声细语的一句"萧先生，您好"，一道清俊修长的身影出现在门口。

余思承似乎一点也不诧异，只是起身叫了句："哥。"

林妙却意外地挑了挑眉，也立刻跟着站起来。

餐桌边就只有南谨一个人仍旧坐着，她诧异地抬眼看向来人，结果正好对上那人的视线。

她紧抿唇角，还没从惊讶中缓过神来，就只见对方在对面随意地落了座，幽深的眼睛望过来，淡淡地说："不好意思，来迟了。"

可是，谁说过他今天也会来？

南谨下意识地扭头去看余思承，余思承却仿佛察觉不到她探询的目光，只是继续聊着手下的那宗杀人案。

今天这场饭局简直就是个鸿门宴。

南谨没办法，只得将注意力集中起来，尽量忽略那位突然出现的"不速之客"。

幸好"不速之客"全程几乎都没出过声，而且自从他来了之后，林妙也好像突然失了声，整个人变得异常沉默，低眉垂眸，鲜少再开口。

南谨思忖再三，最后终于表示："我可以接这个案子。"

余思承十分高兴，以茶代酒敬她。

南谨淡笑了一声："我明天就会让人去办理手续，再把相关材料调阅出来看看再说。不过，目前我也只能说，一切会尽力而为。"

"这样就够了。"余思承显然对她信心十足。

饭毕，四人离开餐厅。

余思承将钥匙扔给泊车小弟，又很顺口地问："南律师开车了吗？"

南谨说："我打车回去。"

城市里正是华灯初上。

今天他们开饭早，席间又没有人喝酒，结束的时候交通高峰还没过去。马路上无数车灯汇成一片光的海洋，那些车子仿佛就是一只只小舢板，在海面上缓慢地漂浮向前。

这个时间几乎打不到车，余思承也想到了，只不过他还没来得及开口，就听见身旁一个清冽平静的声音说道："老五你送林妙回去，我送南律师。"

余思承倒是没有任何异议，于是冲着南谨潇洒地摆摆手："那南律师，咱们回见了，随时保持联络。"

南谨嘴唇微动，甚至没有发表意见的机会，就见余思承登上他那辆高大的路虎，带着林妙扬长而去。

只是林妙在临上车之前，倒是回过身来瞥了一眼。

那一眼，让南谨觉得异常熟悉，就如同许多年前，她第一次坐上萧川的车时，林妙也是这样看她的。

一切都好像做梦一般。

时光明明已经向前迈出了很远，然而仿佛又兜兜转转，仅在周围转了个圈，如今又回到原地。

想不到，晚上竟然是萧川亲自开车，南谨只好跟着坐进副驾驶座。

他的车已经换了，不再是从前那辆，可他开车的习惯并没有变。

车里没有音乐，也没有广播，夏季车内空调恒定在十九度，冷气从风口无声地吹出来，落在皮肤上隐隐生寒。

　　大概是体质的关系，南谨从小就怕冷，以前坐进他的车里，第一件事便是去调高空调温度。如今当然不能再这样做，南谨下意识地环抱住手臂，又用眼角余光瞥向左侧，只见萧川一只手搭在方向盘上，脸上没什么表情，仿佛极专注地在开车。

　　前方堵成一团，每辆车都在以极缓慢的时速向前移动。

　　南谨望着窗外，刹那间有些恍惚，仿佛这是一条没有尽头的路，而她就这样被禁锢在这个封闭的空间里，漂漂浮浮，最终不知会被送到哪里去。

　　还是萧川的声音唤醒了她，她才猛地回过神来，就听见萧川在问："你住在哪里？"

　　她报了地址，便再次缄口不言。

　　萧川转头看了看她，目光落在她的手上，似乎是随口问："你觉得冷？"

　　"还好。"她怔了怔，边说边放下双手，十指交握在身前。

　　萧川又看了她一眼，到底还是将温度升高了两度，又顺手调小了风量。

　　前方十字路口是一个漫长的红灯，在这样静谧的空间里，南谨只觉得如坐针毡。

　　她太了解萧川了，这个男人从来不做毫无意义的事。所以，当他提出要送她的时候，她只觉得心惊肉跳，可又只能装作若无其事。

　　只因为他太敏锐，任何的过激反应，在他眼里都会变成明显的漏洞。

　　她不知道他想干什么，只好拿沉默作为防守的武器。

　　可是结果却出乎意料，这一路上萧川跟她一样沉默，似乎始终都在专注地开着车，又似乎心事重重的样子，冷峻的眉目间有隐约的倦色。

　　直到车子在公寓楼下停住，他才说："到了。"

　　南谨习惯性地从包里先翻找出钥匙，才转头说："谢谢。"

"不客气。"他看了看她。

车子停靠的地方恰好没有路灯，车内外光线均是昏暗的，令她看不清他的表情，却仍觉得那双眼睛又深又亮，仿佛穿透了她的表相，看到更深的地方去。

她隐隐有些担忧，但也能只能若无其事地道了句"晚安"。

"嗯。"萧川低低地应了一句。

南谨推门下车的时候，他仍半侧着身子，视线停留在她的身上。

如同第一次见到这个女人时一样，她的背影还是像极了秦淮。就连她微微低头时露出的那一截颈后的曲线，也能让他轻而易举地想起秦淮。

萧川觉得可笑，在他三十多年的人生里，只有这个女人会令他像走火入魔一般，屡屡接近丧失理智的边缘。

而更糟糕的还是心口的痛楚，那种尖锐的心悸感正像潮水般一阵阵侵袭而来，引发剧烈的、刺骨的疼痛。

他变了脸色，下意识地伸手按住胸口。

这样熟悉的悸痛，已经很多年没有发作过。可是，原来一切都只是假象，这几年表面上相安无事，仅仅是因为刻意不去想起。如今见到了南谨，只是见到了一个肖似的身影、一个熟悉的小动作，就立刻崩溃瓦解。

这时的南谨已经走到了小区门外，却没听见背后的引擎声。

她不由得回头望过去，只见那辆漆黑的轿车仍静静地停在路边，若不是那两盏雪亮的车灯，它便几乎都要融进夜色里。

迎着车头强烈的灯光，她看不清车里坐着的那个人，只是直觉不太对劲。犹豫了几秒钟，她终究还是鬼使神差般地调头走回去。

深色的车窗缓缓降下来，她收回轻轻叩击的手，看见萧川正仰靠在椅背里急促地喘息。

她不禁惊了一下，皱起眉问："你怎么了？"

萧川紧抿着唇并不说话，又或许是此时的疼痛让他说不出话来。

他的脸上几乎没有血色，就连唇角都是白的。

南谨眼尖，立刻注意到他紧紧按住心口的动作，似乎那里便是一切痛苦的来源。

她大惊失色，其实并不确定发生了什么，只是下意识地一把拉开车门，微微倾身探进去："你到底怎么了？"

萧川微皱着眉看了她一眼，她的手正虚扶在他的肩膀上。他缓了口气，才低声说："药在后座。"

什么药？南谨不知道。她只是发现他连说话都似乎十分费力，短短四个字说完，他便半闭上眼睛，一只手仍按在心口的位置，呼吸急促沉重，仿佛正在压抑着极端的痛楚。

车后座扔着一只行李袋，把手上还贴着当天的托运标签，应该是萧川的私人物品。这时候南谨也顾不上这么多了，她直接拉开拉链翻找，可是袋子里除了几件男式衣物和日常用品之外，并没有所谓的药瓶。

后来还是在车后座中间的置物箱里找到一瓶药，看来是常备在车里应急的。南谨迅速瞟了一眼瓶身上的英文标签，心中陡然一沉。可是来不及细想，她又立刻转回前排，将药递到男人的面前，确认道："是不是这个？"

萧川的眼睛微微睁开，只扫了一眼便沉声说："一颗。"

她将药倒在手心里，凭着本能送过去。可是就在某一个刹那，她的手就这么硬生生地停在了半空中。

她手上托着小小的药片，离他的嘴唇只有几厘米之遥。

可她就这样停了下来。

是从什么时候开始，他的心脏竟然会有如此严重的毛病？

如果在几分钟之前，她没有转身回来察看，他是会自行休息之后痊愈？还是会就这样病发死在车里？

曾经她以为，再见到这个男人时，一切都会成为过往的云烟。因为时光的力量总是强大的，它能抚平，也能掩盖过往的一切。可是直到这一刻她才不得不承认，有些东西早已经刻进了骨血里，伴着每一次血液的流动，如影随形。

南谨半倾着身体，一动不动地看着萧川。

这个她唯一爱过的男人，在她宁愿为了他而抛弃自己所有信仰和坚持的时候，他却狠心决绝地将她送上了死亡之路。

这个她一直恨着的男人，如今将自己的性命交到了她的手里。

命运似乎跟她开了一个天大的玩笑，也让她惊觉，有些人或事，大约这辈子都无法轻易摆脱。

在重获新生后的许多个夜晚，她都在反复地想，倘若当初自己与他互换位置，是否也会做出同样冷酷的抉择。

直到今天，她才得到答案。

她到底不是他。

那样狠厉决绝的事，她终究还是做不出来。

药片喂进萧川口中，似乎渐渐起了些作用。他的呼吸声慢慢平静下来，捂在胸口的修长手指也终于松开，垂在身侧。

只是他的脸色仍旧十分难看，眉头也微微皱着。但她几乎能够确定，他暂时是没事了。因为他重新睁开眼睛，目光幽深晦暗，正盯在她的脸上。

很好，又回到了熟悉的状态。

南谨有些自嘲，脸上仍旧不露声色，只是好心建议："你应该让司机过来接你。"

他现在这样子当然不适合再开车，但她说完便又后悔了。说到底，这关她什么事呢？

萧川没说什么，只是慢慢直起身体，再次看了看她。他的声音很低，带着显而易见的疲惫和微哑："谢谢。"

"举手之劳。"南谨的语气里没什么波澜。

他从她手里拿回药瓶，像是并不怎样在意，随手扔在副驾驶座上，然后才沉声说："很晚了，你先回去吧。"

　　他显然已是极度疲倦，说完之后便又合上眼睛。

　　按说她对他也有救命之恩，但南谨根本不在乎他这样冷淡无礼的态度，反倒有些求之不得。见萧川能说话能喘气，她下一刻便头也不回地走掉了。

　　接下来的时间，因为要着手准备余思承手下的那宗案子，倒也没太多空闲去想那晚突发的意外。倒是姜涛知道她接了这单委托，趁着午休时间晃到她办公室。

　　无事不登三宝殿。

　　南谨见他进来后随手关了门，便大约猜到有事要谈。

　　果然，姜涛坐下就说："新案子棘手吗？"

　　"我让赵小天去拿几位当事人的口供了，打算下午先详细了解一下情况。"南谨说。

　　"嗯。"姜涛停了一会儿，才又看着她问："那天来找你的那个姓余的，你们是怎么认识的？"

　　他的语气轻松随意，仿佛只是在闲聊。南谨想了想，也轻描淡写地回答："朋友的朋友，并不是很熟。"

　　姜涛一时没再作声，只是仔细观察着她脸上的表情，像是想要确定她的话是真是假，半晌后才含蓄地出言提醒："这些人的背景不一般，平时还是少招惹为妙。"

　　南谨只是笑笑："对事不对人。我只是认为这案子可以打一打。"

　　姜涛点了点头，随即也露出个宽慰的浅笑："这一点我倒是对你很有信心。再棘手的案子到了你这里，都有峰回路转的可能。"

　　"大哥，您就别捧我了。"南谨故意摆出一副无奈的样子，半开玩道，"您把我捧得飘飘然了，以后可是要吃苦头的。"

　　她说着站起来，拿起钱包和钥匙："你吃午饭了吗？要不要下楼一起吃点东西？"

　　"不了。太太早晨做了爱心便当，等下放进微波炉里转一下就好。"

姜涛起身替她开门，两人一道走出去。

南谨望着他，由衷地笑道："真幸福。"

结果姜涛仿佛忽然想起来什么，拍了拍额头说："哦，对了，这个周末家里要搞 BBQ（烧烤），佳慧还让我喊你一起去。你看我这记性，居然差点就给忘了。"

黄佳慧就是姜涛的太太，二人是大学同学，也曾是一起打拼事业的好搭档。婚后为了照顾孩子，黄佳慧才离开职场，当上了全职太太。

现在这位姜太太每天最大的乐趣就是料理各种美食，并经常请姜涛的同事们去家里分享她的成果。

南谨立刻就答应下来："好啊，好久没见佳慧姐了，你都不知道我有多想念她烧菜的手艺。"

说着倒还真觉得饿了，她下楼点了一份海鲜沙拉和一份意面，想想又再加了一块芝士蛋糕。

这家新开的餐厅就在事务所楼下，装修得十分有格调，主打轻食，吸引了附近许多的年轻白领过来用餐。餐牌上的菜品每天都不一样，今日的主厨推荐便是南谨点的这款肉酱意面。

意面端上来的时候冒着腾腾热气，色泽鲜亮，香气扑鼻。而且面的味道也好极了，肉酱尤其美味，竟比厨艺高手黄佳慧做的还要更胜一筹。

南谨曾吃过一次黄佳慧煮的肉酱意面，当时只恨不得把盘底都吃干净，忍不住当场向黄佳慧取经学习做法。

记得黄佳慧还笑她，说："这是最简单的东西了，随便打开网页搜一下，照着上面做就是了。还需要学吗？"

她有点不好意思，只好承认："我对烧菜做饭这种事完全不在行。"

其实何止是不在行，简直就是缺乏天赋。

她没告诉黄佳慧，自己也曾试着做过意面的。只不过，那已经是许多年前的事了。

那天是她突发奇想，又或许是实在太无聊了，便向用人借用厨房，准备小试身手。

用人惊恐得要命，还以为是自己哪里做得不够好，她只得连忙解释："我就是想自己试一试，听说吃自己做的饭最香啦。"

其实还有另一层原因。那几天正好萧川不在家，其他闲杂人等自然也不会过来蹭饭吃。她一个人自由自在，根本没有心理压力，哪怕一时没发挥好，也不至于被旁人看笑话。

可是她从小到大都是饭来张口，连菜刀都用不顺溜。最后思来想去，还是觉得做西餐更简便，也更保险。

因为只有一个人吃饭，不需要弄得太隆重。她恰好想起之前在网上看过的肉酱意面的教程，似乎还挺简单的，便有点跃跃欲试。

结果却以失败告终。

看上去既详细又简单的教程，对她来说竟然毫无用处。意面做好后，色香味没有一项是能过关的。

她郁闷极了，哪怕用人在旁边一个劲儿地说好话劝慰，也不能让她觉得好过一点。

用人说："秦小姐，要不我现在去给你重新做一份晚餐？"

她觉得既尴尬又好笑，最终还是摇头说："算了，就这么将就着吃吧。"

只是没想到，她叉子还没举起来，门廊外就传来响声。

用人立刻迎上去，叫了声："萧先生。"

她吃惊地望向那道高大修长的身影："你不是明天才回来吗？"

萧川刚下长途飞机，脸上隐隐还带着倦色，他朝她瞥去一眼，很快就注意到她面前的那盘失败品，不由得挑了挑眉，问："那是什么？"

她一愣，若无其事地回答："我的晚餐。"

"我知道。我是问，那是什么东西？"

她不禁又羞又恼，忍不住低头看了看，虽然色泽不够正宗漂亮，但大体形状还是有的，可他竟然看不出这是什么？！

"肉酱意面，"她只好气馁地说，"我做的。"

这时萧川已经来到餐桌边，居高临下地审视她的作品，半晌后淡淡地表示："如果用人做成这样，明天我就把她开除了。"

"你到底什么意思？真有这么差吗？"她不服气，用叉子卷起几根送进嘴里尝了尝。

……

原来除了卖相不好之外，味道也有点奇怪，也不知是哪个环节出了问题。跟外头店里的一比，简直是天差地别。

但她还是神色如常地品尝了一番，然后才说："挺好吃的。"

"是吗？"站在旁边的男人显然不相信她的话，随手拖了张椅子坐下来，抬起下巴示意她，"那让我试试。"

"不要。"她像个护食的小动物，立刻拿手挡在他前面，"你要是还没吃晚饭，让他们现在给你做去，别来和我抢。"

可是，她的动作哪里及得上他快？

她只觉得眼前一花，甚至都不知道他是怎么做到的，盘子就已经到了他手中。

然后，在她目瞪口呆的注视下，他又很自然地从她手中抽走了那把银叉。

萧川吃下第一口的时候，她尴尬得几乎想要找个地缝钻进去，嘴上却还淡淡地解释："这是我第一次下厨。"言下之意是，任何情况都应该被原谅。

结果萧川只是点点头："我知道。"

她忍不住去观察他的反应，可是从那张脸上根本看不出他对这份"杰作"的评价。

萧川就这样在她的注视之下，不动声色地吃了第一口，紧接着又用叉子挑起几根面。

她实在受不了了，伸手欲夺："你尝过了，可以还给我了。"

他却抬眼看了看她，一副理所当然的样子："我饿了。你要吃的话，自己再去做一份。"

可是，明明这样难吃，他竟然能吃得下？

她觉得匪夷所思，结果他却是真的吃完了整盘意面。她只好承认："看来你是真的饿了。"

萧川放下餐具，抬起眼睛看她，幽深的眼底仿佛带着一点轻快的笑意，他淡淡地说："以后别进厨房了。"

看，他最终还是嘲笑了她。

但她其实并不生气，反倒笑吟吟地扬起唇角："谢谢你的捧场，我会再接再厉。"

她嘴上故意和他唱反调，心里却也从此打消了亲自下厨的念头。

下午赵小天把卷宗拿回来了。

余思承的这个下属名叫李自力，沂市本地人，初中毕业后就去当了包工头，案发前是一家建筑公司的主管。

而这家建筑公司的法人代表就是余思承。

根据李自力和他的妻子张小薇的供述，两人当晚在码头起了争执，李自力更是跟本案死者王勇大打出手，导致王勇跌落入水。

法医鉴定王勇头部有撞击伤，判定为昏迷后在水下窒息而死。

据张小薇的陈述，李自力当时情绪失控，在将王勇打翻在地后，还抓住王勇的头发将其头部撞向码头台阶，然后把王勇推落入水。

由于案发时已是凌晨两三点钟，码头上没有其他的目击证人，就连张小薇租下的那条非法运营船的船主，也因为害怕被牵连，一看到他们打成一团，立刻就逃之夭夭了，所以并没有看见整个案发经过。

这样一来，张小薇的口供就成了本案的关键所在。

李自力在供述中说，张小薇和王勇是情人关系，案发当晚两人正准备私奔。对此，张小薇倒也没有否认。

　　南谨将相关资料熟悉了一遍，找来赵小天，让他安排自己与李自力见面。

　　这些年，南谨大大小小的案件也打过不少，却从来没见过像李自力这么不配合的当事人。

　　在了解她的身份、听清她的来意之后，李自力便沉着脸，坐在桌案后一言不发。

　　南谨提出要求："现在张小薇的口供对你很不利，希望你能仔细回忆一下案发当天的全过程，包括你都做过什么、见到过什么人，任何一个细节都不能漏掉。"

　　这宗案子并不好打。她想通过李自力的描述，找出除了张小薇之外的其他目击证人，先还原事情的真相，然后再做考量。只可惜李自力根本不配合，她等了半天，他却始终坐在那儿没有半点反应，仿佛对她的话置若罔闻。

　　南谨不得不提醒他："故意杀人和过失杀人，判决程度区别很大的。你要想清楚。"

　　"我无所谓，"谁知李自力忽然说，"就当是张小薇说得对，我确实杀了那个姓王的，就让法官给我判刑吧。"

　　她看着他，不禁微微皱眉："你知道后果吗？"

　　"那又怎么样呢？"李自力冷笑了一声。他已经很多天没刮胡子了，整个人看上去既邋遢又颓废，就连声音都是哑的，脸上的表情十足嘲讽，"就算是能从这里走出去，恐怕我也活不了。早晚都是一个死，倒还不如杀人偿命挨一枪，还能死得更痛快些。"

　　南谨一时无话。

　　坐在对面的这个男人连高中都没念过，两条手臂上都是花花绿绿的文身，想来已经在这个社会上混了许多年了。

　　可是一提到死，尽管他装出一副故作轻松的语气，但她还是从他的眼睛里读到了一丝恐惧。

　　谁都害怕死亡。

但他却宁肯承认自己杀了人，也不愿意让她帮助自己脱罪。

"你知道，是余思承委托我来替你打官司的。"南谨看着他，淡淡地说。

果然，提到余思承的名字，李自力的眼神再度瑟缩了一下。他嘴角微微抽动，像是想笑又笑不出来，最后只说："替我谢谢余先生的好意。"

南谨不置可否，示意赵小天收拾东西，自己则站起身，放了张名片在桌上。她说："关于你刚才的那番说法，我会转述给余思承，再由他来决定是不是要继续委托我替你打官司。如果你改变主意了，也可以直接打名片上的电话。"

出了看守所，正是傍晚时分，灰蒙蒙的暮色笼罩着大地。

他们只在里面待了一会儿，竟不知道外面何时开始下起了暴雨。伴着轰轰的雷声，雨水顺着大门外的屋檐落下来，砸在水泥台阶上，溅起点点水花。

这个看守所地处偏僻，周边的路也还没完全修好，不过门外的路灯和探照灯倒是十分亮，在雨幕之中晕出一团又一团明黄的光圈。

他们的车停在对面十几米开外的露天停车场，赵小天望了望天，说："南律师，你在这里稍等一下，我去把车开过来。"

雨水像帘幕一般从天而降。

赵小天放下提包和笔记本电脑，正准备冲出去取车，就听见南谨忽然说："不用了。"

果然，她的话音刚落，不远处停着的一辆车的车灯便闪了两下。

黑色的轿车由远及近，不紧不慢地开到大门口停下。

赵小天觉得十分惊奇，不禁转头去看南谨。其实刚才他也注意到这辆车了，但是压根儿没想到车子的主人会和他们认识。其实隔着这重重雨幕，稍远一点的景物都变得十分模糊，也不知南谨是怎么发现的。

后座的车窗徐徐降下一半，南谨微抿着唇，迷蒙的水气扑打过来，令她不自觉地微微眯起眼睛，只是脸上神色很淡，看不出什么表情。

倒是赵小天又吃了一惊，下意识地便跟对方打了声招呼："萧先生。"

虽然只接触过一次，但他根本不可能忘记萧川这个人。就像以前他不相信气场这种东西，可是自从见到萧川，赵小天才终于服气地承认，这个男人有着十分强大的气场，无论身在哪里，都仿佛是众星捧月般的存在。

萧川在车里对他点了点头，然后将目光移向他的身旁，说："上车吧，我送你们。"

远处的天边隐约又有雷声滚过，这阵暴雨来得又急又猛。天色几乎是在瞬间便全暗下来，看样子这雨一时半会儿也不会停了。

赵小天转过头，用略带期待的眼神征询老板的意见，也不知等了多久，才终于见南谨一言不发地迈开脚步。赵小天心头一松，总算不用被淋成落汤鸡了。他立马弯腰拎起地上的包和电脑，跟着坐上车去。

上了车，才发现车上不只萧川一个人。余思承从前排半侧过身来，冲着他们笑笑，打了个招呼。

南谨这才有些讶异，脸上神色微微松动，问他："你怎么也在这里？"

"本来打算探视一下李自力，结果发现你比我先到一步，于是就算了。既然有你跟他谈，我想我就不用再出面了。"

这个说法一听就是糊弄人的。就算他真的中途改变主意了，也应该立刻打道回府，而不是像现在这样，在看守所的门口一直等到她出来。

所以南谨在心里冷笑了一声，索性主动挑明："正好我也要和你谈谈今天和李自力见面的情况。"

"哦？"余思承微一扬眉，"你说吧。"

此时后排坐了三个人，尤显得空间宽敞。可赵小天夹在中间，稍稍有些不自在。

　　他发觉，自从上车之后，南谨似乎一句话都没跟萧川说过，甚至就连招呼都没打过一个。毕竟人家曾经送她去过医院呢，可她只跟余思承说话，仿佛眼里只看得见余思承一个人，又或许，是她在故意忽略他。

　　赵小天相信，倘若不是余思承的存在，车厢里的气氛一定诡异至极。

　　虽然他是个大男生，但出于职业的敏感性，他直觉地认为这中间肯定出了什么问题。

　　坐在萧、南二人中间，赵小天只觉得全身上下冷飕飕的，仿佛是车里冷气太足了，又仿佛只是气场问题。他的屁股像被针扎似的，根本坐不住。

　　于是顾不得礼貌，赵小天适时地出声打断说："萧先生，能不能麻烦让司机先送我去停车场取车？"然后又转到另一边，低声征询南谨的意见："南律师，等下我自己开车回去。"

　　南谨还没说什么，萧川这边已经点头："好。"

　　此时的南谨后悔万分。其实早在她走出看守所的大门，一眼认出萧川的车子后，她整个人就处于半走神状态。所以上车后，一时竟忘了她自己也有代步工具，就这么直接开始和余思承讨论起案件来。

　　事情还没讲完，赵小天就要下车了，这下子她说什么都不能半途离开了。

　　果然，就在赵小天推开车门的时候，余思承问："李自力说了什么？"

　　南谨微微一怔，回望他："……什么？"

　　余思承仿佛失笑："南律师，你走神了。"

　　"是，"南谨清咳一声，才神色如常地说，"我在想要不要跟助手一起先回去，李自力的事我们随后可以在电话里沟通。"

　　她说这句话的时候，赵小天才刚刚冒雨冲到自己的车上。其实一切都还来得及，只要她现在下车，还是来得及和赵小天一起离开的。只见余思承不着痕迹地朝车后座的那个男人瞥去一眼，后者一言不发，于是他便笑眯眯地开口表示："我觉得这件事还是当面谈比较好。正好到晚饭时间了，我们可以边吃边聊。二位觉得怎么样？"

"无所谓。"

"不用了！"

后排的两个人几乎同时出声。

这时候，南谨才终于将注意力转向身旁那人，结果见他也正好瞥过来。

萧川的目光不冷不热，只有清俊的眉微微挑了挑："你不饿吗？"

"我今晚不想吃饭。"她说。

"减肥？"他又破天荒地多问了一句。

他似乎是在漫不经心地打量着她，却让南谨有些不自在地微微侧过身子，想要避开那道敏锐的视线，若无其事地解释："今天没胃口。"

余思承这时才插进话来："那就找个清静的地方坐坐。"

浮生
寄流年

Chapter _ 9

她曾是萧川的女人，这么多年，到底还是
学会了他的不动声色。

突如其来的暴雨导致全城大堵车。

这一路走走停停，用了将近一个小时才终于到达目的地。

车子在一家看似僻静的会所门外停下，早有三四个人撑着雨伞候在车外。南谨别无选择，也只能跟着下来。

会所的设计十分古朴，古色古香的大门外没有路灯，只挂着两盏造型精巧的宫灯，在雨幕中发出幽幽的光，恍如电影中静默的剪影，别有一番韵味。

那光线不算明亮，但也足够能令她看清门牌上墨色的字。

淮园。

南谨微仰着头，身体不禁忽然一怔。下一刻，耳边就听见那个甘洌的声音说："进去吧。"

她回过神来，这才发觉之前替她撑伞的侍者已经走到前面去了。此时此刻，遮在她头顶上的那把黑色雨伞，正被一只十指修长骨节分明的手握着。

他就站在她身旁，咫尺之遥。

潮湿的气息中隐约混合着古龙水的气味，那是一种仿佛比雨水更加冰冷清冽的味道，也是她很多年前十分熟悉的味道。

南谨定了定心神，将目光从门牌上移开，勉强笑了一下："这是什么地方？"

　　结果萧川没回答，倒是余思承应了声："自己开的会所，平时用来招呼朋友的，就是图个清静和方便。对了，上次你妹妹也来这儿吃过饭。"

　　"南喻没告诉过我。"南谨跨过大门口的石槛，抬眼望去，只见门后整栋江南园林式的建筑，就那样静谧地伫立在沙沙的雨声中。

　　小桥流水，九曲回廊，湖心亭在飘摇的灯火中若隐若现。一切都是她儿时的记忆，又仿佛有另一些东西，也是一些遥远的回忆，不期然地重新跃入脑海中。

　　"……我老家有一座旧宅院，大概是以前巨富商贾遗留下来的，是真正的苏式园林，可漂亮了。"

　　"你经常偷跑进去？"

　　"你怎么知道？我们几个小伙伴放了学就喜欢往里钻。可惜后来那地方成了保护单位，大门都给封住了，逼得大家只能翻墙。"

　　"看不出来你还会做这种事。"

　　"其实我向来很听话的。只是那园子太美了，尤其是夏天的晚上，坐在湖心中央的小亭子里乘凉，听各种夏虫的叫声，看月亮赏睡莲，那场景……光是想想就让人回味无穷。"

　　"小小年纪倒是挺会享受。"

　　"确实只有年纪小的时候才能这样啊。后来长大了，谁还能干出翻墙的事来？"

　　……

　　雨水滴落在廊檐阶前，密密疏疏，仿佛时光的沙漏，听得见流逝的声响。

　　那样的对话，大约是在他们最好的时候，可是具体是在哪里说的，南谨又记不清了。

　　像是上辈子发生的事，而这一世，她面对着触手可及的园林，自己却只能做一个局外人，强行压抑住内心翻涌的酸涩和震撼，不动声色地微垂下眼睫夸赞道："真是个好地方。"

因为她不想吃晚饭，侍者便将他们引入专门的茶室。

茶香袅袅，配着窗外隐约传来的丝竹乐声。其实这样的光景聊什么都是不适合的，何更况还是大煞风景的话题。

"李自力说，他不需要我替他辩护。"南谨面前摆着一杯茶，她却没喝，只是以一副公式化的态度，转述今天见面的情形，"他承认人是他有意打伤后再推落下水的。"

余思承眉峰微动："哦？他是这么说的？"

"对。李自力的原话是，即便脱罪了，他也自知活不成。"南谨难掩嘲讽地笑了笑，"他似乎很恐惧，所以宁肯去坐牢。我倒是有些好奇，他是被谁逼到这个地步的。"

"你觉得是我吗？"余思承也淡淡地笑。

南谨不置可否，视线却下意识地飘到在场的另一个男人身上。

这人虽然几次都在场，可似乎从来没有参与讨论过这宗案子，更多的时候，他都只是沉默地旁观。但其实她心里很清楚，余思承有什么风雷手段，那也八成都是从这个男人那里学来的。

萧川正端坐在几案后，一手转着茶杯，仿佛是在品味茶香，连眼皮都没抬，忽然漫不经心地问："南律师看我干什么？"

南谨不由得微微一惊，这才恍然发觉是自己的小动作泄露了内心的想法。

她若无其事地说："你是余思承的老板，对于这个案子以及我刚才说的话，难道没什么看法吗？"

萧川啜了一口茶，终于抬眼看了看她，反问："你怎么知道我是余思承的老板？"

她略带讥嘲般地笑了笑："也许在萧先生的心里，律师都是傻瓜？接下任何一宗案子，基本的背景调查总是要先做好的。"见他不置可否，她缓了缓又说："当然了，如果你认为自己与李自力的事情没有任何干系，那么就当我刚才问的是废话吧。只不过我希望，从此以后有关这案子的一切活动，包括了解和商讨事宜，现场都不要再出现无关人士。"

她的神色虽然平静，但语气根本算不上温和，甚至有些咄咄逼人的意味。

萧川继续看着她，眸色深沉，一时之间不辨喜怒，过了一会儿才出声下结论："南律师，你似乎对我很排斥。"

"有吗？"她扬眉，不得不提醒他，"上次我好像还救过你。"

"这个我记得。"萧川的语气很淡，接下来的话从他口中说出来，犹如在谈论天气一般寻常和平缓，"可是，你也曾想过要了我的命。"

隔着一张茶案，他就这么直接地看着她，幽深的眼底带着莫测的情绪。

南谨不由得大吃一惊，脸色都变了。

那天晚上，就在他心脏病发危在旦夕的时候，她是曾有过那么一瞬的犹豫，犹豫要不要救他，或是放任他死掉算了。因为药片就在自己的手里，她像是握住了他的性命，心里那个残忍狠绝的念头突然就那样窜了上来。

可是，终究也只是一瞬间而已。

她做不到。那样的事，那样的决定，并不是每一个普通人都能做得出来的。

她跟他不一样。

哪怕他曾经那样对待过她，她终究还是做不到。

可是她万万没想到，那天晚上他明明因为心脏疼得脸色青白，甚至连呼吸都变得十分艰难，却还能察觉到她那极短暂的犹疑。

南谨下意识地抓紧身边的手袋，推开椅子站起来，忍不住冷笑一声："你认为，我为什么会想要你的命？"

没人回答她。

萧川坐着没动，也没出声，他的平静与她过激的反应形成鲜明的对比。

南谨沉着脸，紧紧抿住嘴唇，居高临下地看着他。

她很少有机会这样居高临下地去看他。

她发现,这个男人的眉眼一如多年之前,英俊得近乎锋利。他的眼神也是无比锐利的,像一把薄薄的刃,总能在不动声色间切开一切伪装,能将人剐得体无完肤,直直露出隐藏在最深处的最真实的灵魂。

其实她有些心虚,但更多的是愤怒。

他怎么可以?他怎么可以这样轻描淡写地谈论生与死?

或许所有人的生命,包括他自己的,在他的眼中都不值一提,所以他才能够从容冷静地说出那样的话,甚至……做出那样的事。

许多年前,他亲自下的命令,让人结束了秦淮的生命。

她是他的女人。一个人,究竟要有多狠心,才能做出那种决定。

当密闭的车厢里腾起熊熊火焰的那一刻,她困在其中却连挣扎都忘记了。

她忘记了求生的本能,眼睁睁看着火光涌起,只因为一颗心正随着大火被焚为灰烬。

真是傻。她想,自己真是傻。

刚才看见"淮园"的一刹那,她竟会产生那样恍惚的错觉,竟会以为他是在凭吊着谁。

这么多年过去,她本以为自己早该没有了愤怒,然而直到今天她才知道,所有的恨意只不过是被压在了看似平静的冰面以下。

如今冰面裂开,有些情绪终于汹涌着呼之欲出。

再待下去,南谨恐怕自己真会失控,于是冷着脸转向余思承,用尽可能平稳的语调说:"李自力那边的情况就是这样。我不会替一个不配合的当事人打官司,如果他一心求死,那么就别再浪费我的时间了。"说完便转身离开了。

外面暴雨如注,根本寸步难行。没过几分钟,就有个年轻人从后头追了上来,叫道:"南小姐,稍等一下,我开车送您回家。"

南谨认得他,刚才他们下车时,就是这个年轻人领着一班侍者候在大门外头，看样子是这里的经理或负责人。

淮园地处偏僻，估计也很难叫到计程车。

南谨只想尽快离开这个地方，因此哪怕猜到这是萧川的安排，没有拒绝。

"这个南谨倒是挺厉害的，也挺特别，伶牙俐齿的，半点情面都不给。"余思承摸着下巴，一副嬉皮笑脸的表情看向萧川，"哥，真要多谢你今天肯陪我一起去找她。"

萧川冷笑一声："别以为我不知道你心里打的什么主意。"

余思承也不否认，只是似笑非笑地表示："我可没安坏心眼啊。"

萧川不理他，兀自低头点了根烟，乌沉的眼睛半眯起来，看着南谨方才坐过的位置，也不知在想些什么。静默半晌之后，他才忽然开口问："你觉得她和秦淮像不像？"

余思承没料到他会这样问，停了停才迟疑着回答："有些地方像，有些地方又完全不一样。"

比如，她的眼睛、背影，以及偶尔的一个小动作，其实都会令人觉得莫名熟悉。可是她与秦淮的性格又仿佛有着天壤之别，尤其是……余思承这辈子还没见过根本不把他们放在眼里的女人。

萧川继续抽着烟，不再说话。

或许正是因为有些地方太过相像，他才会这样任由着余思承安排，一次又一次地去和南谨见面。

可是见了之后才发现，并不会好多少。也正是因为她太像秦淮却又不是秦淮，每次见完只会令他更加难受。

就如同饮鸩止渴，明明知道是毒药而不是解药，他还是一而再再而三地忍不住喝下去。

从小到大除了受伤之外，他几乎没生过大病。可是当初那一场重病，竟拖了近半年才终于痊愈。病毒感染心脏，病愈后留下的是心脏悸痛的毛病。

医生无数次明令禁止他情绪过于激动，而他自己似乎也渐渐倦怠了，许多事情都不再过问，这几年过得倒比以往三十年都要轻松自由。

却也只是身体上的轻松和自由。

秦淮是他心里最深处那根刺入血脉的针，只要念头稍微动一动，便会扎得更深一分，引起剧烈的绞痛。

所以，没有人敢在他的面前提起秦淮，所有人都希望他能尽快忘记那个女人。

而就连他本人也曾以为，自己能够将一切控制得很好，结果没想到，南谨的出现打乱了整个局面。

她轻而易举地让他一次又一次处在失控的边缘，甚至差一点搭上性命。

也不知过了多久，门才被人轻敲后推开。

"萧先生，我已经将南小姐送回去了。"年轻人站在门口报告。

萧川点了点头，抬眼却只见余思承一副若有所思的模样。

"想什么呢？"他随口问。

余思承摸摸脸颊，笑着说："哥，你是不是看上她了？"

他问得突然，令萧川不禁怔了怔，然后才神色平淡地反问："谁？"

"南谨啊，还能有谁？已经很多年没见你这么关注过一个女人了。"

萧川抽着烟，脸上的表情云淡风轻："只是派人送她回家而已。"

"这已经够难得的了。"余思承想了想，一本正经地分析，"南谨各方面都很好，就是脾气坏了点，而且她似乎对我俩都没太多好感。哥，你确定要追她？"

萧川瞥他一眼，终于忍不住笑骂道："胡扯什么？谁说我要追她了？"

余思承嘿嘿一笑，伸出两根手指，指了指自己的眼睛："我这儿可是毒得很，从来没看走眼过。"

"是吗？"萧川将最后一口香烟抽完，不紧不慢地摁熄烟蒂，抬眼瞟过去，"那你说，她为什么那么排斥我们？"

"好像她只排斥你。"余思承不给面子地点破真相，"至于为什么，暂时我还真想不出一个合理的解释。"

"都是废话。"萧川边说边站起身，"走，回家。"

过了两天，李自力从看守所打来电话，指名要和南谨再见一面。

第二次见面的过程显然比第一次顺畅得多。也不知余思承用了什么法子，竟让李自力的态度一百八十度大转弯，他当面请求南谨："律师，你一定要帮我脱罪，我是冤枉的。"

南谨心中觉得可笑，面无表情地问："你哪一次说的话是真的？"

"这一次！"李自力指天发誓，"王勇的死是个意外，我不是故意的。"

出了看守所，就连赵小天都觉得神奇："南律师，你说李自力为什么突然改了口风？"

"也许是因为他发现躲在牢里也无济于事。"南谨有些心不在焉，随口说。

赵小天听不明白："什么意思？"

"没什么。"她把东西扔进车里，转头看了一眼看守所外的高墙和电网。一墙之隔的两个世界，谁又知道哪里才是更危险的呢？

李自力的案子正式进入起诉流程。

正好阿雅也销假回来了，赵小天实习期未满，便跟着阿雅一起准备开庭辩护材料。

接下去几乎每天晚上都在加班，所以当林锐生坐着电梯上来的时候，事务所里还是一片灯火通明。

他刚从别处飞来沂市，是直接从机场坐车过来的，虽是一副风尘仆仆的样子，但身姿修长挺拔，步伐又快又稳，看起来仍旧神采奕奕。

公共的办公区里有不少员工，他们纷纷停下手头的工作，对这个陌生来客行注目礼，只可惜南谨正跟几个人讨论案子，根本没工夫招呼他。抬头见他来了，她只随手指了指："你先去我的办公室里坐一下，等我一会儿。"

林锐生闻言微一挑眉，倒也没什么意见，俊朗的脸上带着一抹笑意，自顾自地进了南谨的办公室。

这样一个高大英俊的男人，就像是从天而降一般突然出现，而且看起来和南谨非常熟稔。

阿雅不禁觉得奇怪，探头朝玻璃门内瞅了两眼，又拿手肘撞了撞赵小天，低声问："这个帅哥是谁？南律师新交的男朋友？"

她以为自己休个婚假错过了天大的好事，结果只见赵小天也是一脸茫然，摇头说："不认识。不过，应该不是吧。"

阿雅惋惜地"哦"了一声，这才重新埋下头去。

林锐生走进房间，随手放下行李。出于职业习惯，他先将整个办公室的布局陈设扫视了一遍，才走到立在墙边的书柜前。

放眼望去，宽大的书柜里几乎全是专业书籍，他迅速浏览着书脊上的名字，然后从中挑了一本出来。

这是一本汽车杂志，不太像是南谨平时的读物，因为只有这么一本，突兀地立在书柜的角落里，倒像是谁放在她这边忘了拿走的。

林锐生在沙发上摆了个最舒服的坐姿，翻开杂志打发时间。

其实这班飞机晚点了两个小时，到机场的时候都已经是晚上九点多了。而他这一整周因为查案，几乎没有正经睡过一觉。

此时坐在南谨的沙发里，困意终于渐渐袭上来。林锐生透过虚掩的玻璃门缝望出去，正好可以见到那抹纤秀的身影，仍在聚精会神地谈论工作。

在她的面前，他早就习惯了当个透明人。林锐生也不在意，索性将杂志摊开盖在脸上，就这么仰面靠在沙发上睡着了。

出于职业习惯，他向来浅眠，迷迷糊糊中似乎做了个梦，但这个梦才刚刚开头，就被一阵不依不饶的声响给惊醒了。

他几乎从沙发上惊跳起来，扔开杂志，又用手抹了把脸，这才算是彻底醒过来了。想起自己身在何处，他舒了口气，微微倾身探头一看，原来是南谨摆在办公桌上的手机，正自低低吟唱着一首很耳熟的英文歌。

来电显示是一串数字，但他认得，这应该是南喻的号。干他这一行的，为了安全着想，几乎都不爱将家人好友的电话号码存在手机里。南谨大约也是受了她父亲的影响，所以从小到大也是这样。

眼见着南喻一副誓不罢休的样子，林锐生担心是不是家里出了什么急事，便顺手抓起手机："南喻？"

南喻显然愣了一下，惊奇道："锐生哥？……我姐呢？你们俩怎么在一起？"

"是啊，我刚到沂市，顺道过来看看她。"林锐生笑着说，"她这会儿在外面忙着呢，手机落在办公室了。怎么样，你要不要出来一起吃个消夜？"

"算了吧，"南喻故意重重地哼了一声，"重色轻友的家伙，来沂市也没提前告诉我。要不是今天恰好被我发现，你估计也想不到和我一起吃饭吧。"

林锐生哈哈大笑，当然不会承认，只是又问："要不要我叫她过来接电话？不是家里有什么急事吧？"

"那倒没有，就是想找她随便聊聊天。既然她没空，那就算了。"

"对了，"林锐生忽然想起一件事，"这次我还拐回老家去看了一下，结果正好撞见你妈带着安安逛大街。小家伙长高了好多，能说会道的。"

"是啊，安安被我妈带回去了。我姐那么忙，平时哪有空照顾孩子。"南喻停顿了一下，仿佛是下了什么决心似的，终于小心翼翼地开口："锐生哥，还记得以前我问过你的那件事吗？"

"哪件事？"

林锐生一下子没反应过来。就在这时，冷不防从旁边伸过一只手，将电话从他耳边拿走了。

拿走电话的那只手白皙修长，连着精致漂亮的腕骨，再往上则是线条匀称的手臂。

林锐生空出两只手，交叠扣在脑后，索性重新往沙发上一靠，半仰起头瞅着身旁的女人，笑着抱怨："就不能让我和你妹妹多说两句话？算起来也有小半年没见过她了。"

南谨居高临下地看他一眼，脸上没太多表情，只是微微扬起眉梢，诚恳地建议："十分钟后，你可以用自己的手机打给南喻聊天，顺便约她吃饭。"

"约她单独吃饭也行？"林锐生同样挑起眉，故意问。

似乎是觉得这个问题太幼稚，南谨不冷不热地睨他一眼，干脆不再搭理他，径直去外面找了个僻静的地方接电话。

"姐，锐生哥是专程来看你的吗？"南喻用一副八卦十足的口吻问。

"据说是来办事的，顺便看看我。"南谨不以为意，随口说，"倒是你，刚才和他聊什么呢，聊了那么久。"

南喻本来是想再问些关于萧川的事，可是此刻哪里还敢说？于是含糊其词地敷衍："秘密！"

南谨嗤笑一声，似乎有点不屑："你和他能有什么秘密？是不是又拿他喜欢我的事当作要挟他替你办事的手段了？"

南喻这下是真的大吃一惊："原来你都知道？"

"知道什么？知道他喜欢我？还是知道你从小到大经常以此来要挟人家？"毕竟是在公共场合，因为怕被旁人听见，南谨刻意压低了音调，最后严肃地警告妹妹，"以后不许你再把这种事情搬出来唬人家，听见没有？"

南喻才不听她的，也不解释，只是坐在床头咬咬嘴唇，忍住笑说：“锐生哥是老实人，偏就吃这一套。”又说："姐，你就真不考虑考虑他？"

她难得这样八卦，可是南谨根本不理她，便冷淡地哼了一声："你还是先管好自己吧。最近和叶非相处得如何了？"

"姐，你的语气像是在审讯犯人，我可以选择不予回答。"南喻拖长了音调敷衍，又故意掩嘴打了个哈欠，语速飞快地推说，"我困了，想早点睡觉。人家千里迢迢来了，你也别光顾着工作啊，赶紧一起去吃个消夜，再顺便看看夜景吧。祝玩得愉快，再见！"

通话在下一刻就被利索地切断了，南谨也不以为意。她收了手机，刚一转身，就见不远处的墙边倚着一个人，正似笑非笑地看着她。

"偷听别人的电话可不是好习惯。"她说。

"我什么都没听见。"林锐生无辜地摊手，眼睛一眨不眨地望着她，唇边噙着一抹浅笑，"忙完没有？我快饿死了，连晚饭都还没吃。"

他的语气里仿佛有着无限的耐心，又似乎十分可怜。令南谨终于笑了一下："不好意思，冷落了你。走吧，先出去吃点东西再说。"

她请他吃煲仔饭。

油脂喷香的香肠烧腊埋在粒粒晶莹的米饭里，盖子刚一揭开，香气便四散开来，让人忍不住食欲大振。

"这大晚上的，让我吃这个，存心想叫我消化不良啊。"林锐生边说边动了筷子。

南谨笑了一声，坐在对面看着他狼吞虎咽，慢悠悠地说："你是铁胃，就别谦虚了。而且我倒是想请你吃个甜品，可就怕喂不饱你，回头你再去跟我妈告状，说我不肯好好款待你。那我岂不是冤枉死了？"

林锐生愣了愣，旋即也笑起来。

其实这是有典故的。

那时候她还在沂市念书，赶上十一国庆长假没回家，于是林锐生便从邻市坐大巴来看她。她充当导游，两个人在市郊玩了一整天，直到天黑才赶回城里。

那段时间她正好在校内参加了舞蹈社，平时格外注意控制体重，晚餐吃得尤其少。那天为了林锐生，她还算是破例了，到麦当劳里吃了一顿高热量的洋快餐。

那餐饭她执意请客，结果等到林锐生返回警校后，某天南母打电话过来，照例询问了日常生活状况之后，突然说："我听锐生讲，他放假特意去看你，最后却是饿着肚子回去的……"

她大呼冤枉，转头就去"质问"林锐生。林锐生在电话里笑嘻嘻地说："没吃饱是事实，但我主要是想告诉阿姨，你平时吃得太少了，这样不利于身体发育。我是希望阿姨能督促你正常吃饭。"

"想不到这么久以前的事你还记得。"林锐生停下筷子，望着她似笑非笑道，"天地良心，我当年可是一片苦心，可惜是阿姨搞错了重点。"

"谁不知道我妈向来把你当作亲生儿子般看待，见不得你受一点委屈吃一点苦。一听说你来看我还是饿着肚子回去的，差点儿心疼坏了。"

"没这么夸张啊。她老人家疼我，那主要还是因为我小时候救过你一命。"

他说得一本正经，南谨却忍不住笑出声来，琥珀般的眼眸里仿佛倒映着餐厅屋顶的灯光，璀璨生辉："我看你才叫夸张。只不过是替我赶跑了一只大狗，怎么就成救命之恩了？"

林锐生眉角微扬："有本事当时别哇哇大哭啊。我为了英雄救美，差一点儿就被那条可恶的狗咬一口，结果你却连句谢谢都没有。"

"怎么没有？"南谨以茶代酒，与他碰了碰杯，"虽然早就说过了，但今天你要是还想听，我可以再说一遍，谢谢。"

"这还差不多。"

回忆往事难免令人感慨，南谨喝了口清茶，渐渐收住笑容，仿佛陷入短暂的沉思中，过了片刻才开口问："你说这次是过来开会的？"

"嗯，有个全国性的反恐主题座谈会明后两天在这里召开。到时候，我还要做一场报告。座谈会结束当天就要离开了。"林锐生三两下就把面前的食物解决得差不多了，停下说，"所以除了今晚，估计也没多余时间和你吃饭。"

南谨点头："也是不太凑巧，我这段时间正好很忙。"

林锐生招来服务员将餐具收掉，又给二人重新换了壶新茶。他一手转着茶杯，似乎是想了想才问："你最近过得怎么样？"

南谨抬眼看他："挺好的。"

"其实我这次来，还有件事情想跟你说。"他仿佛是迟疑了一下，才继续说："我听说最近有人要对付萧川。虽然你和他已经没有任何联系了，但毕竟还在同一个城市，我想，无论如何，小心一点还是好的。"他停了停，才又笑道："当然，也有可能是我多虑了。不过没办法，干我们这行的，这大概算是职业病吧。"

最近发生的很多事，他都还不知道，南谨也不认为有必要告诉他，所以只是神色淡淡地回应："我知道了。"

此时已经是深夜了，餐厅里只剩下他们这一桌客人。几个服务员早把其他桌椅收拾摆放整齐，闲下来便凑在角落的桌边小声聊着天，不时有低低的笑声传过来。

林锐生有一口没一口地喝着茶水，像是有什么心事似的。南谨问："吃饱了吗？"

林锐生抬起头，见到的是一张隐隐带着促狭笑意的脸。

这张脸很美，几乎无可挑剔，可是也只有那一双眼睛才是他从小到大所熟悉的。

他的神色沉下来，认真地看着她说："其实我一直觉得很抱歉。"

南谨心中微微一紧，大约猜到他要说什么，却也没有出声阻止。

"虽然事情不是我主导的，但我也有不可推卸的责任。当初我

就应该努力劝住你，不让你去做那么危险的事。你那时只是个什么
也不懂的小姑娘，那种任务根本不应该由你去完成……"

"这没什么，你有你的立场。"南谨的声音很淡，似乎不以为意，
"况且不论你劝或不劝，最终做决定的人都是我自己，和你没关系。"

"可是……"

"你什么时候变得这么婆婆妈妈了？"南谨悠悠笑了一下，"都
是陈年往事了，还提它干什么？我们走吧，也让服务员早点下班。"
说完她便率先站起来走了出去。

这间餐厅离事务所只隔着一条马路，因为南谨还要回去加班，
两人便在街口告别。

"有空时再联络。"南谨说。

林锐生熬了一个晚上，这时终于还是告诉她："萧川给你买过
一块墓地，就在沂市东郊的墓园。据我所知，他每年都会去看几次。"

"你说什么？"南谨愣住了，清秀的眉头微微皱起来。

林锐生低叹一声："其实这件事我早就知道了，只是一直都觉
得没必要告诉你。可是这次我回老家，看到阿姨带着安安，当时也
跟阿姨聊了几句，她说你这些年几乎很少管孩子。"他停下来，看
着南谨无动于衷的面容，诚心诚意地劝道："我只是认为孩子是无
辜的，你即便再恨他，也应该放下了。况且，看样子他也并非彻底
的无情，我是希望你知道这件事后，对他的恨意能少一点，对孩子
能多关注一些。"

见南谨抿起嘴唇不作声，他才又故作轻松地笑笑："你也可以
当作是我多管闲事。可是没办法，就连南喻都知道，对于你的事，
我向来是挂在心上的。"

深夜的街头偶有车辆呼啸而过。

寂静冷清的路灯像是渴睡的眼睛，散发出幽幽低弱的光亮。

今晚，脱去制服的林锐生一身休闲打扮，双手插兜立在路灯下，
身影高大挺拔。其实连日办案加上周车劳顿，他已经十分疲惫了，

眉宇间盖着一层浓重的倦意，但只要是面对着她，他的眼里就始终带着笑意。

那份笑意很温柔，正所谓铁汉柔情，却也只有对她。

青梅竹马的感情，十几年的默默守候，他原本以为有些东西不需要明说，只等一切水到渠成。可是万万没料到，南谨生命中的那个男人，原来并不是他。

萧川成了她的一个劫，也是一道坎，拦在了她的路上，也将她与其他男人完全隔绝开来。

自萧川之后，任何人都无法再走近她，就连他也不例外。

其实他并不在乎那些过去的事情，更不在乎她有了安安，可是他也明白，这辈子都不可能了。

她有多恨萧川，就有多爱他。

恨是爱的衍生，而她足足恨了他五年，连同孩子也一并受了牵连。

林锐生做事一向果断利落，这一次却也无法确定，自己说出那番话究竟对不对。

他看着南谨长久地静默，目光冷冷地望着夜色，仿佛在想着什么，又仿佛什么情绪都没有。这些年来，他越发看不透她，有时候觉得她还是从前那个机敏俏皮的小姑娘，似乎没什么心机，可有时候又难免觉得十分陌生。

她曾是萧川的女人，这么多年，到底还是学会了他的不动声色。

已经很晚了，林锐生不想耽误她加班，正准备告辞，结果就听见她忽然开口说："把地址给我。"

他有些讶异。

她轻轻勾起唇角，深褐色的眼底却泛着清冷的光，殊无笑意："好歹是我自己的墓，难道不应该去祭拜一下吗？"

在这五年的时光里，她从不认为萧川会是个深情且长情的人。所以这个墓地，听起来倒像是一个天大的讽刺。

她想去看一看，它存在的意义到底是什么。

浮生
寄流年

Chapter _ 10

那是她的墓，墓前站着她曾经深爱过的男人，而她自己则呆立在咫尺之遥。

位于沂市东郊的墓园占地面积并不大，据说是风水极好的一块地，因此无法建成公共墓园。能选择这里的人，通常都要花费一笔大价钱，每年还要支付高额的管理费。

南谨挑了个周末过来，站在墓园的大门外却不禁冷笑一声，从某种程度上来说，萧川倒是没有亏待她。

按照林锐生给的具体墓址，南谨没费多大气力就找到了属于自己的墓。

傍晚的山顶起了一阵风，吹得漫山遍野的松针叶沙沙作响。夕阳早已隐没在天空的尽头，云彩仿佛是绵延的梯田，层层叠叠，渲染出一片赤橙蓝绿交融的晚霞。

南谨站在那块墓地前面，晚风拂过，掀起垂落在肩后乌黑的发梢。

她站着一动不动。

深青色大理石碑上并没有贴照片，只有简短的一列字，由上到下，刻的是：秦淮之墓。

碑的左下角是另一个名字：萧川立。

太简单了。

没有任何称呼，也没有哀挽之词，只有她和他的名字，共存于这块小小的石碑之上。

其实山间的晚风并无多少闷热的气息，然而南谨被这风一拂，却仿佛微微窒息，连气都喘不过来。某种异样热辣的感觉从鼻端唇畔一直渗进喉咙，最终犹如坠落在心口，刺得她轻轻颤抖。

她抬起手，仿佛无意识地在脸上摸了一把，这才发觉手指上净是眼泪。

原来那样辛辣的东西，划过脸和唇，又苦又涩让心都刺痛的，竟是她的眼泪。

秦淮之墓。

萧川立。

他替她立了一个墓，在他亲自下令狙杀她之后。

她是死过一次的人了。

站在这座墓前，就仿佛前世今生的碰面，令她不由得神思恍惚。

轻风卷起那些细小的尘埃，悄无声息地穿过松林和渐沉的暮霭。

南谨久久地站在墓前。

她曾以为自己不会再哭。

当眼睛重新睁开看见这个世界的时候，当层层纱布从身上、脸上卷起拿走的时候，当千辛万苦、九死一生终于生下安安的时候，她曾以为自己不会再为过去的事而哭，更不会再为那个男人掉一滴眼泪。

南谨用手指一点一点抹掉脸上的泪水，在离开之前，再度看了一眼墓碑上的那两个名字。

这块墓园没有台阶，每块墓地之间相隔很远，中间林立着高挺茂密的松树。

暮光深浓，松树林中影影绰绰，偶尔有不知名的鸟雀从半空中飞过，发出细小的鸣音，扑棱着翅膀倏地一下便消失在沉蔼之中。

南谨的心情还没恢复过来，见时间已晚，便快步向出口处走去。

结果，却不期然看见一道人影。

那人远远走来。其实暮色已沉，昏暗的光线中那人的面孔模糊不清，只能看见清俊修长的身形。南谨不由得一怔，心狂跳起来。

她万万没想到萧川会来，而且竟会和自己挑在同一时间。

此时园中没有别人，她几乎避无可避，脚下刚一迟疑，对方就已经看见了她。

萧川很快到了近前，深邃的眼睛微微眯起来，不动声色地打量她："南律师，你怎么也在这里？"缓慢的语速中带着隐约的疑惑和探究的意味。

南谨强行压抑住狂跳的心脏，回答他："过来祭拜一个去世的朋友。"

"是吗？"他仍旧看着她，"那还真是巧。"

此时两人站得很近，而她的个头和秦淮差不多，所以他需要稍稍垂下视线去看她。这样的角度，竟令萧川再度有了一丝恍惚，仿佛站在自己面前的，其实是另一个人。

晚风轻拂松林，带来窸窣的声响。

他静静地看她，也不知自己究竟在打量什么，抑或是想要寻找什么，半晌后才开口说："等下坐我的车下山。"

南谨愣了愣，可他根本不给她拒绝的机会，下一刻便淡淡地移开目光，径直朝着秦淮墓地的方向走去。

南谨并没有跟上去，却还是下意识地微微转过身，看向那道清俊的身影。

她看着萧川在秦淮的墓前站定，身形挺拔，侧脸沉峻冷肃。他既没说话也没动，只是微垂着视线，看着那块墓碑。可其实碑上什么都没有，连一张照片都没有，就只有那几个字。而他对着那样简单的几个字，静默许久。

天色暗沉，山间的气温降得十分明显，空气中都仿佛透着肃杀的气息。

南谨的双手垂在身侧，不禁轻轻握起来。

那是她的墓，墓前站着她曾经深爱过的男人，而她自己则呆立在咫尺之遥。

这是一种很奇特的感觉，就像已死之人的灵魂正飘浮在半空中，无知无觉地俯视着哀悼和追忆的旁人。

可是，他此时此刻是在哀悼吗？

他对着她的墓，到底又在想些什么呢？

有那样的一刹那，南谨觉得身体似乎不属于自己，因为她管不住自己的脚步，也管不住自己的嘴巴。在她恍然醒过神的时候，才发觉自己已经来到了萧川的跟前。

她幽幽地望着墓碑，耳边听见一个熟悉的声音在问："这个人是谁？"多么不合时宜的问题，多么没有立场的提问，可是话音刚落下，她才惊觉那正是自己的声音。

萧川没有看她，过了片刻才答非所问："今天是她的生日。"

南谨仍旧有些恍惚，因为今天并不是她的生日。她怔在那里，仿佛花费了极大的力气去思考，这才猛然想起来，当初有关于秦淮这个身份的一切信息都是假造的，就连出生年月也不例外。

而今天，的确是秦淮的生日。

所以，他是来追思的吗？

她觉得可笑，却又笑不出来，只是若有所思地看着萧川沉默的身影，一双手在身侧捏得紧紧的。

天色渐渐黑下来，整个墓园愈加显得冷冷清清。

风突然停了。

她和他都不出声，就连方才偶尔从半空中低掠而过的小鸟都没了踪迹，四周围突然安静得过分。

南谨还在恍神，并没有察觉到什么异样，却只见萧川的身体忽然动了一下。

前一刻还静立在墓前的萧川，毫无征兆地猛地弯下身体，于是轻微的破空声就从他的背脊上方险险擦过，落在大理石的墓碑边缘。伴随着某种尖锐而又奇异的撞击声，刹那之间火花四溅。

几乎只停顿了短暂的一两秒，接二连三的子弹破空声和火花就在周围的地面和墓前毫无规律地炸裂开来。浓重的硝烟味很快弥散出来，刺激到南谨的神经，她终于后知后觉地反应过来，他们正在遭受袭击。

更准确地说，是萧川正在受到袭击。

纷乱的子弹打在近前，让她本能地想要寻找掩护，可是身旁是一片开阔的空地，根本避无可避。

就在这个时候，一只手突然伸了过来，扣住她的手腕。

南谨在混乱的场面中猝然回头，也不知何时，萧川竟已经离开墓前绕到她身后，此时正紧紧拉住她，沉声说："跟我走。"

她顾不得许多，顺着他的力量和步伐，迅速跑向后方的一片松树林。

随着那一声又一声，地面上不断激起细小的尘土。有好几次，南谨几乎可以感觉到热辣辣的风就从自己的脸颊边或身旁擦过。

萧川拉着她跑得很快，幸好她今天上山穿的是双平底鞋，才能勉强跟上他的脚步。

她跟着他一路狂奔，只觉得他仿佛完全是凭着身体的本能，躲避每一次袭来的危险。

最后终于找到掩体，他将她拖到一棵合围粗的树后才松开手。停下来后，南谨才发现自己的心跳得又重又快，似乎随时都要从胸腔里蹦出来。

她不得不靠在树后重重地喘气，整个人狼狈不堪，耳边听见那个沉肃的嗓音说："可以上来了。"

她下意识地抬起头，发觉他并不是在对着她说话，而是在打电话。

电话那头的人显然迅速接收到命令，连一句多余的废话都没有便立刻收了线。

她的心跳还没平复，犹自气喘吁吁，其实连眼睛都有些发花，看过去尽是五光十色的重影，勉强开口问："现在怎么办？"

那些人也不知藏匿在哪个角落，此刻大约是因为角度受限，所以才暂时平静下来，可是难保他们等下不会发动第二轮袭击。

"你只要躲好就是了。"萧川回应得很简洁，只是淡淡地扫了她一眼。

和她相比，他显然镇定得多，呼吸没有丝毫凌乱，脸色也平静如常，似乎刚才命悬一线的人并不是他自己。

南谨不由得皱了皱眉。

危险近在眼前，而且之前那帮人有无数次的机会可以要了她的命，只不过是因为她运气好，才不至于命丧于此。可他摆出这样一副无动于衷的样子，终于令她忍不住冷下脸，不得不提醒他："他们是来找你的。难道你不知道，你连累了一个无辜的人？"

她本来就比他矮大半个头，此时又因为受到惊吓身体脱力，连气都喘不过来，只能半倚半靠在大树后休息，整个人便越发显得娇小柔弱。

萧川站在她的面前，低垂下目光看她，脸上没什么表情，声音里也没太多情绪："可是我也保护了你。"

"你这就算保护？"她冷笑出声，眼里满是讥讽。

他却不再理她，而是掉转目光，透过林间空隙望出去："我的人快到了。"

果然，他的话音落下不久，就听见远处隐约传来一阵响动。似乎是纷乱的脚步声，又似乎是说话声，其间还夹杂着打斗的声音及各种惨烈的叫喊声。

想必那样的场面十分混乱惊险，南谨远远地听着都觉得心惊肉跳。然而一转眼，却见身旁的男人负手站在那里，只不过微微眯起眼睛，仿佛只是在静待着外面一切动作的结束，在静待着自己想要的结局。至于伤亡及代价，并不是他所关心的事情。

南谨不禁微勾起唇角，嘲讽而又无声地笑了笑。

其实她早该认清了。

他原本就是这样的。这，才是最真实的萧川。

听着远处那些惊心动魄的响动,她反倒渐渐清醒过来,片刻之后,像是突然意识到某个问题,于是忍不住用冷冷的目光望着他:"你早就知道有人埋伏在这里。"

她的语气又低又冷,带着十分笃定的意味,终于吸引了萧川的注意力。

他转过来瞥了她一眼。

其实他既没承认也没否认,可是她太了解他了,只需要这一眼,便让南谨坐实了自己的揣测。她不禁呆了呆,心上仿佛压着一块重石,正一点点往下坠,坠到冰冷无底的深渊里……

他早知道有埋伏,甘愿以自己作为靶子,吸引对方现身。

他明知会有危险,却在方才碰面的时候,还让她留下来。

想到这些,她简直难以置信,只能抬起眼睛直勾勾地瞪着他。

而萧川似乎轻而易举地看穿了她的想法,他眉峰微扬,终于开口说:"你以为我是有意把你留下跟我一同涉险?"他的声音很平淡,目光却晦暗深沉,隐隐带着一丝讥嘲:"又或者说,你以为刚才在与我打过招呼之后,他们还能让你安然无恙地独自下山离开?"

她仍旧盯着他,同样也是嘲讽般地笑笑:"所以你的意思是,你不但没有连累我,反倒是在救我?"

他不置可否,只是毫不避讳地将她上下扫了一眼,才提醒她:"至少你现在毫发无伤。"

"需要我感谢你吗?"她终于缓过劲来,扶住树干直起身子,看着他冷笑,"不过我想,如果我刚才不幸被人打死了,大约你也不会觉得有半点愧疚吧。"

她的态度和言辞既直接又激烈,令萧川轻轻皱了一下眉。

其实外面的激战还没有结束,他却把大半的注意力重新放在她身上。深沉的目光不动声色地打量着她,仿佛是在审视,又仿佛是揣度,半响后他缓声说:"你对我的敌意到底是从哪里来的?"

"什么敌意?"南谨怔了怔,当然不会承认,"我只是在陈述自己的感受，旁人的生死对你来讲算什么呢？"

"是吗？"他不以为然地笑了笑，"或许你是对的。"

外面硝烟弥漫，仿佛疾风骤雨，而他们所在的一隅却是暂时安宁的。

这样近在咫尺的距离，南谨看着这张英俊的脸，看着他脸上近乎无动于衷的神情，刹那间她竟有些分不清自己到底是谁。

所以她真的说对了吗？

任何人，包括秦淮在内的任何人，他们的生或死其实都与他无关，都不会令他有半分动容。

她的手重扣在粗粝的树干上，因为太过用力，掌心里早已留下深深浅浅的痕迹。其实很疼，但又似乎并不疼，因为心底仿佛架着一盆炽热的炭火，熊熊火焰炙烤着五脏六腑。所有的疼痛都及不上这种痛，连呼吸都被夺去，连声音都发不出来。

她看着他，也不知道自己究竟在想些什么，只是这样沉默无声地看着他。

这是她最熟悉的人。他们曾经朝夕相对，熟悉彼此的气息和温度，熟悉每一个眼神和每一个习惯。

这也是让她感到无比陌生的人。就好像从来都没有真正认识过他，总要到了某一个时刻才会知道，原来这个人的心是冷的，像淬在冰里的玄铁，又冷又硬。

经过五年前的死里逃生，她曾以为自己不会再伤心。

可是，如今心头那样凄惶的感觉又是什么呢？

这是重逢以来，她第一次忽略了所有的顾忌，仿佛无所畏惧地与他这样面对着面。这样近的距离，近得能够看见他眉心和眼角隐隐约约的细小的纹路，近得犹如自己的倒影正映在对方眼底。

她不但忘了顾忌，甚至也忘了自己是谁，只觉得翻江倒海似的难受，一颗心被烈火烹焚，然后悠悠地朝下坠，直坠到极寒的深海里。

身体里仿佛终于空掉一块，她最后看了他一眼，然后转身离开。

她走得头也不回，所以没看到萧川在她转身瞬间猝然皱起的眉。

萧川仍旧站在原地，目光落在她的身上，那张波澜不惊的脸上忽地闪过一丝莫名的情绪。

然而就在下一刻，斜前方的某棵树后突然有道细微的光亮一闪而过，像是被顽皮的孩子拿着镜面反射到的阳光。可是现在太阳早就落山了，暮气沉沉弥漫在四周。

一切都发生在千钧一发之际。

萧川的身体本能地动了动，却不是弯身躲避，而是伸开手臂，以极快的速度将恍若未觉的、正准备离开的女人一把揽到身前。

子弹穿透肉体发出短促而沉闷的声响，随之而来的，是覆在头顶的一声闷哼。

南谨猝然一惊，可她还来不及回头，整个人便被一股极大的力量推倒，顺势扑倒在泥土地上。

接下来的一切，便都与她无关了。

或许是撞击所致，又或许是别的原因，南谨只觉得耳朵里嗡嗡直响，什么都听不清，什么都思考不了，大脑仿佛一片空白。

这样的空白大约只持续了短暂的几秒钟，可偏偏犹如经历了漫长的一个世纪，最后她终于回过神来，才发觉自己仍旧被禁锢在某人的怀中。

她的后背紧紧贴着他，除了熟悉的温暖气息之外，还有一股清晰浓重的血腥味，那样黏腻湿滑，正从夏季单薄的衣料中迅速渗出来……

一颗心倏然狂跳起来，她匍匐在地上，立刻想要转身查看，口中不由得叫道："萧川，你……"

或许是被她的动作牵动到伤口，萧川紧抿着嘴唇，又发出一声吃痛的低哼，像是费了极大力气才喘息着开口："别乱动……等人……来。"

于是她一时间真的不敢再动。

很快，纷杂急促的脚步声由远及近。南谨还被牢牢覆在萧川身下，几乎无法看清外界情形，就在这时，她听见一个熟悉的声音来到近前，叫道："哥，你怎么样？"

那是沈郁的声音，南谨听了心里却微微一沉。

她认识沈郁这么久，早已习惯了他云淡风轻的腔调，何时听过他用这样关切和焦虑的语气说话？

她能隐约感觉到自己的后背已经被浓稠的鲜血浸透，直到终于能够翻身坐起来，亲自见到眼前的情形，却还是不免怔住了。

萧川的半边身体几乎全都浸染着血迹，浅色衬衫已经分辨不出本来的颜色，而左侧肋间的伤口处仍在汩汩地涌出更多的鲜血。

因为大量失血，他的脸色几近苍白。见到来人，他似乎才终于放下心来，强撑着的意志力也渐渐松懈下来。同样苍白得已没有丝毫血色的薄唇紧抿着，明明伤口那样痛，迅速流失的血液一并带走了清醒的意识，他却一时不肯合上眼睛。

他被沈郁和一众手下半扶半抱住，有人正在替他做着临时急救处理，他只是皱着眉，用半涣散的目光看向呆坐在地上的南谨。

因为疼痛和失血，他的额上覆着冷汗，已经连话都说不出来了，其实整个身体都几乎脱力，但还是用尽力气动了动手指，似乎是在指她。

沈郁就在他身边，顺着他的视线看过去，心下了然。于是也不等南谨有所反应，他直接吩咐旁人："带南小姐一起回去。"

墓园建在半山，山路蜿蜒回旋，几部车子打着双闪灯一路开得飞快。回到市区，更是闯了无数个红灯，最后停在别墅门口。

南谨从车上下来，眼睁睁地看着众人七手八脚地将早已昏迷的萧川抬进去，自己却在大门口停了停。

这是她曾经居住过的地方，没想到时隔若干年，还会再一次回到这里。

这时候，走在前面的沈郁突然回过身看了她一眼。沈郁的眼里似乎有种莫名的情绪，仿佛是在探究，毕竟之前发生的一切都太过突然，而萧川在昏迷之前的举动，更是让人觉得匪夷所思。

南谨坦然回视，但什么都没说，只是沉默地跟上他的脚步。

其实就连她自己也不知道，为什么在那样危险的时刻，萧川会用自己的身体去保护她？

明明就在前一刻，她还在指责他的冷血，还在因为这个男人的铁石心肠又一次深深绝望。然而下一刻，他竟然救了她。

这一切都发生得太快，让人来不及思考，所以才更加令她震惊。对他而言，她不过是个仅有几面之缘的律师，可他在那个瞬间竟连自己的命都不要了。

别墅的地下室其实是个设备堪称完善的医疗间，萧川在第一时间被送下去，几名医生早已经等候在那里。

因为发生了这样的事，所有人都没空去顾及南谨，就连家里的几个用人也被差遣着楼上楼下地忙碌。

南谨独自坐在客厅里，眼睛盯着木质地板上的天然纹理，一动不动。她的样子狼狈不堪，虽然没有受伤，但因为之前摔倒在地上，衣裤和鞋子上全是泥土的痕迹，背后更是染着一大块血渍，血已经干了，变成深浓的黑红色。

也不知过了多久，她才听见脚步声。一抬起头，就见沈郁站在面前。

她看着他，没有吭声。

此时的沈郁的样子也好不到哪里去，他脸色黯沉疲惫，眉头微微皱着，对她说："他让你进去。"

南谨仍旧一动不动，像是没听明白他的话。

沈郁只当她是受惊过度，只好耐着性子重复了一遍："他让你去楼上房间，他要见你。"

萧川没事了。

他醒了。

像是终于从沈郁那里接收到这个讯息，南谨在下一刻微微垂下眼睫，站起身。

她呆坐得太久，起身后才发觉双腿又麻又软，刚一往前迈步就险些摔倒。最后还是沈郁及时伸手扶了她一把。她站稳后，将手臂从他的手里抽回来，轻声说："谢谢。"

萧川果然醒了，此时正躺在主卧的床上休息。因为南谨的到来，所有人都很有默契地退到了外间。

南谨走到床边，看着他仍旧近乎苍白的脸色，静了一下才说："谢谢你。"

萧川慢慢睁开眼睛，薄唇很轻地动了动，却并没有回应。

刚做完手术，又流了那么多的血，他的精神显然十分不好，就连呼吸都有些吃力。伤口就在肋下，只差几厘米便会穿过肺叶，他此时只能安静地平躺着，倒是削弱了身上那种压迫般的气场。又或许是刚从昏迷中苏醒，因为气力不继，眼神中的锋芒少了许多，眼底依然幽暗深晦，只是多了几分平缓柔和。

可是，南谨不太习惯他现在这副样子。在她的印象中，他从没受过这样严重的伤，严重到竟连说话的力气都没有。

莫名的慌乱和不安再次涌上心头，就像几个小时之前在墓园里，当她感觉到他身上的血液正迅速浸润自己的后背时，也有刹那的惶恐和不安。

那种感觉来得太快，一瞬间便如铺天盖地般将她侵袭吞没，快得让她来不及思考。直到刚才，她一个人坐在客厅角落，没有人来管她，也没有人打扰，她终于一点一点地想明白了，原来那种强烈的不安源于害怕。

她是在害怕他会死。

可是他现在明明还活着，就躺在她的面前，她甚至可以听见他轻浅的呼吸声，她却仍旧惊魂未定。

真是既可笑，又悲哀。

一切都怪不得任何人。是她自己，用了这么多年的时间，经历了焚心般的绝望和痛楚，可终究还是无法彻底地去恨这个人。

　　屋里静得可怕，萧川只是沉默地望着她。南谨有些尴尬地避开眼睛，从口袋里掏出一样东西，在掌心中握了握，才说："这是你的吧？"

　　她摊开手掌，一颗色泽乌沉光洁的珠子静静置于掌心之上，看上去更像是木质的，不过颇有重量感，而且触手温润细腻，一看便知道是极好的东西。

　　这是两人脱险后，她在墓园松林中捡到的，就掉落在萧川和她躺过的位置，当时旁边还有一截断掉的黑绳。她想，大概是他之前一直挂在脖子上的。

　　萧川的目光落在那颗乌木珠上，眼神倏然动了动，然后才费力地发出一个音节："嗯。"

　　他的声音又低又哑，仿佛是筋疲力尽，稍稍闭上眼睛休息了一会儿，才又重新睁开看向她。

　　南谨依旧微垂着眼睫，像是并没有察觉到他的注视。其实她知道，自从她进屋开始，他就始终这样若有所思地看着她，也不知心里在想些什么。

　　既然是极贵重的东西，又是萧川平时贴身戴着的，她便主动弯下腰，想将珠子放进他的手里。

　　谁知她的手刚一触碰到他的，就忽然被他握住了指尖。

　　他将那颗珠子连同着她的手指一起，不轻不重地包覆进自己的手掌里。

　　南谨猝然一惊，下意识地想要挣脱，可是他偏不允许，也随着加重了力道。

　　她有片刻的迟疑，因为听见他极低地哼了一声，大约是突然用力牵动到了伤口，反倒令她不自觉地停下挣扎。

　　她的指尖就这样紧贴在萧川的掌心里，能感受到低凉的温度和微微的湿意。大概是因为伤口痛得厉害，所以他一直在出着冷汗，可是脸上却半点看不出来，只是这样平静地对着她，深邃的眼睛里带着某种坚持和探询。

"你想干吗？"她压低了声音，不免有些慌张和气急。

可是萧川仍不说话，苍白的薄唇紧抿着，那只手悄无声息地一点一点侵略着她手上的每一寸领地，最终将她的整只手都牢牢握住。

他紧握着她的手，中间还硌着一颗圆润的木珠，其实并不舒服，但他恍若未觉，拇指仿佛下意识地轻轻摩挲了一下她的手背，然后便沉沉地闭上眼睛。

南谨咬着牙，又试着挣了挣，可谁知他在重伤之下竟然还能握得极紧，连半分余地都不留给她。

"萧川！"她顾不上太多，直呼他的名字，"放开我！"

可是他根本不回应，呼吸很快就变得粗重而平稳，原来是睡着了。

毕竟刚刚动完手术，能有方才那样短暂的清醒，其实需要极强的意志力去支撑，而他此刻应该是真的精疲力竭了，所以才会这样快地就沉睡过去。

卧室的窗帘没有完全合上，透过间隙望出去，宽大的落地窗外是无边的黑色，犹如一块黑丝绒布从天上倾泻而下，而这块绒布上隐约闪着光，像是星光，又仿佛灯光，就那样微微弱弱地点缀在上面，如同缀着一串莹莹发亮的夜明珠。

如今萧川睡着了，手上的力道终于渐渐松了几分，可南谨望着窗外的夜色突然走了神，似乎也忘记第一时间将手抽出来。

她缓缓低下身体，让自己跪坐在床边的地毯上，目光转到被他牢牢握住的那只手上。

她和他的掌心里合扣着的那颗乌木珠子，其实她是认得的。傍晚在墓园的地上，她几乎一眼便认出来了。

因为，那原本就是她的东西。

那年家里来了一个萧川的朋友，据说是做紫檀大料生意的，常年国内国外到处飞，很难得才有空见上一面。他似乎有件要紧的事找萧川帮忙，出手倒是十分阔绰，两人谈过之后没两天，便让人送了一整套的紫檀家具来。

除了家具之外，还顺带送了几样小把件。虽然萧川对那些小玩意儿都不感兴趣，但她却恰恰相反，尤其喜欢其中的一串手串，大概这就是所谓的眼缘。

可是那珠串太大，明显是给男人戴的，套在她纤细的手腕上显得不伦不类。

最后萧川叫人将那手串拆了，只拿出其中一颗珠子重新镶缀了长链，变成一条挂坠，让她戴在颈间。

"谢谢！"收到礼物的她喜不自胜，忘乎所以地踮脚在他脸颊上重重一吻。

记得当时他似乎并不满意，淡淡挑了挑眉，似笑非笑道："这好像是你第一次主动亲我。"

他说得十分直接，倒让她有些尴尬。

确实，因为某些不可说的原因，在当初的那段关系中，她始终都是被动的。她很少主动吻他，很少主动抱他，哪怕在夜深人静躯体纠缠的时候，她也总是会莫名地突然清醒过来，然后强迫自己渐渐冷却了欲望。

唯一一次她不顾一切地主动亲近他，大约是在他们彻底分离之前的两个星期。

那天晚上她前所未有的热情，用嘴唇和喘息激发着彼此最原始的欲念。她很少表现出那副样子，像一尾渴水的鱼，奋力挣扎在岸边，无尽地索取着生命之源。而他，就是给她带来鲜活生命的人，用爱抚和激情让她重新活过来。

仿佛一切都有预感，因为预感到即将分离，她才会那样地孤注一掷，彻彻底底地放任自己压抑许久的真实情感。

果然，仅仅十几天之后，她的秘密就被萧川发现了。

那是她一直都在担心的事。

那个隐藏了两年之久的秘密，那个她会一直待在他身边的原因。

终于有一天，还是瞒不住。

她迎来的是意料之中的狂风骤雨。大概除了她之外，谁都没机会见到萧川勃然大怒的样子。

这个向来深沉冷峻、任何时候都不动声色的男人，在那一刻却是动了真怒。幽深的眼底仿佛凝着万年寒冰，他在卧室里紧紧扣住她的脖子，几乎一把将她掐死。

而她既不挣扎，也不出声辩驳，只是认命般地闭上眼睛，等待他的处置。

空气变得越来越稀薄，喉咙和肺里都有一种压迫式的痛楚。当时她不禁想，自己就要死了吧。

可是并没有。

她似乎听见萧川怒极反笑，冷哼一声便突然松了手指。大量新鲜的空气瞬间涌进身体里，反倒让她止不住地呛咳起来。她咳得眼里全是泪花，而他却在下一刻毫不留情地将她掼倒在地上。

萧川的表情冷得没有一丝温度，就连声音也同样是冷的，他俯视着狼狈不堪的她，一字一句地告诫："从今天开始，你哪里都别想去。我不会让你离开这个房间半步。"

他走的时候收走了她的手机，拔掉了座机的电话线，并将房门"咔嗒"一声反锁了。

而她始终无力地趴伏在地毯上，半边脸颊触到温软的质感，可心却仿似早已沉落在又冷又硬的深渊里。

或许是因为萧川之前的动作太激烈，也不知怎么的，竟连她颈上的链子都扯断了。等她后来自己爬起来，才发现那颗坠珠不知滚落到哪里去了。

结果南谨万万没想到，这颗小叶紫檀珠子如今就戴在萧川的身上。

她仿佛有些茫然，又像是难以相信，不禁慢慢抬起眼睛看向床上的那个人。其实他睡得并不安稳，眉头始终皱着，呼吸也因为伤口的疼痛而显得十分粗重。

南谨长久地凝视他，像在看着一个陌生人。

她发现自己其实一点也不了解这个男人。在她甘愿为他放弃一切的时候，他竟能狠得下心下令狙杀她，而就在她已经彻底认清他的无情冷血后，才又发觉他似乎从来都没有忘记过自己。

犹如恶魔与天使，黑与白，这样极端的两面交融在同一个人的身上，令她一时之间分辨不清，究竟哪一面才是真正的他？

楼下，余思承和程峰结束了扫尾任务也匆匆赶了回来。

眼见着沈郁独自坐在客厅里喝茶，余思承沉不住气了，率先叫道："哥都伤成那样了，你还有闲心坐在这里喝茶看报纸？"

沈郁闻言抬了抬眼皮，瞥去一眼，不紧不慢地说："要不你上去看看？"

"到底什么情况？"余思承狐疑地问，"我听说当时南谨也在场？"

沈郁却冲着程峰扬扬下巴："阿峰，你去吧。正好你不是还没见过南谨吗？"

程峰浓眉一挑："她现在在楼上？"

"嗯。"

"那我上楼看看去。"

临近午夜，其实南谨也很累了。

这么折腾一场，经历了十足混乱和惊险的场面，之后又硬撑着精神等候萧川做完手术。此时安静下来，倦意便犹如汹涌的海浪向她席卷而来。

南谨只觉得万分疲惫，竟比以往一整天连着开庭打官司还要耗费心神。她还来不及想明白萧川为什么会在关键时刻舍命救下自己，便不由自主地靠在床边睡着了。

她的后背满是血迹，看上去触目惊心，就连头发上也都是凝结住的血块，因为根本顾不上整理，就这么凌乱地披散在肩头。她睡着的时候，一只手仍被萧川握着，于是整个人不得不以一种看似别扭的姿势歪靠在床沿。

程峰推开房门的时候，见到的就是这样一副场景。

有些诡异，但并不难看。

虽然南谨此刻的样子狼狈极了，却反倒将身影衬得愈加纤秀柔弱。

暖色灯光照在她的脚边，映出一圈又一圈浅淡柔和的弧度，仿佛水中浅浅的涟漪，而她安静地斜倚在那里，呼吸轻浅，恍如一枝静谧的睡莲。

程峰只在门口犹豫了一下，便转身退了出去。

回到一楼，他也没忍住，学着余思承刚才的话，问："楼上到底是什么情况？我都被弄糊涂了。"

余思承扬手扔给他一根烟，自己也叼着一根，含混不清地奇道："你怎么这么快就下来了？"

"都睡着呢。"

"什么？"余思承的眼睛睁大了些，连火都忘了点，"什么叫'都睡着'？"

程峰却不理他，转头去看沈郁："他们俩是怎么回事？"

沈郁抛给他一个"你问我我问谁"的表情，慢悠悠地又喝了口茶，才说："这事轮不到我们管了。"

话虽如此，但谁都有好奇心。在沈郁将墓园的现场情形完整叙述了一遍之后，余思承若有所思地连着抽了好几口烟，最后只能得出一个结论："咱哥看上南谨了。"

程峰瞟他一眼，倒没吭声。方才他在楼上看得清清楚楚，那个女人的手可是一直放在萧川手掌中的。

"你们是说，她长得像秦淮？"程峰突然问。他刚才特意上楼，却也只看见一个背影。

"倒也不能这样说，"余思承边抽烟边琢磨着，"有时候挺像，可有时候又不大像。"他吐了两口烟圈，才又感慨似的摇摇头："反正这个南谨挺厉害的，和一般女人倒真不太一样。"

沈郁听到这里不由得笑了一声："别拿她跟你的那些女朋友比行吗？"

"滚！我挑女人的眼光什么时候差过？"余思承笑骂道，但又不得不承认，"……不过像南谨这样的，估计也只有那位才能降得住。"他伸出一根手指，朝天花板的方向指了指。

沈郁又笑了一声，这回倒没反驳他。过了一会儿，沈郁才忽然说："林妙也该到了吧。"

萧川遇袭的事，包括后面一系列的行动，并没有人刻意通知林妙，但林妙有自己的消息渠道，这事肯定瞒不住。

果然，没过几分钟，大门外便传来熟悉的跑车引擎声。沈郁和程峰对视一眼，就只有余思承似乎叹了口气，摁熄烟头站起身，主动迎向正匆匆进屋的女人。

"你怎么来了？"他笑嘻嘻地问。

林妙刚才一路走得急，这会儿停下脚步气息未定，只拿眼睛狠狠瞪向屋里的三个大男人，质问道："出了这么大的事，为什么没人通知我？"

"哥在楼上休息呢，别大呼小叫的。"程峰一边泡茶一边说，"况且，这也是他的意思。"

尽管早知道萧川已经没有生命危险了，林妙还是飞车赶了过来，一路上也不知闯了多少红灯。她心里又气又急，偏又听见程峰抬出萧川来压她，一张俏脸不由得冷下来。

余思承见气氛尴尬，倒是乐意出来打圆场，不以为意地劝她："我说你也别急，我们几个不都守在这儿吗，没什么事。他不让你知道，总有他的道理。"

"那我倒要去问问他，这究竟是什么道理。"

林妙冷冷地扫视在场的三个人，转身就要往楼上去。

"你现在最好别上去。"沈郁慢条斯理地开腔，看了她一眼才继续说，"有什么事，不如明天再说吧。"

"为什么我不能上去？"

"因为不适合。"

林妙愣了愣，忽然冷笑出声："恐怕这里还轮不到你做主吧。"

她此时的心情已是极端恶劣，语气自然也好不到哪儿去。幸好沈郁似乎并不在意，只是神色淡淡地看着她说："我是为了你好。"

"林妙，"余思承也叫住她，神色却是难得的严肃，"你还是先回去吧。明天早上等哥醒了，我再打电话给你。"

"如果我不答应呢？"林妙仍是冷笑。

"那就没意思了。"余思承说，"你什么时候也变得像个胡搅蛮缠的女人似的了？"

林妙扬起秀眉提醒他："我本来就是个女人。"她又看了看另外两位，笃定道："你们有事瞒着我。"

她的话音落下之后，客厅里仿佛有片刻的静默，然后才听见程峰开口说："大家认识十来年，我们什么时候害过你？"

林妙不禁怔了一下。

这话倒是真的。十来年的时光，什么样的大风大浪他们都共同经历过了，这样的交情并非言语能形容的，恐怕也是旁人无法体会的。所以哪怕偶尔起了争执和冲突，他们也总是很快就冰释前嫌。都是自家兄弟姐妹，谁都不会计较太多。

她是因为萧川受了重伤，一时气急攻心，方才才会那样口不择言，恨不得把全世界都给得罪了。此刻她终于渐渐冷静下来，朝楼梯的方向望了一眼，虽然心中明知这三个男人有事瞒着自己，但也不愿再过分追究。

程峰的态度始终不冷不热，但他至少有一句话是对的。

他们绝对不会害她。

即便有事瞒着，大约也是为了她好。

林妙垂下眼睛静了静，才说："行啊，那我就先回去了。"

她走得很快，上了车子便立刻点火离去。

引擎声逐渐远离，程峰才转头看看余思承，似乎颇感兴趣地问："你说南谨挺厉害的，那她能厉害得过林妙吗？"

余思承松了口气，重新坐回沙发里抽烟，一边吞云吐雾一边斜着眼睛看过去，忍不住笑着说了个脏字："我他妈算是发现了，你小子就是看热闹不嫌事大。"

"这不闲着也是闲着吗？"程峰勾勾手，示意他把打火机扔过来，又提议道，"不如我们开个赌盘，如何？"

"赌什么？"

"就赌林妙知道以后，会是什么反应。"

"你这样可有点不厚道啊。"沈郁及时插进来，将杯中旧茶倒入茶桶里，又换了包新茶泡上，才笑着说，"算我一份。"

看着笑得像狐狸一般的二人，余思承连连摇头："认识你们两个，也算是林妙交友不慎。"

沈郁撇开盖碗中的浮茶，抬眼看他："你替她打抱不平？她的那个心思，这么多年瞒过谁了？明知道是不可能的事，就应该趁早放弃。拖拖拉拉这么久，走了个秦淮，如今又来了个南谨，她再不早点醒悟，以后还有她的苦头吃。"

余思承仿佛漫不经心地抽着烟，一时没作声。

沈郁的目光在他脸上转了一圈，忽然说："你该不会是看上她了吧？"

"扯淡！"余思承这才骂了一句，扔掉烟头，"我当她是亲妹妹。"

沈郁没说信，也没说不信，只是淡笑了一声："做兄弟的才劝你一句，那是朵带刺的野玫瑰，会扎手。"

Love as
Time

浮生
寄流年

Chapter _ 11

过了这么多年，他再次看见她的眼睛，也终于能够看见她当时的心情。原来是绝望、是凄惶、是空洞的沉寂和……彻底的心死。

已经是凌晨了，楼下仍旧灯火通明，几个人晚上都没打算走，便打开电视看球赛，而楼上则始终静谧安宁。

　　其实萧川中途醒过几次，因为麻药效力早就退了，伤口处一片火辣辣的疼，他睡得并不安稳。可是尽管这样痛，他在睡梦中仍旧能感觉到床边有人，那仿佛是天生带来的敏锐感，就如同他能第一时间察觉到潜伏的危险一样。

　　伏在床边的那个人大约也睡着了，所以呼吸规律而轻浅。有好几次他半睁开眼睛，都能看见那个纤秀的身影，就那样静静地趴伏在床沿，背脊和肩膀随着每一次呼吸极轻地上下浮动。

　　她的左手还被他握着，竟然始终没有挣脱。

　　当萧川再一次因为疼痛醒过来的时候，他并没有第一时间睁开眼睛，而是手指缓缓动了一下。

　　夜很静，隐约能听见窗外灌木丛中低低的虫鸣。

　　他的指腹在那只光洁细腻的手上无声地摩挲移动着，像是在探索，探索着一个答案；又仿佛是在寻找，寻找某些似曾相识的东西。

　　他就像一个盲人，仅仅凭着触觉也能知道这只手十分柔软，十指骨骼纤细，肌肤滑腻得如同凝脂。而手的主人似乎睡得很沉，对他这样的"骚扰"丝毫都没察觉。

　　可是萧川却已经彻底清醒过来了，他握着这只手，心口处猛地传来一阵悸痛。

这样熟悉的触感，让他仅仅愣了一瞬，便忍不住将手指再度探向那平滑柔软的掌心里。

他想，自己什么时候做过这样丧失理智的事？就在刚才的某个瞬间，他竟然会以为，能在这只手掌上摸到那道熟悉的疤痕。

秦淮的左手掌心正中央有一道短短的疤，那是不小心被刀片割伤的。那次她流了很多血，而他恰好不在家，倒把一干用人吓到了，连忙电召了医生过来。

她向来怕疼，可是偏偏伤口有点深，医生原本建议做个简单的缝合，结果她死活都不同意。那个医生对她倒是挺了解的，知道她平时连打针都不肯，万般无奈之下只好先消毒处理，再撒上药粉做了包扎。

虽然每天都换药，但这样伤口愈合变得十分缓慢，而且最终还是留下一道小小的伤疤。其实不仔细摸倒也不明显，可他熟悉她身体的每一个部位，哪怕闭着眼睛，也能准确地找到那个位置。

萧川的手指停在那只掌心里，却并没有找到自己想找的东西。

他终于睁开眼睛，借着天花板上柔和的灯光，看向那张熟睡的脸。

不得不承认，她很美，即便此刻睡着了，眉目间也有一种摄人心魄般的惊艳。

可他在乎的不是这个。

自从遇到南谨，他发现自己向来引以为傲的理智就快要荡然无存了。

傍晚在墓园里的荒谬行为，恐怕震惊了所有人。

其实他完全有机会躲过那一次袭击，只要他不去顾及南谨。

没有人知道他为什么会那样做，就像没有人知道他当时到底在想些什么。

多年前的那一天，当他赶到事发地点，看到的只是被熊熊烈火烧得只剩下一副骨架的轿车。车里唯一的那个人也早已模糊得辨不出原来的面目。

他远远地站着，看火舌被狂风卷起，汹涌得仿佛要吞没天地。

他去得迟了。

一切都来不及了。

秦淮在烈火中化成了一缕烟尘，袅袅地散在空中。

做什么都来不及了。

仿佛随着秦淮一并散掉的，还有某些关于她的记忆。他曾经那样熟悉她，熟悉她的一举一动，熟悉她的每一个欢乐或悲伤的表情，可是那天，他久久地望着那毁灭一切的火焰，努力回想见到她的最后一面，记忆却变得模糊至极。

有些东西，好像也被烈焰灼化焚噬掉了。

他想不起来最后一次见她，她当时是什么样子。

他更加无法去想，当她被人一路狙杀、当她一个人困于大火中时，又会是怎样的心情。

直到傍晚时分在墓园的松林里，南谨冷笑道："不过我想，如果我刚才不幸被人打死了，大约你也不会觉得有半点愧疚吧。"

她一字一句地说："旁人的生死对你来讲算什么呢？"

而他只是不以为意地承认："或许你是对的。"

她静下来看着他，终于不再作声。

就在那一刻，他看到南谨的眼神，带着空茫，又似乎满含着无尽的凄惶和绝望，就那样深深地、一动不动地望着他。

暮霭沉沉，四周的光线近乎灰蒙，山中潮湿的空气仿佛也沾染进她的眼睛里。

那是一双和秦淮几乎一模一样的眼睛，高兴的时候总会泛起动人的光，可是就在那短暂而又仿似无限漫长的几秒钟里，那双深褐色的瞳眸却渐渐地黯下去，一点一点地，像是有什么东西终于冷却熄灭了……

那双与秦淮一样的眼睛，那样沉默而又无望地看着他。

一刹那的心悸，胸腔里仿佛有一只无形的手，狠狠地拽住他的心脏。

难以言喻的震撼，让他连呼吸都微微一窒。

他终于知道了。

当他因为出离的愤怒，将她狠狠掼倒在地的时候；当她因为他的命令被人逼迫，不得不连人带车一起冲下山坡的时候；当熊熊烈焰包围着她，逐渐吞噬掉一切的时候……过了这么多年，他再次看见她的眼睛，也终于能够看见她当时的心情。原来是绝望、是凄惶、是空洞的沉寂和……彻底的心死。

所以在察觉到危险的那一刻，他几乎连想都没有想就伸手将这个女人揽进了怀里。

他要救的人，是秦淮。

南谨醒了。

其实她早就醒了，就在萧川仿似漫不经心地摩挲着她的手指的时候。可她也不知道自己究竟是怎么了，竟然会选择继续装睡。

她和他的手，时隔五年，再一次触碰到一起。身体永远是最诚实的，她熟悉他的手，熟悉牵在一起的感觉，相信他也一样。所以南谨心中有一丝忐忑，她静静地伏在床沿，感觉到他在中途突然停了一下，像是发现了什么，又似乎不能置信，因此手上的力道微微加重了些。

她的心突然便狂跳起来。那场车祸和大火之后，她改变了模样，几乎换去一层皮肤，只有骨骼的触感是不会变的。

果然，萧川很快便去摸她的掌心，然后他的手指久久地停在那里，一动不动。

所幸昔日的许多痕迹都早已消失得十分彻底，南谨的心跳又渐渐平静下来。她等了一会儿，才微微动了动身体，像是刚从睡梦中清醒般地抬起头。

她的样子并不算太好，血渍污渍沾得到处都是，脸色也略带憔悴，只是眼神已经恢复了平日的冷静明亮。她看了看萧川，又垂眼看向两人轻握在一起的手，然后若无其事地抽出来，说："很晚了，我该回家了。"

也不等萧川答应，她便立刻站起来，往外走了两步似乎又觉得不妥，转过身犹豫了一下，终于还是说："好好养伤，祝你早日康复。"

她的语气有些僵硬，目光只在那张苍白疲惫的脸上匆匆掠过，然后便迅速转移开。萧川躺在床上没动，只是看着她的身影离开卧室。

下了楼，才发现热闹得很。

客厅里灯火通明，烟雾缭绕，巨大的背投电视实况转播着足球比赛，三个男人围在茶几前打扑克打得热火朝天。

见她下来，三个人全都不约而同地停下手中动作站了起来。直到这个时候，程峰才终于见到南谨的样子，他不由得愣了一下。

因为担心萧川的状况，余思承先开口问："没事吧？"

南谨神色倦怠地回应："他醒了，看样子没什么问题。"又问："你们谁有空，能不能送我回家睡觉？这么晚了，我怕外面不好叫车。"

她问得既礼貌又不客套，显然也是累极了，况且她知道自己的样子糟糕透顶，需要立刻回去洗个澡。

最后是余思承亲自开车送她。

南谨上车后便闭上眼睛小憩，而余思承也难得没有多问什么。凌晨的路况很好，车子几乎一路飞驰到达目的地。就在南谨准备下车的时候，余思承才突然开口叫住她。

他的神情里带着显而易见的探究，侧着身子一味地打量她，仿佛若有所思。天都快亮了，南谨却只觉得又困又累，实在没心情绕弯子。她见他不作声，干脆直接点破他心中的疑虑："我也不知道他为什么舍了命来救我。你们想知道原因，还是回去问他本人吧。"

话虽这样说，但她回到家后脱掉衣服，看到衣服背后一整片暗红的血迹，也不由得心头微惊。可她实在太疲惫了，什么都顾不得去想，洗完澡连头发都没吹干，便倒在床上睡着了。

因为是星期天，她将手机关掉，几乎睡了整整一天才恢复过来。

开机后不久，南喻的电话便打进来，想约她晚上一起看电影。

"我已经很多年没进过电影院了。"

"就是知道你的生活缺乏情趣啊，"南喻倒是兴致勃勃，"票我都买好了。好莱坞灾难大片，美国英雄拯救世界，听说特效一流，看完绝对值回票价。"

南谨笑了一声："你最近改行做广告宣传了吗？"

她已经起床，从橱柜里翻出一桶方便面，一边将手机夹在耳边，一边撕开调料包。

没想到南喻耳朵尖，听到声音立刻问："你又在吃泡面？"

"嗯。"南谨直接拿饮水机里的热水冲了面，压住盖子，坐在桌边等着，才又猜测道："是不是叶非今晚不能陪你，你才想起我来了？恐怕电影票也不是买给我的吧？"

南喻果真一噎，停了一下才反过来倒打一耙："你非要这样拆穿我吗？多伤姐妹感情啊。"

南谨不以为意地笑笑，问："电影是几点的？"

好莱坞的特效果然超一流，配上 3D 效果和环绕音响，确实对得起几十元的票价。

美国式的个人英雄主义，似乎是长盛不衰的经典。影片结束，灯光亮起来，观影者多半都是年轻人，许多人大呼过瘾，陆续走出影厅。

南喻挽着南谨，将她拖到影城外的夜市上吃烧烤。

这条夜市占据了极佳的地理位置，位于新旧城区的交界处，周边既有大型购物商场，又有成片的居民区，到了晚上热闹非凡。

夜市里多半都是烧烤大排档，桌椅就露天摆放，因为是夏天，倒比闷在店堂里舒服得多。还有些没有店面的，老板便在路边支个烧烤摊子，摊前烟雾缭绕，油浸在刷子上，透过食物滴入炭火中，激起一片"嗞嗞"的声响。

南喻熟门熟路找到一家大排档，连菜单都没看就点了一堆东西，又叫来两听冰啤酒。

南谨晚上却没有吃消夜的习惯，也不打算陪着南喻一起喝酒。她朝隔壁桌上堆满的扦子看了一眼，挑挑眉问："叶非怎么将你的口味养得如此古怪？"

南喻一撇嘴："叶非平时才不肯让我吃这些。好不容易他这两天去了外地，我还不趁机出来解解馋？"

"我对这些也没兴趣。"南谨将几串烤土豆和烤青菜往对面推了推，"既然你要解馋，那就多吃点。"

"吃多了会拉肚子的。"

"即使明天真拉肚子，我看你也心甘情愿。"

"这话倒说对了。"南喻一边咬着土豆片，一边喝冰啤，不由得感叹道，"唉，这让我想起大学的日子。现在干什么都不自由。"

南谨不由奇道："叶非平时管你管得很紧？"

"那倒也不会。"南喻歪着头想了想，努力找出一个恰当的描述，"就是有时候，我会觉得单身更加轻松自在。两个人有了感情，倒成了一种挂碍，甜蜜归甜蜜，却也像被绳子捆绑住了，总是要顾及对方的心情，没法再随心所欲了。"

"这是自然的。"南谨看她一眼，"你到现在还像个小孩子，正好借着这个机会，学学如何照顾别人的感受。"

南喻做了个鬼脸："你就晓得教训我。"然后便重新埋头专心吃东西。

其实她是想到了安安，那个被南谨扔在老家的可怜孩子。白天南喻还接到母亲打来的电话，说安安这两天有些咳嗽，不知道是不是贪玩出了汗又吹风着凉了。母亲想找南谨，可是南谨一整天都关着手机。最后母亲在电话里叹了口气，恨恨地说："算了，我也不找她了，你也别告诉她，反正说了也是白费口舌！趁着我现在身体好，就帮着她多带两年。万一哪天我也带不动了，就把孩子送孤儿院去！"说完"啪"的一声挂断了电话，可见也是气极了。

这样的话，南喻当然不敢转述给南谨听，于是只能含含糊糊地说："你最近有没有跟妈通通电话？"

南谨却立刻猜到了，见怪不怪地淡淡反问："妈又跟你埋怨我了？"

"那倒没有，就是我觉得你应该多关心一下妈和安安。"

"安安由妈照顾，我是放心得很。"南谨自嘲般地笑笑，"至少强过我自己带他。"

南喻动了动嘴唇，一副欲言又止的样子，却被南谨微扬起下巴催促道："东西凉了，快吃吧。"

见南谨明显不想再聊下去，南喻十分郁闷，只好继续大快朵颐。

大排档上菜很快。因为南谨的不配合，南喻几乎一个人包揽了所有又辣又咸的烧烤，又喝掉两罐冰啤，嘴唇还是被辣得鲜红。她一边用手扇风，一边忍不住埋怨："跟你出来吃东西太没乐趣了，一点互动都没有。"

结果南谨就像是没听见似的，根本不理她，而是将目光投向隔壁另一家大排档，微微皱着眉。

这样的夜市也是寸土寸金，排档与排档之间几乎没有间隔，各家的桌椅样式也都差不多，只拿不同颜色的一次性塑料桌布区分一下。

南谨注意到的是隔壁烧烤大排档上的一个清洁工。那个身材瘦弱、面容憔悴的中年女人，正将红色塑料桌布卷成一卷，包住桌上的垃圾，一起扔起一个大桶中。

那女人干活的时候脸上没什么表情，动作十分麻利流畅，连手套都没戴，似乎根本不在乎油腻和肮脏，一转眼的工夫已经收拾了好几张桌子。

南谨站了起来，朝她走过去。

"刘家美？"

女人正半弓着身子，用一块颜色模糊的抹布迅速擦着桌子，听到有人叫自己的名字，她不禁回过身来，眼睛立刻瞪得大大的："南律师？！哎呀，你怎么在这里呀？"

"还真的是你，"南谨点点头，"刚才我还以为认错人了。"

"南律师，你是来吃消夜的吗？"刘家美把抹布扔在桌上，四处张望了一下，给南谨找了张干净的空桌子，伸手一指，"哎，要不你就坐在那边吧。我这里收拾完了就过去给你点菜。"

看来她一人身兼数职，不但要收拾卫生，还充当负责点菜的服务生。

南谨婉拒了她的好意，说："我是恰好路过，看到你所以进来打声招呼。"停了停才又问："家里都还好吗？"

这是南谨最关心的事，没想到刘家美的眼眶突然微微一红，脸上笑得也十分勉强："还……行吧。"

短短半年没见，她的气色竟比以前还不如，皱纹也新添了许多，凌乱地爬在那张未加半点修饰的脸上，强行挤出笑容的时候，更显得苍老。

而她今年也不过才四十岁出头。

南谨忍不住细细打量着刘家美的样子，其实心里已经猜出了七八分，不禁皱起眉："你现在白天做什么工作？"

刘家美的一双手上沾满了油，此刻不自觉地绞扭在身前，眼睛低低地垂下来，轻声细语地回答："干点临时工。"

"什么临时工？"

"……我在一家家政公司登记了，他们平时会派钟点工的活给我做。有时候也有那种需要临时保姆的家庭，我也去干过一两次，就是打扫一下卫生，帮忙做做饭，不过夜的……"刘家美的声音越说越小，到最后轻得几乎听不见。

"还是找不到正规一点的工作吗？"南谨停了片刻才问。

"很难的。"刘家美摇摇头，抬起眼睛看向南谨，"南律师，你也知道的，我既没文凭又没一技之长，除了干点体力活，我自己也不知道还能做些什么。"

"你原来是在物业公司上班的，好歹有物业管理的经验吧，为什么不能冲着这个方向找找？"

刘家美无奈地笑了一声，有气无力地回答："唉，自从我被宏远辞退后，就没有一家物业公司肯要我了。"

南谨一时间沉默下来，倒是刘家美反过来安慰她，说："南律师你别替我担心了，日子总归是要过下去的。我现在这样赚得虽然不多，但也能勉强维持生活，挺好的，真的！而且我一直很感激你当时帮我打官司，就是一直找不到机会正式谢谢你。今天正好你来了，要不我请你吃个消夜吧？"

她看向南谨的眼神十分诚恳，饱含着感激和期待，这样倒教南谨心中更加觉得酸涩。

两人就这么站着说话，很快就引起大排档老板的注意，远远地站在店堂里大声喊："小刘，还不赶紧收拾桌子，没看见那么多客人都在等着吗？"

南谨不想耽误刘家美工作，连忙伸手拍拍她的手，说："今天我吃得很饱，还是改天吧。你有我的电话号码，需要我帮忙的话，随时打来告诉我。"她又匆匆交代了两句，才叫上南喻一起离开。

回到家，南谨从电脑里将半年前的资料找出来。

这个刘家美当时是在一个房地产公司旗下的物业上班，而她的丈夫和公公则在建筑工地上干活。

后来因为一次工地事故，她的丈夫和公公不幸罹难，公司方面却妄图草草了事，始终不肯给出明确的说法和赔偿。刘家美虽然来自农村，又没读过太多书，却并不软弱怕事，当时她强忍着巨大的悲痛，坚持向房地产公司讨回公道，也就因此丢了工作。

后来她还是找到南谨的事务所，由南谨帮她打了这场官司。虽然房地产公司的态度十分强硬，又有各种手段和门路，中途甚至不惜威逼利诱，希望她们可以放弃起诉，但刘家美软硬不吃、油盐不进，就像是憋着一口气，打定了主意要为丈夫和公公申冤。

最终房地产公司以败诉告终，并被当庭判了一笔不小的赔偿金。

可是依照今晚的情形推断，或许赔偿款至今也没有支付过，所以刘家美才过得如此艰辛拮据。

因此又过了几天，南谨晚上下班后特意拐到大排档，想看看刘家美在生活中还需要什么帮助。

她还特意准备了一些现金，打算让刘家美拿去应急。

这时时间不算太晚，夜市还没正式开始。生意人正在忙碌地支起露天的桌椅，几乎还没有客人光临，也就只有刘家美所在的那家大排档前聚集了一些人。南谨站在马路对面，都能听见一阵隐约的吵嚷声，周围还不时有过路人停下来围观。

南谨心头一沉，心中有种不好的预感，促使她加快脚步走过去。

到了近前，才发现是四五个年纪轻轻的壮汉，正将刘家美团团围在中间，谩骂声和讥讽声不绝于耳。而刘家美则白着一张脸，目光有些呆滞，似乎是被吓傻了。

其中一个壮汉突然扬起手，把身边的一张塑料椅子抢起来，重重砸到桌上。

"哗"的一声，椅子落在桌上，紧接着又滚倒在地，发出骇人的动静。

刘家美本能地瑟缩了一下，就连看热闹的群众都争先恐后地往旁边退开。

壮汉伸手指着刘家美，恶声恶气地警告："告诉你以后都不许再出现，不然见一次老子砸一次。"又扬头去找老板，瞪大眼睛高声问："老板呢？老板在哪里！"

矮个子的中年男人慌忙从人堆中挤进来，满脸惊恐，却不得不赔着笑："我就是老板。请问您有什么事？"

"我劝你立刻把这个女人给开除了！不然以后店里没生意可做，那可就得不偿失了。"

老板转过头去瞅了一眼刘家美，虽然还弄不清楚状况，更不知道这个看着老实巴交的女人是从哪里招来的这帮煞星，但瞎子也知道这些人不好惹。

和自己的生意比起来，一个临时工算得了什么呢？

老板小鸡啄米似的连连点头应道："明白了。"又当着壮汉的面，无奈地冲刘家美挥挥手："你赶紧走吧，别给我惹是生非了。"那样子倒像是把她当作瘟疫一般。

事情俨然已经到了尾声，见没太多热闹可看了，围观的群众陆续散去，只剩下刘家美孤零零地站在原地，睁大眼睛惶然地望着老板。她干燥的嘴唇微微颤抖了一下，却什么话都没说。

闹事的壮汉们见目的达到了，这才心满意足地准备离开。谁知刚一转身，就看见面前直挺挺地戳着一个年轻女人。

为首的那个人毫不客气地将她上下打量了一眼，不免吹了个口哨，笑容轻佻地开口说："嗨，美女，麻烦让一让。"

南谨恰好堵了他的路，却似乎并不打算让开，反倒看着他问："她为什么不能在这里做事？"

"你说什么？"

"我说，你们为什么不让这位大姐在这里做事？"

她的表情十分平静，倒教那壮汉一愣，浓眉高高挑起来："美女，你这是在多管闲事！"

这个时候刘家美才像是终于回过神来，不由得惊叫出声："南律师？"

她刚才被几个人团团围住羞辱谩骂，又被老板无故解雇，全程都没反抗过，此时却三步并做两步跑到南谨身边，轻轻扯着南谨的衣摆，低声劝道："南律师，你快走吧。"

南谨将刘家美脸上的担忧收入眼底，下意识地握住她的手，问："这些是什么人？"

刘家美咬着嘴唇不答话。

那壮汉也觉得南谨有点意思，难得见到人美胆子又大的，一时倒也不急着走了。他从口袋里掏了包香烟出来，后面立刻有人递上打火机。

香烟点着了，壮汉吸了两口，猛地吐出一串烟圈。

他是故意的。这样近的距离，烟雾就在南谨的脸前盘旋散开。

南谨微一皱眉，却没退后，仍是面色平静地看着他。

她目光泠泠，似乎十分镇定无畏，反倒有一种慑人的光，从那双堪称惊艳的眼睛里射出来。

那壮汉被她这样盯着，居然一不小心让烟呛到，不禁重重咳了两声。咳完他便有点恼羞成怒，用夹着香烟的手指着南谨："这不关你的事，你还是少管为妙。"

南谨淡淡地冷笑了一声："可是你们几个大男人在街上欺负一个女人，任何人见了，都应该管一管。"

壮汉倒吸了口气，仿佛觉得不可思议，拿眼睛上上下下地打量她："长得这么漂亮的一张脸，要是花了可就不好看了。"

南谨这下没再作声，因为包里的手机突然响起来。

是一个陌生号码，她随手掐掉了，结果很快对方又打过来，显然并不是拨错了。

"你在干什么？"电话接通后，一道沉沉的男声就传了过来。

南谨不禁一怔，因为她已经听出了这个声音，只是完全没想到他会给自己打电话。

"我现在有事，不太方便。"她含糊地回应。

"我知道。我是问你，你和那几个男人在说什么？"

夜色笼罩，华灯已被点亮。

此时的夜市已经逐渐热闹起来，来来往往都是人。南谨握着手机，下意识地转头去找，只见旁边路上车水马龙，马路两边的街灯仿佛一串串明珠，连缀着莹莹发光。

最后穿过熙攘的人群和滚滚车流，她才终于在路的另一侧看到那辆熟悉的黑色轿车。

萧川的车就停在马路对面，与她隔着遥遥数十米的距离。

其实隔得这样远，车窗又都关着，根本什么都看不见，但她听着他的声音近在咫尺，仿佛也能感受到他的目光，此时此刻正注视着自己。

果然，没过多久车门便开了。下来的不是萧川，而是一位年轻人。

年轻人穿过车流大步走到南谨面前，先对她点了点头，然后才转身面向那四五个闹事的男人。

结果他还没开口，那个为首的壮汉便突然白了脸色，嘴里叼着的半截香烟倏然滑落在地上，似乎是被吓呆了。

"昊……昊哥！"壮汉的舌头像是被打了结，不太利索地叫道。

年轻人的脸上却没什么表情，只是问："你们在这里干什么？"

"没什么事，"壮汉眼珠子一转，满脸堆笑，"就是随便逛逛。您老人家怎么也会到这里来？"

年轻人不再理他，转过身对南谨倒是十分客气有礼，低声说："车子在那边等您，要是这边没什么事的话，我们就先上车再说？"

而且他似乎早就注意到这边的情况，便转眼看了看刘家美，又建议南谨："让您的这位朋友也一起来吧。"

南谨在一旁看得清楚，这个年轻人她从前没见过，大约是这几年间才在萧川身边的，可是显然在这条道上的地位很高，才露个面就镇住了一帮来闹事的人。

如果今天没有他，这局面也不知会闹成什么样子。南谨刚才只是想要维护刘家美，倒没细想过后果。此时有人出面摆平，恰好帮了她们一个大忙。

她担心自己和那年轻人离开后，刘家美还会再受欺负，于是只好点点头，带着刘家美一起坐上停在街对面的车。

年轻人开车，安排刘家美坐在副驾驶座。南谨见状微一迟疑，却也只能坐到后面去。

萧川果然在车里，见她上来，他淡淡地开口说："你胆子倒挺大。"

听不出是赞美还是讽刺，南谨下意识地去看他。借着路边的灯光，隐约可以看出他的脸色仍旧不太好，眉眼间带着浅淡的疲惫，就连声音都是低哑的。

其实距离他受伤才过了几天，恐怕伤口都还没愈合，也不知道他这时候出门干吗。

南谨若无其事地问："你是恰好路过？"

他瞥她一眼："不然呢？"

她说："谢谢你帮忙解围。"

他不轻不重地"嗯"了一声，仿佛有点心不在焉，又似乎毫不在意，只是忽然朝她伸出手。

他越过中间的扶手和控制板，手掌在她的面前静静地平摊开来。

她愣了一下，不禁诧异地抬眼看他，结果他像是没什么耐心似的，见她半天没有反应，索性自行抓起她的手，牢牢握在掌中。

这已经不是第一次了，但上回是他刚受伤，她不好用力挣扎，只能顺着他的意，结果没想到今天他的动作倒仿佛更加熟练自然，甚至都不需要征求她的意见。

他究竟把她当作什么了？

南谨心中又气又火，猛地挣了一下。谁知萧川像是早就料到了一般，重重地将她一牵一拽，倒让她整个身体都朝他那边倾斜过去。

幸好中间还隔着一块宽厚的扶手板，她才不至于跌倒在他身上。可是那只手却也一时挣脱不了，就那样被他牢牢握住。

车厢里非常安静，车窗的隔音效果又极好，车子行驶在闹市区，车里却几乎听不到一点声音。而方才后面发生的一切，也都是在悄无声息中进行的，包括他野蛮霸道的动作，包括两人之间你来我往的角力，还包括最后南谨严厉气愤瞪去的那一眼。

整个过程中，谁都没有出声。在这一点上，两人倒是默契十足。

南谨余怒未消，偏偏对方的手并不太老实，修长的手指偶尔滑过她的皮肤和掌心，带来一种微弱的电流般的触感。

回忆在顷刻间如排山倒海般袭来，她只感觉心头微微一窒，就连呼吸都不由自主地乱了方寸……因为这是萧川的习惯，以前他牵着她的时候，也总喜欢这样。

前面坐着两个外人，南谨忍了又忍，终于低低地"哼"了一声。她声音极小，估计只有旁边那人能注意到。果然，下一刻萧川便转过脸来看了看她。

她以为他终于能有所收敛，结果他却反倒一声不吭地变本加厉，将她往自己这边拉了一下，为自己寻找到一个更舒服的姿势。

南谨几乎快要目瞪口呆。

她记忆中的萧川虽然一贯既霸道又直接，但也不会对一个女人这样轻佻无礼。她和他连普通朋友都算不上，结果他却一而再再而三地不顾她的意愿，只做自己想做的事。

他似乎对她的手很感兴趣，握住后便不肯再放开。直到刘家美的住处到了，车子停下来，他才主动松了力道。南谨趁势重重甩开他，赶在刘家美回头道谢之前端正地坐好，然后说："我陪你回家，正好有事想问问你。"

她想，萧川的车是不能再坐了。这个男人太敏锐，或许他是已经发现了什么，才会这样一反常态地主动亲近她，亲近一个堪称陌生的女人。

结果没想到，就在她准备下车的时候，萧川突然开口说："我在这里等你。"

"我等下自己坐计程车回去。"她才不想领情，迅速下车离开。

刘家美租住在很偏的地方，到了晚上周边连路灯都没有。两人深一脚浅一脚地走进楼道，结果楼道里也没灯，南谨只好拿出手机照着，好几次差点儿撞到楼梯拐角处堆放的杂物。

到了顶层才知道，刘家美竟然住在业主私自违章搭建的露台上。小小的一个铁皮屋子，总共不过十平方米大小，白天太阳晒热了铁皮，到了深夜热气还是散不掉，钻进去仿佛进到蒸笼里。

刘家美也很不好意思，怕南谨觉得憋气，连忙搬了一张塑料小凳出来摆在门口，不让南谨进屋。

"屋里小，又热，还是坐在这里凉快。"刘家美朴实地笑笑。

露台上确实偶有凉风拂过。

这房子低，总共也就六层高，站在这里望出去，可以看见远远的地方耸立着高楼大厦，到了深夜还有霓虹兀自闪烁，像天上的星，遥不可及。

南谨没有坐，直截了当地问："法院判的赔偿金是不是一直没到账？"

刘家美点点头。

意料之中。南谨又问："今晚闹事的那些人呢？也是那家公司找来的？"

"不太清楚，可能是吧。"刘家美咬着嘴唇，半晌后才说："南律师，你上次问我为什么不去找份像样的稳定的工作，其实不是我不想找，但是你也看到了，我在夜市上打打零工他们都会来找麻烦，哪有正规的公司会要我这种人呢？"

"你的意思是，这半年多以来，他们一直在骚扰你？"

"有好多次了。我也不知道他们是怎么找到我的，或许是无意间碰上的？真搞不懂。好像不管我躲到哪里，他们都能把我找出来。南律师，我也不怪大排档的老板，他已经算是客气的了。前两个月我在一家酒楼里洗碗，突然来了几个人把东西都给砸了，最后我还赔了酒楼一些钱，那儿的经理才肯放我走。"

南谨听得皱起眉："为什么不报警？或者你可以告诉我。这段时间一直没有你的消息，我还以为你离开沂市回老家去了。”

"老家早就没人了，况且我老公不在了，我一个寡妇回去干什么呢？在这里再艰难，好歹可以活下去吧。至于你说的报警，无凭无据，甚至我连他们是谁都不知道，怎么报呢？"

南谨无言以对。

她知道，刘家美并不是软弱的人，可对有些事情也只能认命。

一时之间也想不出更好的解决办法，南谨从包里拿出一个信封塞进刘家美手中，说："这个你先拿着应急，下一步该怎么办，我们再慢慢商量。"

刘家美朝信封口看了一眼，不禁"哎呀"了一声，急忙双手推拒回去："南律师，这个我不能收！我有钱的，过日子足够了。"

南谨却不理她，径直将信封搁在门口的小凳子上，一把拦住刘家美的动作，说："我先回去了，你等我的电话吧。"说完转身就走。

她走得急，刘家美在后头追得也急。两人一前一后从露台上下来，到了楼道里还拉扯了一番。一户住户听到响动出来察看，隔着防盗铁门冲她们凶道："大晚上的，吵吵什么呢？！"

南谨借机劝住刘家美，让她拿好钱先回去休息，有什么事改天再说。

刘家美的眼眶都红了，又压低声音连着道了好几次谢，才终于返回自己的小屋。

旧式居民楼的楼道又窄又黑，拐角处堆满了杂物。南谨对环境不熟悉，只能拿手机照着，走得小心翼翼。

可是刚下一层，便听见外面"嘭"的一声巨响，像是电线烧掉了。伴随着火花的亮光，一瞬间后整个世界都仿佛被黑暗笼罩。

炎夏还没过去，这样的晚上突然断了电，可以想象该有多难熬。

果然，很快就有住户们的哀叹声和咒骂声远远近近地响起来。

南谨握着手机，站在又窄又陡的楼梯上停顿了片刻，才重新一步一个台阶地往下走。

大楼内外全都漆黑一片，只剩下手机发出一点幽幽的白光。她走得慢，脚步声轻轻回荡在楼道里，下完一层还有一层，仿佛永远到不了尽头。

南谨又往下挪了一层，心里不由得有点发虚，手心里也渐渐浮出一层冷汗。

其实她从小就怕黑，原来连睡觉都不敢关灯。长大之后稍微好了一点，可从来都不会独自待在又黑又陌生的环境里。

南谨这时候才有点后悔了，早知道应该让刘家美陪自己一起下楼。

也不知道现在下到第几层了，楼道里竟然连个楼层标志都没有。手机电筒开了许久，机身开始发烫，原本就所剩无几的电量更是消耗得飞快，再次"嘟嘟"两声发出报警提示。

南谨十分担心自己还没到楼下，手机就会自动关机。她心里一慌，下意识地便加快脚步，一连下了好几级台阶，结果因为视线不清一下子没踩稳。

脚下踏空的同时，她不由得倒吸了口气，也顾不得楼梯扶手上的铁锈，只能一把牢牢抓住，手机却从手中滑脱出去，砸在水泥地面上发出清脆的声响。

唯一的光源也熄灭了。

外面没有一丝光，楼道里堆着的杂物又将夜色遮蔽了大半，她的眼睛一时适应不了这样全然的黑暗，耳朵却仿佛变得格外灵敏。

南谨静静地听了几秒钟，心脏便倏然一紧。

因为她听到隐约的脚步声，似乎正从楼梯下方传过来。

这一带鱼龙混杂，治安向来不好，半夜偷盗甚至入室抢劫时有发生。在这样的时间，这样的环境，南谨只能希望来者是个晚归的住户。

她的心脏怦怦直跳，听着那不疾不徐的脚步声在某个地方停了下来，似乎一时之间没了动静。幸好此时眼睛已经渐渐适应了黑暗，她再顾不上别的，迅速弯腰捡起摔坏的手机，凭着直觉一步步下楼去。

因为高度紧张，她走得倒比刚才快多了。大约连着下了两层楼，才突然在拐角处与一个黑色的身影撞个正着。

双方身体接触到的一刹那，南谨来不及细想，本能地惊呼出声。结果下一刻，她的嘴巴便被人不轻不重地捂住。

"叫这么大声干吗？"男人低哑的声音在耳边缓缓响起。

她却惊魂未定，一颗心兀自狂跳得厉害，几乎快要从嗓子眼里蹦出来了。遇到危险，身体的反应快过一切，她的双手立刻伸出去想要推开对方，然后迟了半拍才反应过来……是萧川？！

可到底还是慢了一步，她出手时用的是以前学的女子防身术，又快又准，手肘恰好抵到他的伤口，令他不禁低低地闷哼了一声。显然是因为吃痛，他吸了口气，迅速反手将她一格，轻而易举便将她的双手钳制住。

"怎么是你？"她的心还在狂跳不已，呼吸却渐渐平稳下来，难以置信地瞪大眼睛。

"你这样算不算恩将仇报？"萧川紧抿着嘴角，在黑暗中低下头看她。

其实因为暗，即便这样近的距离，他们也仍然瞧不清对方的五官。可是此时此刻，她的大半个身体都在他的控制之中，只要稍稍低头，就能闻到一股奇特的香味。也不知她用了什么牌子的沐浴露和洗发水，她的发顶和身上似乎幽幽散发着一种温暖而柔和的味道，仿佛是奶香，又更像是椰子的香气，暖甜中带着清新的气息。

萧川原本半抱着她，此刻手臂不禁微微一僵。

这样拥抱的触感太熟悉，就像他之前几次握着她的手，也会有这样熟悉的感觉。只要他闭上眼睛，只要不去看她的脸，他会以为自己握着的是秦淮的手。

就如同现在。

四周这样黑，又这样静，她纤瘦的身体半靠在他的怀里，竟然也像极了秦淮。

萧川有一刹那的恍惚，松开手的时候稍稍迟疑了一下，才不动声色地将南谨与自己拉开一点距离，扶着她站稳。

"事情办好了？"他问。

"嗯。谢谢。"

"你在来的路上已经道过谢了。"

"我是指刚才。"南谨淡淡地说，"谢谢你过来接我。"

"可是你刚才以为我是坏人。"萧川的声音同样很淡。他从口袋里掏出打火机，点火照着脚下的台阶。

南谨一时无语，她心想，谁会料到堂堂萧川竟会带着伤，亲自到这黑漆漆的楼道里来接她？

想到他的伤，她终究有些愧疚。自己刚才情急之下出手不轻，只是她搞不懂，以他的应变和身手，为什么没有第一时间出手格挡。

"你没事吧？"她把这个问题归为关心，语气难免有些尴尬勉强。

"没有。"萧川将打火机朝她的方向靠了靠。

后来南谨才发现，原来自己刚才一口气已经奔下了好几层楼，遇见萧川的时候，其实已是在架空层上。

难怪他等在那里，因为他并不确定她会从几层下来。

Love as

Time

浮生
寄流年

Chapter _ 12

她从没想过，有一天竟会成为自己的替身。

这天夜里，南谨没有睡好。

似乎整夜都在做梦，全是些细碎又凌乱的片段，充斥在乱七八糟的梦境里。

梦中她第一次见到萧川，是在一张薄薄的照片上。照片被一个面色严肃的男人推到面前，告诉她："接近这个人……"冷酷的声音让她直觉想要拒绝。

然后爸爸就出现了，竟然同样也是面容冷肃，她一下子就哭了。看见爸爸穿上警服仿佛是要出门的样子，她心中一阵发慌，可是怎样都喊不出声音，只能眼睁睁地看着那个高大伟岸的背影越走越远……

其实梦里出现得最多的，还是萧川。

他淡淡地笑，他在酒桌上抽烟，他扣住她的身体亲吻她，他皱眉，他发怒，他对她千般万般的好，他摔门而去并让人锁死房间……

最后她终于再次梦见了自己。就像以往无数次一样。

仍是那团熊熊烈火，火焰在狂风中摇曳，扭曲了一切景物。她困在其中，像是被烈焰灼心，全身都在痛，就连呼吸都痛。只是这一回，她似乎透过火焰看见了他。

这么多年以来，这是她头一次在这场熟悉的梦魇中见到萧川。

修长沉峻的身影遥遥立在风中，却又仿佛触手可及。

和从前的每一次一样，她只觉得万分痛苦，深浓的绝望比火舌还要猛烈，汹涌着就要将她吞没。

和从前的每一次不一样的是，今夜她终于在最后一刻见到了他。这是头一回，比绝望更汹涌的巨大的悲伤铺天盖地般地侵袭而来。

这场梦魇数年如一日，她终于在今夜第一次痛哭出声。

醒来之后她才发现眼角有未干的泪痕，原来竟是真的哭过。南谨起床洗了把脸，再也睡不着，索性打开电脑整理李自力案开庭需要的辩词。

天亮后准时去上班，可任谁都能看出南律师昨晚没休息好。

南谨拎包进了办公室，阿雅立刻拿笔敲敲赵小天的背："友情提示，今晚要是有约会，趁早取消。"

"为什么？"

"你没看见老板心情欠佳？她心情不好的时候，加班的劲头特别足。"

赵小天嘿嘿一笑，小声说："那我们就陪着！"

阿雅拿眼睨他："真看不出来，小朋友还挺讲义气。"

"必须的！"

事实证明，阿雅对南谨的习惯还真是了若指掌。不但当晚加班，接下去的一连好几个晚上，南谨都是直到深夜才离开律所。

赵小天果然半句怨言都没有，阿雅却有点熬不住了。她新婚宴尔，与老公正是你侬我侬的时候，一连几天三更半夜才到家，老公早就呼呼大睡了。

这天晚上，阿雅不得已告了个假，把手头上的事处理完毕后，申请准时下班。

南谨这才反应过来，她从电脑前抬起头，吩咐道："这几天辛苦了。今天没什么事，你和小天都可以先回去。"

阿雅如获大赦，赶紧收拾东西走人。过了一会儿，赵小天也进来道再见，约女朋友吃饭去了。

南谨倒不觉得饿，她晚餐本来就吃得不多，便在办公室里泡了碗面，结果也只吃了半碗就饱了。

开庭在即，其实一切都已经准备妥当。除了辩诉材料外，甚至还有一个意外的收获。

她找到案发当晚的一个目击证人。

那是一个流浪汉，每天都睡在码头上。那晚李自力与王勇发生争执，除了张小薇之外，这个流浪汉是唯一目睹全过程的人。只不过在当时那种情形下，没人注意到他，而他因为害怕被驱逐，便趁着警察到来之前匆匆躲起来了。

南谨得到线索后，费了好大一番力气才终于找到这个人，并说服他出庭出证。

这是本案的关键，她第一时间和余思承电话沟通反馈，余思承简单明了地说："我知道了，谢谢你。"半句多余的废话都没有。

似乎自从墓园遇袭事件之后，他对她的态度就有了莫名的转变。从前他找到机会便会调侃逗笑两句，现在却变得十分正经严肃，甚至还带了一丝……尊重。

南谨觉得可笑，怀疑这大约是自己的错觉。不过余思承这样的反应倒令她轻松不少。其实不但是余思承，就连萧川好像也突然消失了一般。

那天晚上他在楼道里等她，然后将她送回家。一路上她担心他还会耍无赖，于是故意坐得远远的，两只手紧紧交握在身前，不肯给他任何机会。结果让她意外的是，萧川自从上车之后便一言不发，似乎并没有想再牵她手的意图。直到她下车，他才转过脸来看了看她，却连句再见都没说。

她忍不住想，只是五年没见，看来这个男人除了变得更加无赖之外，还有点喜怒无常，而且很没礼貌。

那晚之后，萧川就消失了。

一连好几天，他像是彻底离开了她的世界。一切仿佛重新回归平静，生活再度变成两点一线，不用再掩藏情绪，也不用再担心被人识破身份。南谨终于松了口气，给自己安排了超负荷的工作，这样也就没时间再去想其他的人或事了。

离开律所的时候照例已是深夜，预约的计程车已经等在楼下，南谨正想去拉车门，也不知道从什么地方突然窜出三个男人来。

领头的那个离她最近，上下打量她一番，对她比了个手势，指着旁边一辆面包车说："我们上车再聊？"

这时已有他的同伴拍拍计程车的车顶，凶神恶煞般地催促司机："快走，这里没你的事了。"

那司机显然是怕惹事，只透过车窗望了南谨一眼，便二话不说踩下油门，绝尘而去。

南谨心中不由得一惊，警惕地问："你们是什么人？"

"这个问题等下会回答你的。"领头的还算客气，慢悠悠地说，"请吧，南小姐。"

对方显然已经摸清了她的基本情况，可她对他们的身份却还是一头雾水。

因为是深夜，路上行人稀少。三个男人戳在面前，即便她此刻放声大叫，恐怕他们也能在救援到来之前将她弄上车去。

"让我上车可以，但你好歹应该告诉我，你们找我到底为了什么事。"南谨镇定地说。

男人仿佛看穿她的隐忧，直截了当地笑笑："就是想和你聊聊天，不会伤害你的。"

"那就在这里聊吧。"

"想见你的人不是我。"男人没什么耐心，渐渐沉下脸，"希望你干脆一点配合一下，别叫我们难做。"

看样子不走都不行了。可是他的话音刚落，附近街角处便呼啦啦拥出一群人，脚步极快地向他们靠近。

从南谨的位置首先看到这些人，她心中一动，凭着直觉朝后退了两步。

对方迅速来到他们面前，将他们半包围住。其实全是陌生面孔，南谨心思转得飞快，突然就跳出一个模糊的念头。结果这样的念头刚冒出来，就见那些人自觉地向两边分开，留出一条通道。

一个俊挺潇洒的身影踱着脚步过来，最后气定神闲地停在南谨身边。

"余……余少？"先前的三个男人目瞪口呆地望着他。

余思承笑了一声，眼神却是冷的："回去告诉你们老板，这个女人他动不得。"他没看南谨，只是用自己的身体将她遮住大半，庇护的意味显而易见："至于你们这些小喽啰，我今晚就不为难你们了。走吧，回去把话带到。"

他没再理他们，而是伸手在南谨的背上虚扶了一把，带着她不紧不慢地离开现场。

那辆颜色拉风的路虎就停在转角，他让南谨先上车，自己才转到驾驶座。

"他们就是上次袭击萧川的人？"南谨一边扣上安全带一边问。

其实她的语气中带着笃定的意味，令余思承不得不转过脸来打量她，剑眉微扬："真聪明。"

南谨没理会这样的夸奖，只是又问："这么说，我是彻底被牵连了？"

余思承又一次扬了扬眉。

"而且，你们早就料到了，并且早有准备。"她不相信今晚他的出现只是一个巧合。

"你说的都对。"余思承开着车说，"我必须保证你的安全。"

南谨冷笑一声："可我一点也不想要这样的保护。"

"我知道你心里有气，但你有气也不应该冲我发火啊。"余思承仿佛十分无辜，半开玩笑道，"冤有头债有主。我现在就带你去讨债，怎么样？"

直到这个时候，南谨才发现这并不是回家的路。

"我不需要讨债。"她坐直身体，语气僵硬地说，"这都几点了？现在我要回去睡觉。"

"你家不安全。"

"……你是说，那些人也有可能守在我家楼下？"她很快就反应过来，简直又惊又怒，不禁咬牙切齿地骂，"萧川到底在搞什么？我和你们一点关系都没有，你们之间的恩怨为什么要牵连到我？那现在怎么办？"

余思承一时没答话，只是转过头古怪地瞥了她一眼。

南谨气还没消，反瞪回去："看我干吗？"

余思承仿佛有些失笑。他见惯了南谨不冷不热的样子，如今她这样气急败坏，倒教他有些诧异。可他并不觉得这有什么问题，因为这才是一个女人应该有的情绪和反应。而南谨过去那副疏离冷淡的姿态，才显得不太正常。

余思承清咳一声，这才正经地开口："我说了都不算，只有一个人能回答你的这些问题。"

三更半夜来见萧川，真不是一个好选择。可是南谨被迫无奈，毕竟她也不想拿自己的人身安全去冒险。

那些人的手段本事她亲眼见识过，所以她更加需要得到一个合理的解释。

"大概他们是把你当成我的人了。"当她质问萧川的时候，得到的是这么一句云淡风轻的回答。

她刚刚一口气冲上二楼，气息还不平稳，缓了缓才皱着眉重复道："……你的人？"

萧川的眼睛终于从报纸上离开，抬起来看了看她："我的女人。"

……

那些人把她当成他的女人了。

她在旁人的眼中，竟然再一次成了萧川的女人。

这个局面太荒谬，让她一时之间不知道该做何反应。

见她半晌没讲话，萧川索性丢开报纸，从窗边的软榻上直起身。

他的伤还没痊愈，起身的动作显然有些阻碍，看上去微微吃力。她垂在身侧的手指不经意动了动，身体却仍旧停在原地。

她看着他慢慢站起来，缓步走到自己面前。灯光将他的身影投下来，几乎完全将自己覆盖住。

其实靠得并不算太近，明明两人之间还有一段距离，但他身上清冽沉郁的熟悉气息，混着一丝极淡的烟味，就这么猝不及防地向她侵袭而来。

她的眼神晃了晃，下意识地往后退开两步，才微仰起头冷冷地问："那现在怎么办？"

"我会尽快解决。"他答得简洁明了，"在事情解决之前，会有人二十四小时保护你的安全。"

"如果不是今晚有人来找麻烦，你是不是不打算让我知道这件事？"

也是因为余思承的突然出现，才让她恍然醒悟过来，自己大概已经被"保护"了好长一段时间了。

"知道这些对你没好处。"萧川说。

她忍不住冷笑："那我是不是应该感谢你的苦心？"

萧川沉静的目光停留在这张漂亮的脸上。看得出来，她对这件事恼火极了，嫣红的唇角微抿着，琥珀般的眼瞳在灯下泛着冷冷的光，里头尽是毫不掩饰的讥嘲笑意。

从第一次见到南谨开始，他就总觉得她像某种小动物，却又一直想不起来到底是什么。如今终于想到了，她就像一只刺猬，时时刻刻张开全身的尖刺做防御。面对着他，她始终是一副拒人千里如临大敌的模样，几乎从没对他有过好脸色。

哪怕他之前为了救她差点儿丢掉一条命，好像也没能让她的态度缓和一些。

萧川只觉得奇怪："我们以前是不是认识？"

他突然这样问，倒让南谨大吃一惊，她心头不由得一紧，警惕地反问："你什么意思？"

"除了这次这件事情，我不记得以前曾经得罪或伤害过你。你对我的敌意究竟是从哪里来的？"

这是他第二次说出这种话。

南谨还记得，第一次是在淮园，当时她只感觉秘密被戳穿，不得不落荒而逃。

这个人太敏锐，任何事情都逃不过他的眼睛。就连她在心底深埋了这么多年的怨恨和悲伤，在他的面前仿佛都无所遁形。

还记得很多年前，他曾经开玩笑说："你就像是一张白纸，高兴还是难过，全写在脸上。"

那次她生气了，为的不过是一件小事，而他一直在哄她，最后才终于令她憋不住笑出来。

哭哭笑笑，开心和痛苦，和他在一起的那两年，情绪心思百折千回，竟犹如度过了漫长曲折的一辈子。

人生还有那么长，她却一度以为，自己的一生已经结束了。

从离开他的那一刻起，就结束了。

南谨意识到自己的情绪有些失控，手指不自觉地掐进掌心里，稳了稳声调才说："我对你没有敌意。"

她的反驳苍白无力。他看她一眼，也不知道信了没有，只是淡淡地表示："那就好。"又叫来用人，替她收拾客房。

"你要我住在这里？"

"明天让人陪你回家拿衣服，"他说，"住在我这里才最安全。"

"怎么？你把我连累了，这算是你对我的补偿？"

"你说得没错，是我把你带到这种危险的局面里。"他看了她一眼，停了停才继续说，"你需要任何补偿，我都可以给你。"

　　萧川说最后这句话的时候，向来冷峻的眼神似乎忽然柔和下来。他看着南谨的眼睛，仿佛有点走神，也不知在想些什么，片刻之后才不动声色地移开目光，率先走出房间。

　　接下来的几天，南谨早出晚归。

　　通常她起床的时候，萧川还在睡觉，而等她下班回来，萧川却还在外面。他回家的时间比她更晚，估计总要到下半夜。

　　住在同一屋檐下，两人却难得碰上，这倒让南谨松了一口气。

　　暌违多年的房子，一切好像都没有变，连用人都还是她所熟悉认识的那些旧人。她曾在这里住了两年，之后又离开了五年，结果却不费吹灰之力，很快就重新适应了现下的环境，就连一向欠佳的睡眠问题也不药而愈。

　　她在这栋房子里夜夜安睡，常常等到天亮了，才被闹钟声猝然叫醒。

　　习惯这种东西太可怕了。待在萧川的地盘上，越是舒适惬意，便越会让南谨感到担忧。她生怕自己哪一天松懈下来露了馅，所以只期盼萧川那边能尽早把麻烦解决掉。

　　这天晚上她难得没有加班，回来后就躲进房间看庭审材料。她工作的时候不喜欢别人打扰，用人们也都很守规矩，从来都是轻手轻脚的，不发出任何一点大的响动。

　　所以，当楼下传来一阵声响的时候，南谨下意识地停下来看了看时间。

　　还很早，不过才十点多，萧川从来不会在这个钟点回家。

　　她合上电脑，起来活动了一下，顺便开门去看。

　　这间客房就在楼梯拐角处，打开房门就能将一楼情形看得一清二楚。

　　用人们大概都去别墅后面的工人房休息了，按往常的习惯，只在楼下客厅里留了一排地灯，沿着墙角围成一圈，莹黄的光幽幽地照在地板上。

南谨在楼梯上站了一会儿，方才的那阵动静已经消失了，但她直觉客厅里有人，只是看不清对方在哪儿。

萧川不在，沈郁和余思承他们自然也不会过来，偌大的房子就只剩下她一个人。或许还有几个负责安全的小弟，但他们通常不会进到屋里来。

联想到最近发生的事，南谨的心脏不禁微微紧缩。她静静地立在原地又等了片刻，正在犹豫要不要下楼查看，只听见"叮"的一声，似乎是机械开合的声音，从客厅的某个角落里传过来。

在那一瞬间，她全身的汗毛都竖起来了，一颗心更是怦怦乱跳。她不敢大声呼吸，只能死死咬住嘴唇，手指紧捏着楼梯扶手。

可是楼下再度没了动静。

地灯的光线微弱幽暗，偌大的客厅有一大半都陷在黑暗里。而她定了定神，终于在这片黑暗中看到一点红色的火光。

那红光也很弱，在客厅的一角忽明忽灭。

南谨的心终于渐渐安定下来，僵硬的身体不禁一软，靠向旁边的墙壁。

"谁？"楼下的人似乎也发现了她，低沉的嗓音不紧不慢地响起来。

南谨迟疑了一下，才回答："是我。"

她没办法，只好下了楼。到了楼下，才终于能看清那个模糊的身影，他正独自坐在一角的沙发里抽烟。

空气中除了烟草的气味之外，似乎还有淡淡的酒气。

没想到萧川今晚这么早就回来了，她有点懊悔，早知道刚才就躲在楼上不出来了。

"你还没睡？"萧川靠在沙发里抽烟，漫不经心地问。

他的声音微微有点低哑，腔调慵懒随意，大约是喝多了。

这让南谨一下子就想起从前，那时候她最讨厌他应酬喝酒，每次回来一身酒气，总要被她一脸嫌弃地推得远远的。而他偏偏霸道无赖得很，似乎她越是抗拒，就越是让他觉得有趣，常常连澡都不洗便来逗她。

那样的回忆，如今想想都让人难受，就像一把钝锈的刀片，一下下剐着心口。她若无其事地说："准备睡了。"

"能不能帮我倒杯水？"他身陷在黑暗中问。

南谨绕到厨房倒了杯温水。她本想打开客厅的大灯，可是犹豫了一下终究还是作罢。黑漆漆的看不清彼此的样子，这令她感到更安全。

她端着水杯回来时，才发现萧川已经睡着了。

他大概是真的喝多了，身上的酒味十分明显，就连呼吸间都仿佛是醉人的酒意。他安静地靠在沙发里，头微微歪向一边，一条手臂垂在沙发侧面，另一只手搭在扶手上，指间还夹着半截香烟。

南谨随手放下水杯，将香烟从他手中轻轻抽走，摁熄在茶几上的烟灰缸里。

盛夏已经过去，沂市的夜晚沾染着微凉的气息。

客厅的通风窗开了半边，夜风从缝隙里灌进来，卷着轻薄的纱帘轻轻翻动。

她不想去管他，但用人们都已经去休息了，想起他身上还有伤，到底还是去楼上抱了条毯子下来，给他盖上。

她在他面前倾身。

靠得这样近了，呼吸间的酒气更加明显。

也不知是月光还是屋外的灯光，仿佛一层虚白的轻纱，正从窗前漏进来，覆在他的肩膀上。他只穿着件单薄的衬衫，袖口随意卷起来，露出半截线条结实匀称的小臂。或许是因为酒后太热，领口的扣子也被他解开两颗，凌乱地敞着。

即便到了今天，南谨也不得不承认，这个男人从外表到内在，都散发着一种极强大的原始吸引力。就像一个深不见底的旋涡，任何人一旦陷在其中，便无法自拔，只能眼睁睁地看着自己被卷进去，越卷越深，所有的挣扎都是枉然。

幸好，她对他已经免疫了。

哪怕他此刻睡得再好看，她也不会多看一眼。她只是出于善心，拿了一条毯子给他盖上，仅此而已。

可是她却忘记了，自己面对的这个男人即使喝醉了，也有着惊人的警惕性和敏锐力。在她的手触碰到他的一刹那，他就突然醒了过来。

她身体前倾，两人原本就靠得极近，此时冷不防对上那双乌沉深邃的眼睛，令她不禁怔了一下。

夜光如水，轻落在窗前的地板上。

南谨吓了一跳，来不及细想便本能地想要退开。可是，已经迟了。萧川的动作比她还要快，在她有所反应之前，修长有力的手臂就已经扣住她的腰，封死了退路。

她呆住了。

他明明已经醉了，呼吸间都是酒气，其实就连眼神也并不清明，可是为什么身体的反应速度还能这样快？而且他的力气很大，几乎轻而易举地就将她控制住。

"你放手！"她沉下声音。

他却置若罔闻，只是停了停，下一刻突然微一用力，将她整个人带到沙发上。

南谨只觉得一阵天旋地转，惊呼过后睁开眼睛，两人的位置已然互换对调。

她被迫平躺在沙发上，而萧川则曲起一条腿，半跪在她身侧。高大修长的身体低俯下来，将她牢牢地圈住。

两个人只隔着咫尺之遥，他垂下目光，一声不吭地凝视着她。

这样近的距离，靠着窗外的一点夜光，她能看清他的眼神，大概是真的醉了，所以显得又深又沉，犹如冰下的深渊，探不到尽头。

他长久地凝视她，也不知在看什么，但她知道他醉了，因为他清醒的时候不是这个样子的。

"你到底要干什么？"

"别说话。"他沉沉地开口，声音里带着轻微的低哑，但语气却是难得温和，像是在哄小孩子。

南谨心里不由得咯噔一下，忍不住抬起眼睛回视他。

漆黑的客厅里，他跪坐在她身前，而她整个人似乎都在他的禁锢之中。

这样的气氛太诡异，又太暧昧。

夏天的衣料单薄，彼此靠得这样近，仿佛能时刻感受到对方身体的热度。其实他的呼吸也是热的，带着醺然醉意，若有若无地从她脸上拂过。

她渐渐觉得喘不过气来，心跳得又慌又急。这样熟悉的温度、那些熟悉的记忆，就像汹涌的潮水般一波接一波地席卷而来，正迅速将她吞没。

仿佛是灭顶之灾，她溺在了冰冷的深海里，一时之间竟分不清现实和虚幻，只是本能地想要抓住什么。于是她伸出手，紧紧扣住那条结实的手臂，指甲深嵌进对方的皮肤里，却恍若未觉。

她只是想要抓住什么，就像抓住一块救命的浮木。而萧川也任由她这样，他也仿佛陷在了某种幻觉里。他伸出另一只手，轻轻盖在她的脸上。

掌心温热，还带着凛冽辛辣的烟草气息，轻覆住她的鼻尖和嘴唇。

她的脸本来就只有巴掌大，此刻独独留了一双眼睛露在外面，深褐色的眼眸像一块上好的宝石，在微亮的夜色中泛着莹莹光泽。

萧川没有说话。

他目光迷离地看着她，又像是越过她，在看另一个人。

这个女人安静地躺在他的身下，浓密的睫毛正轻轻颤动，恍如蝴蝶脆弱精致的羽翼。

她的嘴唇似乎在掌心中动了动，他又低低地哄了声："别说话。"

他今晚喝了太多的酒，连是怎样进屋的都记不起来了，所以才会这样俯下身去，去亲吻那双眼睛。

温热的唇落下来的同时，南谨闭上了双眼。

那个吻就落在她轻轻颤抖的眼皮上，犹如隔了漫长的几个世纪，带着一种久远的、仿佛前世的记忆，让她差一点儿涌出泪来。

她知道他醉了。

他吻的那个人，是秦淮。

可她就是秦淮，是被他亲手杀死的秦淮。

不知要用多少力气，才能控制住汹涌而出的眼泪。南谨躺在沙发上，已经忘了挣扎，又或许是彻底失去了挣扎的力气，她只是像块木头一般，直挺挺地躺在那里。

最后她才终于动了动，身体却被立刻反抱住。

萧川的声音低沉沙哑，带着一点醉意，像是在跟她商量，又仿佛只是低喃。他说："让我抱一会儿……一会儿就好。"

他几乎从没用这样的语气跟人说过话，恍惚间，她像是急速坠入一场梦境里，彻底不再动弹，只任由他伸出双臂，将自己搂进怀里。

沙发宽大松软，足够容下两个人。

漆黑的夜里，他紧抱着她的身体，将脸贴在她颈边，就这样长久地一动不动。

她曾以为，这辈子都不会有这样一天了。

她曾以为，从此天涯陌路，再见面亦只会是仇人。

可是此刻他怀抱着她，却犹如对待一件失而复得的珍宝，久久不肯放开。直到耳边的呼吸渐渐变得均匀，南谨才发觉，他竟然睡着了。

而且这一次，萧川睡得很沉，连她从他怀里挣出来，连她离开客厅返回卧室，他都没有察觉。

　　李自力的案子正式进入庭审阶段。

　　因为找到了有力的目击证人，辩护的难度大大降低。下庭后，南谨意外地接到林锐生的电话。

　　她正好心情不错，开玩笑地问："怎么，又要来沂市出差了？"

　　"不是，"林锐生叹气道，"本来想休个假去你那里好好蹭吃蹭住玩两天，结果又来了个大案，计划泡汤了。"

　　"堂堂刑侦大队长，跑来我这里占小便宜，亏你好意思说出口。"

　　林锐生哈哈大笑："你这个大律师比我赚得多，我有什么不好意思的？"

　　他似乎真是忙里偷闲给她打个电话，因为很快旁边就有人叫他的名字，通知他准备开会。

　　南谨说："你先去吧，别耽误正事。"

　　林锐生跟同伴应了声，才微微压低声音，换了副严肃的口吻："听说你那边最近出了点事？"

　　他身份特殊，自然有灵通的消息渠道，南谨并不吃惊，只是轻描淡写地回应："嗯，没什么，虚惊一场。"

　　"恐怕不只是虚惊吧？听说场面相当混乱，萧川受了伤，当时还有一个女人在场。我想问的是，那个人是不是你？"

　　"这才是你今天打电话来的目的？"

　　"算是吧。"林锐生深深吸了一口气，语气明显变得凝重，"我只是想确保你不会再被牵连其中，不会再受到任何伤害。"

　　"没事的，"南谨轻声说，"其实这些我都已经习惯了。"

　　她曾过过两年这样的生活，跟在萧川身边，任何事情都有可能发生。如今的这一切，于她而言并不陌生，只是久违而已。

　　她的语气仍旧很淡，却让林锐生大吃一惊："你这话是什么意思？"他停顿片刻，像是觉得难以置信，"你该不会又和他在一起了吧？"

　　"没有，"南谨故意轻松地回答，"那件事之后，还有些后续的麻烦没解决，我只是暂时被他的人保护着。再怎么说，好歹也是保障了我自己的安全，不是吗？"

可林锐生到底还是担心："你自己要注意些。"

"我知道了。你不是还要开会吗？这样拖拖拉拉，让大家都等着你，不太好吧？"

"还有五分钟呢，不急。"

南谨这时已经走出法院，她站在高阶前，望向街道上的车水马龙。

正午的阳光穿透云层，光芒和煦，微风轻暖。沂市的夏天彻底结束了。

"我还有件事要告诉你。"她突然说。

"什么事？"

"萧川他……可能把我当作替身了。"

"替身？"林锐生一时没反应过来，"谁的替身？"

"秦淮。他似乎把我当成秦淮的替身了。"

"可你不就是……"

"对啊，但他不知道啊。"南谨自嘲般地扬起唇角，心里像是突然空出一块，茫茫然地也不知道该做何感想。

她从没想过，有一天竟会成为自己的替身。

萧川在酒醉后那样深情地拥抱她，珍而重之地亲吻她的眼睛，却并没有更进一步的举动，显然只是因为她的某些地方让他想起了秦淮。

只是这样而已。

她觉得可笑，又觉得迷惑。

这个骨子里冷酷无情的男人，什么时候竟变得如此长情了？

Love as

Time

浮生
寄流年

Chapter _ 13

他生平第一次产生了某种近乎冲动的欲望，在还不确定她究竟是谁的时候，在还不能确定这到底是一种怎样的感情的时候，却只想拥有她的欲望。

周末南谨没出门，躲在自己的房间里睡了个懒觉，醒来时才听见淅淅沥沥的雨声，点点滴滴落在窗台外，仿佛跳动着的细碎音符。

　　窗户玻璃本是双层加厚的，但她习惯睡觉时开一条缝。

　　秋雨和浅雾模糊了窗外的景色，远处连绵的青山也仿佛被蒙上一层薄薄的罩纱。

　　南谨洗漱后打开门，楼下的说笑声立刻扑面而来。

　　她在这里住了这么多天，还是第一回见到这样热闹的景象。几个大男人正聚在客厅里抽烟打牌，用人在饭厅和厨房之间来回穿梭，忙碌着准备开饭。

　　余思承首先抬头看见她，笑着打了声招呼："早！"

　　其实已经不早了，她难得睡一次懒觉，竟不知道这些人是什么时候来的。

　　萧川今天也没出门，他一身居家休闲打扮，正和沈郁当对家打扑克。

　　他见她下楼，一边摸牌一边说："来得正好，你过来替我。"这样自然的神态和语气，隐隐透出一丝不同寻常的亲近。当着旁人的面，南谨只觉得别扭，她看了他一眼，面无表情地说："我不会。"

　　那天晚上的事，也不知道他还记得多少。总之事后谁都没有主动提及，倒是十分有默契。

　　谁知萧川已经将牌往桌上一扣，起身说："我有个重要电话要打，你来替两局就好了。"

　　三个人都在等着。

　　桌上没有现钞，但摆着一副纸笔，应该是计数用的，也不知他们赌不赌钱。南谨又看他一眼，只好事先声明："输了可别怪我。"

　　结果萧川还没答话，倒是余思承哈哈笑了两声："没事。他赢了很多钱了，你大可以随便输。"

　　今天余思承手气欠佳，技术水平又实在略逊一筹，眼见着南谨要上场，心想着翻本的机会终于来了。可是令他万万没想到的是，南谨虽然不会打牌，但牌运比萧川还旺，连着几局都是一手天牌，闭着眼睛都能赢钱。

　　沈郁看着纸上数字噌噌地往上蹿，熟练地洗着牌，笑说："新手的手气果然好，我是跟着沾光了。"

　　余思承输得连连摇头，好不容易盼到萧川打完电话回来，连忙扔下牌，一副如释重负的表情："哥，你终于回来了！快快，赶紧换人！"

　　南谨倒是无所谓，真的准备起身让座。谁知萧川站在她身旁，伸手轻轻按在她的肩上，说："你继续。"

　　"我不会打。"

　　"我看你打得挺好的。"沈郁适时地插进来点评。

　　南谨实在无语，忍不住瞥他一眼，淡淡地说："这种恭维还是免了吧。"

　　她对牌类游戏向来一窍不通，唯一一次正经玩牌，还是当年为了替李悠悠还高利贷，不得不铤而走险，硬着头皮在陈剑勇的赌场里豪赌了一把。

　　也是直到后来她才知道，那个赌场其实是沈郁的。现在被赌场老板亲自夸奖，她实在觉得愧不敢当。

　　萧川在旁边听了却低笑一声，仿佛突然来了兴致，他双手插进长裤口袋中，一副准备旁观的姿态，显然并不打算换她起来。

他站在南谨身后看了一会儿，英俊的眉目渐渐沉敛下来。其实沈郁说的也没错，南谨的悟性极高，几乎一点就通。虽然实战经验基本为零，但她对于赌这种事，似乎有种天生的直觉和敏锐，总是能在关键时刻做出正确的选择。而且，她出牌的风格过于干脆利落，明明是个技巧生疏的新手，却没有丝毫的犹豫不决或拖泥带水。

看她打牌，竟会时不时地令人觉得惊艳。

最后用人过来通知开饭，牌局才暂时中断下来。南谨和沈郁这组赢了个盆满钵满，萧川跟她说：“赢的都归你了。”

南谨不冷不热地瞥他一眼：“谁稀罕？”

她不再理他，径直走去饭厅。留在后面的程峰轻轻倒吸了口气，忍不住啧啧感叹：“难怪之前听说她厉害。哥，她居然连你的面子都不给？”

“多事。”萧川斥了一声，又笑着拿眼角睨过去，“你小子这么爱看热闹，是不是最近闲得慌？”

程峰摸摸后脑勺，嘿嘿一笑，倒也不否认：“有好戏，谁不爱看？”

这确实是一出好戏。因为时间一久，所有人都能看得出，如果这个世上还有谁能不给萧川面子的话，那么那个人一定就是南谨了。偏偏萧川似乎不以为意，反倒对她十分纵容。

下午牌局继续，看这样子他们是打算在别墅里混一整天了。南谨说什么都不肯再参加，恰好这时南喻打电话来，她借机跑回楼上。

原本南喻是想约她晚上出门逛街。

“下着雨呢，有什么好逛的。”南谨只觉得意兴阑珊。

结果南喻神秘兮兮地说：“顺便介绍个青年才俊给你认识。”

“那我更没兴趣了。”

“不行。这次你说什么都得来。”南喻难得如此坚持，软磨硬泡地劝说，“这是我大学师兄，标准的钻石王老五。我跟他有好多年没见了，前两天校友聚会才联系上。我是觉得他各方面都和你特别配，你就给个面子嘛，晚上出来见一见。"

"他这么好，不如你和他在一起吧。"

"那叶非会杀了我的！"

南谨还是没兴趣："不去。"

南喻被气得一时说不出话来，好半天才愤恨地祭出撒手锏："如果你今天不来，我就去跟妈说，让她老人家亲自来劝你。"

南谨的人生大事是母亲一直以来的心病，曾经有一段时间，家里到处替她张罗着相亲，她花了好大工夫才终于劝阻住母亲。

她这些年我行我素惯了，其实家里人也未必能管得了她，但是考虑到母亲年纪大了，帮她带孩子已经够辛苦了，实在不应该再拿这种事叫老人烦心。

"你这小丫头，越来越没分寸了。"南谨无奈地骂了句，才问，"晚上几点？在哪里见面？"

她想，无非就是应付一下，礼貌地走个过场而已。

结果没料到的是，南喻的这位学长竟对她非常感兴趣，整个晚上都侃侃而谈，仿佛有说不完的新鲜话题。

这位男士与南谨同年，当初大学毕业后去纽约读研究生，之后就留在了当地的一家科研所工作。虽然工作内容刻板严谨，但他的性格却十分爽朗幽默，从小养成的绅士风度又使他时刻注重交谈对象的感受，与他聊天，其实是件相当愉快的事。

南谨这辈子只谈过那么一场恋爱，也没跟萧川之外的任何男人正经接触过，在这方面她缺少经验。听南喻说，学长这么多年因为专注事业，周围华人女孩又少，所以才一直没有恋爱结婚。

可是显然对方比她大方健谈多了，席间分享了许多有趣的见闻，最后停下来问："南律师平时工作忙吗？什么时候有空去纽约玩吧，我可以带你到处走走看看。"

"杨先生，叫我南谨就好了。"她客气地回答，"这两年我几乎都没休过假，有机会的话一定去。"

"那你也别这么见外，叫我子健吧。"杨子健笑起来，露出一口整齐洁白的牙齿，笑容十分爽朗，"我这次回国探亲，有一个月的假期，改天单独约你吃饭好不好？"

南喻在旁边"哧"的一声笑出来，借口去化妆间，起身溜走了。

南谨有些无奈地笑笑："我妹妹乱点鸳鸯谱呢。你别介意啊。"

杨子健却大方地说："不会啊，我倒觉得这餐饭很有意义，让我有机会认识你。"

南谨不禁更加尴尬，又怕对方误会，只好告诉他："其实我没想过要结婚，我还有个儿子。"

这似乎真的出乎杨子健的意料了，只见他微微扬眉"哦？"了一声："是因为前一次婚姻失败，才让你不想再婚的吗？"

南谨觉得多说无益，只是含糊地点了点头："你还没结过婚，应该找个年轻的单身女孩子才对。"

"可是你现在不也是单身吗？"杨子健冲她眨眨眼睛，笑意盎然。

"……我的意思是，没结过婚也没孩子的单身女孩。"

作为一名律师，南谨的口才向来不错，此时却也感觉解释起来有些费劲。可是很快她就发现，其实杨子健是在故意逗她，因为他很快就严肃下来，用一种看似随意却又十分认真的口吻说："只要你现在没有丈夫，也没有男朋友，我就可以放心大胆地追求你。至于你说你还有个儿子，我想说的是，你的观念太陈旧了。在国外，单身妈妈比比皆是，可是这并不妨碍她们自由恋爱或结婚。"

"可是……"

他伸出一根手指在嘴边比了比，示意她先听他说完："我在国外生活了很多年，这方面的观念已经西化了。有孩子没什么大不了的，如果将来我们能有进一步的发展，我可以和孩子做好朋友。正好他缺一个父亲，我可以既当他的爸爸，又当他的哥们儿，因为我自己本身也很喜欢小朋友。"

见南谨一时不作声，他才又笑笑："不好意思，我设想得太远了，希望没有吓到你。刚才我说的只是一个假设。我想表达的观点，也仅仅是告诉你，是否结过婚，是否生过孩子，这些都没有那么重要。像你这么优秀的女性，不应该被这种因素绊住，不管你将来准备跟谁结婚，首先都不应该顾虑这些。"

南谨看着他，真诚地说："我明白，谢谢。"

"不用客气。"杨子健转头看了看，"你说，南喻是不是溜走了？如果她不回来了，不如我先埋单，我们出去逛逛，顺便送你回家。"

南谨没什么异议，只是拿起手机给南喻打电话。果然，南喻在电话里笑得贼兮兮的，还不忘叮嘱她："姐，学长是个好男人，不要错过哦！"

南谨不动声色地收了线，说："我们走吧。"

下了一整天的小雨终于停了。

夜风有点凉，但夜色很美，楼宇间的霓虹倒映在地面的积水里，仿佛给大地点缀着五光十色的花纹。

夜空中布满浓密的云，被风吹着缓缓流动。没有月光，沿街的路灯却都已经亮起来，宛如绽放华彩的明珠，连成一串向远处蜿蜒延伸。

杨子健有点感叹："每次回来都不想走，始终还是觉得家乡好。"

"觉得故乡的月亮比国外圆？"南谨打趣道。

杨子健也配合着抬起头看了看："可惜今天没有月亮。不如这样吧，中秋节那天我约你一起赏月，看看是不是这里的月亮最圆。"

"中秋节你还没走吗？"

"没有，特意等到过完节再回美国。"

"可惜我没见过纽约的月亮，没法帮你对比。"南谨觉得这人挺有意思的。

"我有照片，给你看看。"

杨子健真的拿出手机，调出照片给她看，是他在帝国大厦上拍的。

　　"这是我第一次在国外过中秋节。约了几个华人同学一起，排了很久的队，在上面赏完月，又去唐人街买月饼吃。从小到大我都不爱吃甜食，只有那一次，我觉得月饼是天底下最好吃的东西。"

　　南谨把手机还给他："想不到你还挺多愁善感的。"

　　"这都被你看出来了？"杨子健笑起来，仿佛有点不好意思，"人在异乡，感情难免脆弱。你也不是沂市人吧？怎么样，在这里生活还习惯吗？"

　　"我在沂市很多年了，早把这里当成第二故乡。"南谨沿着行人道慢慢走，身侧是滚滚车流，暗夜里流光涌动，装点着这美丽繁华的城市。

　　其实这个城市对她而言，又岂止是第二故乡这么简单？这里几乎改变了她的整个人生。

　　街边的店铺橱窗透出明亮的灯光，照在她若有所思的侧脸上。

　　杨子健看着她问："你是不是还有别的事？要不我先送你回去吧，改天再约你吃饭。"

　　南谨很感激他的体贴，他应该看出她的心不在焉了，却没有点破。

　　她婉拒："不用送了，我自己回去就行。"

　　杨子健没有再坚持，只是陪她走到一个等计程车的地方，然后挥手告别。

　　南谨心里知道，这是一个好男人，或许将来还会是个好丈夫、好父亲，只可惜没有缘分。

　　她和这个风趣体贴的男人没有缘分。或许从遇见萧川的那一刻起，就已经注定了她一生的轨迹。她生下了安安，她不会去找别的男人，也不可能去找别的男人。有时候，恨与爱是一样的，都是深深埋进骨血里，永远忘不掉也抹不去的感情。

　　而她这辈子，只恨过，也只爱过，那么一个人。

　　傍晚出门的时候，没人问过她要去哪里，但是南谨知道，自己身边一直有萧川的人在暗中保护着，所以今晚的行踪肯定瞒不了他。

沈郁他们已经离开了，用人们打扫完卫生正准备去休息。南谨径直上楼，结果却在走廊上与萧川撞了个正着。

他刚洗完澡，乌黑的短发上还带着水渍，高大修长的身体外面只裹了件黑色浴袍，腰带松垮地系着，整个人看上去既慵懒又随意。

南谨看着那半敞的领口，忽然就想起他喝醉酒的那天晚上，不由得清了清嗓子，转开视线说："麻烦让一让。"

走廊狭长，而他正好堵在她回房的路中间，却似乎并不打算让开。

他只是淡淡地扫了她一眼，问："才回来？"

"对啊。"见他不肯让，她只好绕到旁边，微微侧着身子过去。

萧川还是没有动，就在她与他擦肩而过的时候，他才又开口说："去约会了？"

虽然明知瞒不住，也根本不打算隐瞒，但他接二连三看似云淡风轻的语调却令南谨莫名恼火起来。

"你这是在审问犯人吗？"她索性停下来反问。

"有你这么嚣张的犯人吗？"他似乎觉得好笑，微微勾起薄唇，"为什么你总是像只刺猬一样，全身都是尖刺，而且好像只扎我。"

"……幼稚。"她愣了一下，才给出这个评价。这是什么鬼扯的形容？刺猬？真是可笑至极！

"因为你这么晚才回来，我作为这房子的主人，只是关心你一下。你的反应未免也太大了。"

"那我谢谢你的关心。"她故意加重了每一个字，听起来只显得更加讽刺，"请问，房子的主人，我现在可以回房洗澡睡觉了吗？"

"本来可以，但现在我希望能和你多聊一会儿。"萧川慢条斯理地说。

她面无表情地瞪着他："聊什么？"

"聊聊你今晚约会的对象。"

她再次愣了愣，然后才不由得冷笑："这和你有什么关系呢？"

她不想再理他，只觉得今晚这个男人有点反常，竟比喝醉酒的时候更难应付。

况且，杨子健是个善良的好人，她不想将他牵扯进来，所以根本没有聊一聊的必要。

南谨转身欲走，结果手刚推开自己房间的门板，身后那人便如影随形地跟了上来。

萧川腿长步子大，走路又轻，她根本没有防备，就这么被他跟进房间来。

"你到底想干吗？"她转身堵在门口，强压着胸口隐隐翻腾的怒火。

"聊天。"萧川回答得很简单。

"你无赖！"

"难道你才知道？"他笑了一下，那双幽深的眼睛里却殊无笑意，"那个男的怎么样？"

"什么怎么样？"她索性装傻，"这关你什么事？"

"因为我不喜欢。"

他看着她说出这几个字的时候，连唇边那一点轻微的笑意都没有了。

南谨用了好长一段时间才回过神来，慢慢开口："你有什么资格说这种话？"

她的语气又轻又淡，就连脸上的神情也是一样，仿佛带着一丝讥诮，又仿佛觉得荒谬，就这么无所谓地望着他。

她晚上出门时穿着宽松的丝质衬衫和窄脚长裤，上衣领口开得恰到好处，露出一截精致漂亮的锁骨。

明明是最简单的装束，并非刻意勾勒身材的衣服，穿在她的身上，却反倒令她美好的曲线若隐若现，引人遐思。

萧川微眯起眼睛，静静地打量她。

如果遮住这张美到嚣张的脸，遮住这副肆无忌惮淡漠的神情，他会以为是秦淮回来了，就站在他面前。

除了这张脸，她有太多的地方与秦淮相似，甚至一模一样。

那天晚上他喝醉了，但有些东西并没有忘记。他记得自己吻她的眼睛，记得将她抱进怀里的感觉。

在他第二天醒来之后，甚至有一个极端疯狂的念头瞬间涌入脑中。

他觉得，昨晚他抱着的那个人就是秦淮。

不是谁的替身。

而是真正的秦淮。

可是此时此刻，她却站在他面前，用一种漠然的眼神望着他，那双熟悉的眼睛里看不见半点多余的情绪。

他生平第一次产生了某种近乎冲动的欲望，在还不确定她究竟是谁的时候，在还不能确定这到底是一种怎样的感情的时候，却只想拥有她的欲望。

他看着那双倔强冷漠的眼睛，紧抿着薄唇，突然上前一步伸出手。

他的动作永远比她的反应更快，所以当南谨意识过来的时候，身体已经被一股力量迫使着向他靠近。

萧川刚洗过澡，黑发濡湿，有水滴在肩头上，晕成一小团一小团清新的痕迹。他的胸前仿佛也还带着微凉的水汽，还有极淡的沐浴露的味道。那是南谨熟悉的味道，他一贯用同一个牌子的东西，几年都没有更换过。

他将她禁锢在怀里，一只手牢牢扣在她脑后，然后低下头开始吻她。

从额头开始，到眼睛，再到鼻梁，温凉的唇每一次落下都极轻极快，快得让她连抗拒的余地都没有。最后，他来到她的嘴唇边，似乎停了两秒，才终于加重了力道吻下去。

南谨整个人都蒙了，仿佛轰的一下，有什么东西在脑海中瞬间炸裂开来。

眼前白花花一片，什么都看不见，耳朵里也是嗡嗡直响，就连四肢的血液都似乎被吸走了，只剩下一具无知觉的冰冷的躯壳。

她被他牢牢扣在怀中。

他在吻她，却并不温柔，而是带着某种近乎暴力的探究。他几乎没用什么技巧，单纯靠着力量撬开了她紧咬的齿关。

就在他准备深入的那一刹那，她感觉到他忽然停顿了一下。但又或许只是错觉，因为很快他就继续一路攻城略地。

这个吻里没有爱意，更没有怜惜，他似乎只是想要证明什么，又似乎只是在寻找某样失落已久的东西。

所有熟悉的气息和记忆席卷而来，还带着某种莫名的巨大的痛楚，撕心裂肺一般的痛楚，迫得她几乎不能呼吸。南谨仿佛呆滞了很久才想起要反抗，于是她开始奋力地扭动和挣扎，明明被他抱得这样紧，她还是妄图脱离他的怀抱。

这个强迫式的深吻到最后逐渐演变成一场撕打。她越是抗拒，他便越是紧紧收住手臂，她揪住他身上的浴袍，嘴里很快尝到淡淡的血腥味，也不知道是谁咬破了谁的唇舌。

她的嘴唇被封住，只能发出模糊的、断断续续的呜咽声。而萧川的吻十分霸道野蛮，像是干渴已久的人，终于触碰到了久违的水源，于是他失去了所有理智，只是一味地攫取和掠夺，仿佛永远不会满足，也永远不肯休止。

力量这样悬殊，她根本就不是他的对手。最后她终于狠下心，挣开一只手，往他左肋下摸索着按下去。

那是他受伤的地方，她是故意的，摸到纱布还没拆，于是重重加了力道。萧川果然吃痛地低哼一声，退开半步。他低下头看着她，深峻的眼眸中似乎还有恍惚和迷离。却也只有那么短暂的一瞬，因为他很快就捉住她的双手，将她推向墙边。

墙壁又冷又硬，她整个背脊重重撞在上面，眼泪下意识地就涌出来。他将她的双手反扣住高举过头，一并按在墙上，停下来微微喘息着看她。

她亦喘息着瞪着他。

他的薄唇上有血，她也有，但不知是谁的血，又或许两个人都在流血。而她的眼角还有泪光，是因为背上疼，疼得她浑身都在极轻地颤抖。

萧川伸出手指将唇边的鲜血抹掉，眼睛微微眯起来，眼底混乱的情欲逐渐退去，剩下的是刀锋一般锐利的目光。

他一味地看着她，既没有表情，也不说话，她只感觉自己在这样的注视下快要无所遁形。

最后他终于开口，沉声问："你到底是谁？"

她胸口窒了窒，莫名的痛楚已经漫延到四肢百骸，却仍强迫自己直视着他，硬撑着一口气反问道："你说呢？"

萧川没回答。

其实就连他自己都觉得荒谬，为什么会问出这样的问题。

可是这个女人带给他的感觉太奇特。就在刚才，在他吻下去的那一刻，他竟然又产生了那样的错觉。在秦淮之后，他甚至再没吻过任何一个女人，所以他一直记得他吻她的那种感觉，哪怕过去了这么多年，他却一直没有忘记。

他会那样激烈地吻她，会那样失去理智不顾一切地吻她，只是因为她带给他的感观和刺激太过熟悉和强烈。

活了三十多年，他从未像现在这样迷惑过。这个女人就像一个谜，让他觉得困惑。

南谨就在他的面前，双眼中还残留着轻薄的泪意，嘴角边撕裂的地方隐隐渗出血渍，可她像是毫不在意，不肯向他求饶，也不肯说半句软话。直到他终于松开手，她才脱力般顺着墙壁往下滑。

她跪坐在地板上，仰头看了他一眼，然后便突然合上眼睛，整个人失去意识般歪倒下去。

　　短暂的晕厥，带来的却是一场幽深沉寂的梦境。

　　南谨陷在里面，一时之间找不到出口。

　　她似乎很疲惫了，站在空茫漆黑的旷野上，周围空气稀薄，令她喘不上气来。她渐渐觉得疼，哪里都在疼，一会儿像被烈火炙烤着，一会儿又像被浸入彻骨的冰水里，最后她不得不蹲下来，将身体蜷成一团。

　　前所未有的恐惧和孤独笼罩下来，她四处张望，声嘶力竭地呼唤，可是就连自己都听不到喉咙里发出的细微声音。最后，她终于在遥远的前方看见一个很小的身影。

　　那影子跌跌撞撞地冲她而来，嘴里喃喃喊着的两个字竟然是"妈妈"。

　　她吃了一惊，根本想不起来那人是谁，也不知道他为什么要叫她妈妈，可是眼泪却已经倏然涌上来。仿佛凭着本能，她努力伸开疲惫沉重的双臂，想要抱住那个小小的人影，结果就这样等了很久很久，却始终都没有等到。

　　深浓的墨色中，影子渐渐淡去，稚嫩的声音也消失了，又只剩下她独自一个人。

　　"这样高烧不退，最好是打一针。"医生收起体温计，记下病人的病征，准备回去拿药。

　　萧川沉默了一下，说："先不打针，观察一下再说。"

　　用人跟着医生出去，顺手带上了房门。

　　萧川仍旧站在床边，静静垂下目光，看着床上陷在半昏睡中的女人。

　　晨曦微露，正从窗帘的缝隙中斜斜漏进来。过了片刻，他伸手将床头的台灯关掉。

　　她就这样睡了整整一夜，自从在地板上突然晕倒后，便开始高烧不退，再也没有醒来过。

医生也说不清楚病因，只能先想办法退烧，让她尽快醒过来。而她此时就连昏睡都似乎极不安稳，秀眉微微蹙着，浓密的眼睫不时轻微颤动。她唇上的伤口已经结痂了，却因为发烧干热，整张嘴唇都泛着一层干燥的虚白。

萧川倾身拿起棉签，在床头柜上的水杯中蘸了一点水，点在她的嘴唇上。

她却一动没动，像是没有任何知觉。

过了没多久，用人敲门进来，轻声问："早餐做好了，您要先下楼吃一点吗？"

萧川的眼睛仍注视着床上，只是摆摆手，用人识趣地重新退了出去。

也就在这个时候，南谨紧闭着双眼，忽然呻吟了一声。

其实那声音极轻极弱，短促地从她的喉间逸出。萧川迅速弯下腰查看，结果发现她并没有醒，她像是正陷在某种梦魇中，呼吸变得轻浅急促。

他尝试着叫了一声："南谨。"

她的眉头皱了皱，忽地从紧闭的眼角边滑下两行泪水。

她在梦魇里哭泣，没有一点声音，只是眼泪不停地涌出来，仿佛源源不断地涌出来，顺着脸颊两侧慢慢滑进鬓边的长发里。

萧川也不禁皱起眉。这应该是他第二次见她流泪。上一次是在医院里，她因为胃痛快要失去意识，紧紧抓着他不肯抽血打针。

她似乎总是在无意识的时候才会流泪哭泣，一旦清醒了，便又像只充满戒备的刺猬，坚强冷漠地不许人靠近。

不，或许她只是不许他靠近。

半个小时后，医生带着药赶回来。

南谨的情况已经稳定下来了，虽然还是昏昏沉沉的，但也再没有梦呓式的呻吟。

医生亲自将她扶起来，把药片塞进她口中。萧川忽然淡淡地说：
"我来。"

他从医生手中接过她的身体，让她半靠在自己怀里，又把水杯
靠近她的唇边。

或许是药片的糖衣化开后太苦，她紧闭着双眼，微微皱了皱眉，
本能地张开嘴巴，将温水和着药片一起吞咽下去。

因为高烧脱力，咽得又急，她很快就剧烈呛咳起来。萧川放下
水杯，一手拍抚她的后背，她却仍旧止不住咳嗽。

她无力地蜷靠在他怀里，咳得上气不接下气，也不知到底为什么，
眼泪再度汹涌而出。

她开始嘤嘤哭泣，仿佛受了无尽的委屈，无处诉说，不能诉说，
所以只能哭泣。其实她连睁开眼睛的力气都没有，手指却紧紧扣着
自己唯一能触碰到的东西。

那是萧川的手。

她的手指就这样紧扣着他的手，仿佛是痉挛，指甲深深陷进他
的皮肤里。

她还是没有清醒。

她只是一直在哭，没有一刻停歇，眼泪很快就打湿了凌乱的发丝，
然后又打湿了萧川胸前的衣料。

而萧川只是沉默地揽住她，任由她这样无休止、无理由地哭泣。

他从没见过一个女人会像她这样，身体里有这么多的水分，眼
泪可以一直流出来，像是永远都流不完。

最后医生都看不下去了。他是萧家的专属医生，与萧川打交道
近十年，这还是他第二次见到萧川会对一个女人有这样的耐心。

他想了想，最终还是沉默地转身退出了房间。

南谨是在当天下午彻底醒过来的。

睁开眼睛的时候，她有一瞬间的恍惚和茫然，仿佛自己沉睡了

很久很久，一时竟想不起来身在何处。

然后才听见浴室里似乎有人在走动，她努力撑起软绵绵的身体靠坐在床头，眼看着用人端了盆热水出来，望着她惊喜地叫道："南小姐，您终于醒了！"

她试着开口说话，才发现声音沙哑得厉害，只能勉强问："几点了？"

用人看看表，回答说："四点半。"

她一时之间反应不过来，努力整理着思路，这时用人已经端着热水走到床边，说："您整晚都在发高烧，现在好不容易退烧了，我帮您擦擦脸吧。"

她已经醒了，哪里好意思再让人帮忙做这种事。只是脸上确实有些难受，皮肤又干又紧，眼睛也难受，似乎是肿起来了。

她将用人劝出去，自己挣扎着下了床。

其实她高烧刚退，身体还是软的，双脚犹如踩在棉花上，根本不着力。好不容易走到浴室的镜子前，她这才吓了一跳。

镜中的那个人脸色苍白憔悴，一双眼睛竟然红肿得十分厉害，活像两只大桃子。

她不知道自己这是怎么了，明明只是发烧而已，怎么竟连眼睛都给烧肿了。

微烫的水流从淋浴花洒中喷出，南谨站在下面冲了很久，好像这才终于恢复了一点精神。可是眼睛却无法消肿，只好又请用人拿了冰镇的茶叶包上来，敷在眼皮上。

用人问："您饿不饿？萧先生让我煮了粥，需要现在端上来吗？"

提到萧川，南谨的思绪才终于活过来。她想起之前发生的事，那种翻江倒海般的莫名痛楚便又涌上来，胸口和喉间只像是堵着一团棉花，又沉又闷。

"我还不饿。"这个时候，她不想接受他的任何一点好意或关心。

用人不敢打扰她休息，很快就离开了。

南谨独自在房间里坐了一会儿，嗓子还是又干又痛，像是使用过度了，才会变得嘶哑不堪。可她根本就想不起来，自己什么时候大声说话或呼喊过。

其实有很多记忆都是断片的。

比如，她只记得自己被萧川强扣在怀里，他激烈而野蛮地吻她，可为什么之后的事就统统没了印象？

听用人说，她昨晚在房中晕倒，之后便足足昏睡了十几个小时。这场高烧来得既凶猛又突然，她也觉得匪夷所思，因为自己已经有很长时间都没这样病过了。

跟阿雅互发了几条短信之后，南谨才换好衣服下楼。

其实她是真的不饿，哪怕一天一夜没吃东西，此时也没有丝毫胃口。可是她想早点恢复体力，就只能靠补充能量了。

没想到楼下的餐桌边还站着一个人，正在低声讲着电话。南谨移开目光，若无其事地挑了个离他最远的位置坐下。

"……我知道了，先这样吧。"萧川又简单地说了两句，这才挂断电话。

他将手机搁在一旁，拉开椅子坐下来，抬眼看了看她，问："烧退了？"

南谨嗓子疼得厉害，没作声，过了半晌才似有若无地点了一下头，算作回应。

她神色恹然，像是没有精神。他又说："阿姨煮了粥，你吃一点。"

她的脸上仍旧没什么表情，只是接过用人递来的碗筷，低下头默默吃起来。

热腾腾的鸡丝粥香气扑鼻，鸡肉被熬得极烂，入口即化。南谨没什么胃口，倒也吃了大半碗。只是这粥里有葱花，她向来不爱葱的味道，于是下意识地将它们一一撇到旁边去。

最后剩下几口实在吃不下了，她才端着碗站起来，准备送回厨房里。

萧川也站起来，朝她手中的碗筷瞥了一眼，停了停才说："放着吧，这些事不需要你做。"

她没理他，还是进了厨房。果然用人见了她连忙伸手接过来，又将她连哄带劝地"赶"出去，好心念叨着："南小姐，您的烧刚退，现在应该多休息。"

她勉强笑笑，哑着声音说："我还好。"

"你确实应该多休息。"低沉轻淡的嗓音冷不防地插进话来，把她吓了一跳。

她回过身就看见萧川站在门口。也不知他是何时过来的，这人走路向来悄无声息。

他打量着她的脸色和衣着，淡声问："还要出去？"

南谨犹豫了一下，点点头。

刚才和阿雅发短信，这才想起晚上还有一个约会。对方是司法界举足轻重的人物，平时极其难约，事务所费了好大的劲才终于得到这次机会，而当时负责接洽联络的恰恰就是她。

如果不是阿雅及时提醒，今天恐怕就要误了大事。

刚刚喝下半碗粥，元气总算恢复了一些，南谨只想着尽快赶去赴约。精力问题倒是其次，现在唯一苦恼的是自己几近沙哑的声音，到时也不知该如何和对方交流。

仿佛是知道她不会改变主意，萧川只是转身去门廊的衣架上取了件外套，说："我送你。"

南谨微微瞪大眼睛看向他，下意识地便想要拒绝，可是还没发出声音，就只见萧川率先打开大门走了出去。

Love as

Time

浮生
寄流年

Chapter _ 14

感情的来去从来不由人，她陷在这个局面中，早已失了控。

她赶时间，却没想到竟然是他亲自开车。

暮色四合。

道路的两边是高大的法国梧桐，泛黄的树叶随着秋风片片落下，在地上浅浅铺了一层，远看上去就像铺着一条金色的地毯，一直蔓延伸向前方。

虽然已是秋天，但车上冷气依旧开着，这是萧川的习惯。南谨刚刚扣上安全带，腿上就多了一件外套。

萧川开着车没说话，她也不吭声。大病初愈，她不会傻到拿自己的身体去赌气，于是将外套展开，沉默地披盖在身前。

那是他的衣服，上面还有清冽的古龙水的气息，那味道很淡，却始终若有若无地往她鼻子里钻。

南谨索性扭过头，面朝窗外闭上眼睛小憩。

她之前昏睡了十几个钟头，但因为一直在发烧，又被梦魇缠住，其实睡得并不好。此刻车厢里安宁静谧，特制的车窗玻璃隔绝了外界的一切声源，车子行驶在路上又快又稳，她竟然就这样蜷在座椅上睡着了。

最后是萧川将她叫醒。下车之前，她稍微迟疑了一下，终究还是忍不住回头看了一眼。

自己已经到了目的地，她还以为萧川会立刻离开，结果看他似乎并没有这个打算，而是熄了火，坐在位子上点了根烟，慢慢抽起来。

　　时间已经来不及了，阿雅催促的短信再一次响起来，南谨微微抿起嘴角，只能咽下想说的话，匆匆转身赶去赴约。

　　她与客人前后脚进入订好的茶室。幸好阿雅比较机灵，知道她今天身体有恙，临时搬了个救兵来。

　　十几分钟后，姜涛也驱车赶到了，一见面就伸出双手迎上去，笑意爽朗地打着招呼："许老，您好您好！不好意思，路上堵车来迟了。"

　　姜涛口才好，在圈内又是出了名的长袖善舞，南谨在边上看他应对得宜，微微松了口气，悬着的一颗心才总算是放了下来。

　　今天请来的贵客被姜涛招呼得妥妥帖帖，最后宾主尽欢。南谨全程陪在一边，虽然只是当个配角，但也免不了要跟着说说笑笑。

　　直到结束后上了车，她才忍不住清咳两声。嗓子已经彻底哑掉了，努力想要发出声音，却引来一阵撕裂般的痛意。

　　萧川显然也发现了，他侧眼瞥了瞥她，也不知从哪里弄出一盒东西来递给她。

　　是喉糖，还没拆封，大概是刚买的，又或许是他早就买了一直放在车上没用过。

　　南谨什么都没问，只是接过之后忍不住看他两眼。而萧川开车的时候似乎十分专注，目不斜视地任由她的目光在自己脸上探询。

　　最后南谨才努力发出声音，勉强说了两个字："谢谢。"

　　"不客气。"萧川直视前方，淡淡地回应。

　　她向来吃药怕苦，可没想到喉糖竟是橘子味的。这是她最爱的口味。

　　南谨隐隐觉得有什么地方不对劲，似乎自从她突然晕厥、高烧了一场之后，萧川对她的态度有一些微妙的变化。

　　具体是哪里变化了，其实她也说不清楚。只是他今天的种种举动，都令她忍不住怀疑，在自己高烧昏睡的那十几个小时里，是不是曾经发生过什么。

所以回去之后，她先请用人上楼帮忙更换寝具，她在一旁看着，貌似不经意地说："我发烧的时候，谢谢你们照顾我。"

那用人却谦逊地微笑道："南小姐，您谢错人了。"

南谨心头不禁一跳，露出个讶异的表情："什么意思？"

"您生病的时候，是萧先生一直在这里照顾您的呀。"床单和被套很快就都换好了，用人直起身问："您还有别的需要吗？"

差不多已经到了用人们的收工时间了，南谨似乎还有些愣神，心不在焉地摇摇头："谢谢，不用了。"

她在房间里独自坐了一会儿，努力想要找回之前那段空白的记忆，可是根本什么都想不起来，最后只能颓然放弃，这才觉得饿了。

晚上只吃了半碗粥，之后又陪着客人喝了不少茶，此时胃里早已空空如也。

她下了楼，本想自己去厨房弄点吃的，结果发现客厅里有人。

萧川正站在落地窗前抽烟，听见她下楼的动静，他没有回头，只是把烟灰掸了掸，才问："还没睡？"似乎是立刻想起她说话不方便，他下一刻索性把烟掐灭了，转过身看向她。

南谨点点头，没作声，径直走到厨房里去。

冰箱里的食材倒是很丰富，但多半都是未加工的生食。南谨望着那一堆新鲜蔬果和冰冻鱼肉犯愁，冷不丁听见身后传来声音："饿了？"

她吓了一跳，连忙回过身瞥去一眼。

萧川已经慢悠悠地走过来，他在她身边停下，微微倾身查看冰箱，过了片刻突然问："你想吃什么？"

她不禁诧异地瞪大眼睛，停了停才忍不住哑着声音质疑："你会做？"

要知道，曾经她和他在一起的时间并不算太短，可却从没见他亲自下过厨房。

　　那个时候，她明明厨艺不精，做出来的东西简直难以下咽，而他宁肯将就凑合着吃了，也从来没有自己动过手。

　　不但自己不动手，他还隐晦地嘲笑她，奉劝她以后少进厨房，免得荼毒大家的胃。为此她感到万分挫败，同时却又不服气，于是忍不住反问他："看你平时这么挑剔，怎么从来不肯自己露一手给我看看？"

　　其实在她的印象中，他是那种无所不能的人，无论做什么事，应该都能做得很好。

　　结果他只是扬起眉，轻描淡写地回应了五个字："君子远庖厨。"

　　"大男子主义！"她笑嘻嘻地怀疑，"究竟是不想做，还是根本不会做？就像我一样。"

　　"这是激将法？"他似笑非笑地看她，像是在看一个幼稚的小朋友。

　　"算是吧。你都吃过我的肉酱意面了，能不能也亲自下厨做一餐饭给我吃？"

　　她很少向他提要求，又刻意露出可怜兮兮的眼神，结果没想到，他似乎根本不为所动，伸手在她腰后轻拍了一下，催促道："去换身衣服，该出门了。"

　　那天正好是新年，用人们都放假了，家里只剩下他们两个人。年夜饭订在外面，可她不想出门。她最近一段时间似乎越来越懒怠，因为心事重重，总有一种不好的预感，像是自己担心的事情随时都会暴露，所以时常感到不安。

　　因为这样不安，她变得更加依赖，对着他撒娇的次数也越来越多，反倒更像是个热恋中的女人了。

　　明明知道这样才是最危险的，可她已经控制不住。感情的来去从来不由人，她陷在这个局面中，早已失了控。

　　所以她继续可怜兮兮地做最后的挣扎："厨房就在那儿，冰箱里也有现成的东西，我们就在家里吃好不好？"

他看着她，仿佛觉得她奇怪，终于笑了笑："所有人都在酒店等着我们，别胡闹。下次满足你的要求。"

听起来像极了敷衍，因为直到最后分开，他都没有兑现这句承诺。

灶火点起来，在锅底晃动着蓝色的幽幽光芒。

萧川在水池边洗干净手，这才回身说："你到外面等一下。"

南谨如梦初醒，仍旧难以置信地看着他。她还想说话，但嗓子实在嘶哑难受，只能一声不吭地退出厨房。

果然没过多久，一碗热腾腾的海鲜面就摆在了桌上。

面条顺滑筋道，汤汁鲜浓，配料红红绿绿地铺在上面，煞是养眼。

没想到他真的会下厨，而且做得像模像样。更加令南谨没想到的是，多年前自己那样"哀求"他，他都没有同意，今天也不知想干吗，竟然主动煮面给她吃。

可她是真的饿坏了，没工夫纠结这些。她吃完面条，把汤也喝掉大半，最后心满意足地放下碗，才发现萧川还坐在沙发上看手机。

隔着大半个客厅，她本以为他不会注意到她，可没想到刚一站起身，他就立刻抬起头望过来。

"怎么样？"他问。

什么怎么样？

她愣了愣，才反应过来，点点头，实话实说："很好吃。"

是真的美味，原来他的厨艺确实比她强太多。

她把碗筷收进厨房，又顺手把锅一并洗干净了。

已经是深夜，水池正对着一扇窗，窗外恰是别墅的后院。因为下了一整天的雨，院内土地潮湿斑驳。有细微的光线从湿漉漉的草丛中隐隐透过来，晕成一团团轻柔明亮的光圈。

院内种植着数株芭蕉，宽大碧绿的叶片盛着雨水。微风扫过，水珠尽数晃动着散落下来，发出沙沙声响。

这样静谧美好。

南谨的双手浸在流水中，有一刹那的恍惚，只因为她曾经梦想过这样的生活。

是真的梦想过，她曾想什么都不管，什么都不顾，只是和他一起住在这里。其实连用人都不需要，她是普通人家的女儿，她可以学着煮饭做菜，吃完饭收拾桌子和碗筷，只是过最平凡的生活。

这个梦想何其隐秘，是在她被他宠溺呵护的时候，是在她发现自己真正动心之后，或许只是那样短暂的一个念头，但它毕竟曾经真实地存在过。

水漫过锅碗的边沿，渐渐流入池中，激起轻微的声响。南谨终于回过神来，迅速收拾好一切。她控干碗筷，又擦干了手，结果刚一回身，就差点儿吓了一跳。

萧川垂手静立在门边，仿佛正若有所思地看她，而她甚至都没有察觉到他是什么时候进来的。

他的目光落在她身上，深沉莫测，也不知在想些什么。她只觉得不大自在。事实上，自从她高烧退掉完全清醒之后，就总感觉有些异样。

厨房门又宽又大，完全敞开着。南谨微微垂下眼睛，打算径直从他身边绕过去。

结果等她走到近前，萧川才忽然伸出手，不轻不重地扣住她的手腕。

她的手腕纤细，皮肤微凉，上面还残留着轻微的水迹。在他碰到她的一瞬间，她的手似乎极轻地颤抖了一下。

萧川没有更进一步的动作，只是说："你困了吗？"

他的声音低沉清冽，恍如窗外庭院中夹杂着水滴的夜风，又缓又凉，却透着一丝不易察觉的柔软。

那种恍惚的感觉再度向南谨侵袭而来。自从重逢之后，他几乎从没用这样的语气和声音同她说过话。唯一的那一次，是因为他喝醉了，他将她当成了另一个人。那一晚，他轻轻蒙住她的鼻子和嘴唇，只露出她的一双眼睛。他喝醉了，他以为她是秦淮。也只是因为秦淮，他才会那样温柔而又耐心地对待她。

可是今天……南谨下意识地微仰起脸望过去，目光中有一闪而逝的迷茫和仓皇。

萧川却像是没有注意到她的震恸，继续低声问："能不能陪我坐一下？"

他说话的时候，握着她的手腕并没有松开。他牵着她似乎极为顺手和自然，一直将她带到客厅的沙发前。

两人面对着面，萧川习惯性地从烟盒里抽了根香烟出来，拿起打火机的时候却稍稍顿了一下，最后终于还是没有将烟点着，只是放在手里漫不经心地把玩着。

"你随时可以搬回自己的住处了。"

南谨听了一怔，旋即反应过来："麻烦解决了？"

"是的。"

"谢谢。"

"不需要向我道谢。"因为光线的原因，萧川的脸有一半陷在浅淡的阴影里，表情显得晦暗不明，他停顿了一下，才又说："这是我应该做的，也是我欠你的。"

南谨没再作声。

他的声音低沉缓和，可是那一句"我欠你"却犹如一根尖锐的钢刺，在从他口中说出来的一瞬间，便猝不及防地深深扎进她的心口里，令她疼痛难当，几乎失去了思考和说话的能力。

她有些仓皇无措，不知道他为什么会突然这样说，于是忍不住抬眼看去，结果正对上萧川的目光。

他也在看她，是真真实实地在看她。他的眼里仿佛只剩下她的影子，那是南谨的影子。

她害怕他这样不动声色，仿佛身份的秘密已经被他看穿了。到底是心虚，南谨在下一刻便站起身来，说："我想去睡觉了。"

"好。"这一回，萧川没有再阻拦她。

她上楼的时候，才听见身后传来一声打火机开合的轻响，在这样寂静的深夜里显得格外清脆明晰。

因为身体还没完全康复，南谨第二天便向律所请了假。

她原本打算将日常用品收拾一下，中午就搬回自己家。结果衣服整理到一半，用人上来转告她："萧先生临时有事出去了，他叮嘱说让您等他回来再走。"

南谨不禁有些愕然，她没告诉任何人自己今天就要走，却没想到萧川竟然能猜到她的心思。

其实等不等他都无所谓，这里虽然很难打车，但她可以打电话预约一辆计程车。况且，在南谨的心里，那种惶惑的忧虑始终萦绕不去。她想，他一定是发现了一点什么。他这样敏锐，恐怕有些事未必真能瞒得住他。

正因为如此，她才更要尽快离开。仿佛只要离开他的世界，她的秘密就能重新被掩埋起来。

拎着行李箱下楼的时候，用人正匆匆赶去门口迎接客人。

南谨怕楼上还有什么私人物品遗漏了，便将箱子扔在客厅里，重新回卧室检查了一遍。等她再下楼，赫然见到一道曼妙玲珑的身影正站在她的行李边。

"你好。"南谨先是一愣，紧接着神色自如地跟对方打了声招呼。其实她的嗓子还没痊愈，发出的声音又低又哑，但终归比昨天好了很多。

林妙的注意力很快就从行李箱转移到她身上，显然也有些吃惊，停了片刻才问："这是你的东西？"

"嗯。"南谨随口应道。

林妙却不由得心里一惊。这段时间她很少来这里，但小道消息总是能听到一些的。外面传说萧川的住所里有一个女人，起初她根本不相信，因为自从秦淮死后，谁都没能再住进这栋房子里。

如今这个南谨凭什么？

林妙难以置信地打量着眼前这个神色淡淡的女人，那种奇怪的感觉再度冒了出来。

南谨让她觉得熟悉。

明明是个陌生人，为什么会令她觉得似曾相识？

然而，此时的林妙除了疑惑和震惊之外，更多的却是气愤。她气的是余思承他们，他们几个人经常在这里混吃混喝，竟然能将此事瞒得滴水不漏，连一点讯息都不曾透露给她。

"你要走吗？"她又看了一眼脚边的箱子。

"嗯。"南谨不想多说话，她预约的车子已经到了门口，随时可以出发。

林妙似乎迟疑了一下，忽然说："要去哪儿？我送你吧。"

"不用麻烦了，"南谨拎起行李箱，"我已经叫了车了。"

"我还是送送你。"这次林妙不再给她婉拒的机会，不由分说地径直打开门走出去。

英式轿跑顺着宽敞安静的车道一路开出去，林木掩映的别墅很快就在后视镜中消失成一个模糊的画面。

林妙上车后就戴上墨镜，神情似乎极为专注，娇媚的脸庞绷得紧紧的，一时也不作声。

南谨提醒她："前面十字路口右转。"

"好。"林妙应着，依旧目不斜视地看着前方道路，然后突然问："你怎么会住在他那里？"

南谨觉得有趣。

认识林妙这么久，其实她很早之前就发现了，林妙似乎并不爱像其他人那样称呼萧川，但又不敢直呼他的名字，于是很多时候，都只用"他"来代替。

这偏偏又是一个暧昧而又模糊的称呼，或许也是只有女人才会注意到的细节。

对于林妙的疑问，南谨的回答很简洁："之前遇到了一点麻烦。"

林妙似乎笑了一下，带着含蓄的质疑："什么麻烦？"

南谨看她一眼："具体的你去问萧川吧，我说不清楚。"

林妙这才转过头，也看了看她，嫣红的唇边露出一个似笑非笑的神情："你现在和他是什么关系？"

她的语气极自然，仿佛只是好奇和关心。

南谨失笑："不是你想的那种关系。"

"是吗？可是外面关于你的传说已经很多了。"

"我一句都没听到过。"

"难道你不想知道外面都是怎样传的吗？"

"兴趣不大。"南谨又看了林妙一眼，"和我聊天，是不是很无趣？"

路口是个漫长的红灯。

林妙踩下刹车，挂挡拉了手刹，一双漂亮的眼睛隔着墨镜看向前方，笑了笑说："你挺特别的。"

南谨知道她的话还没讲完，因此没吭声。

果然，林妙接下去又说："我认为，你最好不要把感情放在他的身上。"

"为什么？"南谨漫不经心地问。

林妙却只是笑了一声，没再开口。

将南谨送回家后，林妙直接给余思承挂了个电话，电话那头吵吵嚷嚷十分热闹，大概是正在饭局中。

"南谨是怎么回事？"林妙问得毫无迂回，"你该不会告诉我，你不知道她前阵子住在哪里吧？"

余思承愣了一下，才反问："你见到她了？"

"你先回答我的问题。"

"我的姑奶奶，你今天吃错药了？火气那么大。"余思承打了个哈哈，"南谨又不是住在我家里。如果她住在我家，我肯定第一时间告诉你。"

"姓余的！"林妙发了狠，连声音都冷下来，牙齿咬得咯咯作响，"你和沈郁他们一开始就打定主意要瞒我是吧？这么多年的感情，你们为了一个外来的女人合起伙来瞒我？！"

"千万别这么说。什么叫合伙瞒着你啊？哥那房子你随时可以去，去了不就自然看到了吗？"余思承倒是难得好脾气，继续慢条斯理地解释，"我只是觉得，这种事没必要到处去说，所以也就忘了告诉你了。"

林妙冷笑："我倒是想起一件事。他受伤那天，我要上楼去看，是你们一起阻拦我不让我上去。我就问问你，那天晚上是不是南谨也在？"

事到如今，余思承也不否认："是的。"

"为什么当时都不告诉我？你们怕什么？"

电话里的喧闹声小了一些，因为余思承摆脱了一帮前来敬酒的朋友，拿着手机避到隔壁的一间空包厢里。

他点了根烟，边抽边说："怕的就是你像现在这样情绪失控。"

"……谁情绪失控了？"林妙显然愣了一下，可是气还没消，声音依旧冷冰冰的，"南谨她现在到底算是什么身份？"

"这个我可真不知道。"

"我还以为他这辈子都不会忘记秦淮。"林妙忍不住冷笑。

几个月前，她也曾大胆尝试着想要走近他，结果呢？只不过因为她提到秦淮，他就差一点儿要了她的命。可是如今，南谨竟然可以堂而皇之地住进他的家。

"他认识南谨才多久？这么快就转性了？"

"林妙！"余思承终于正色提醒她，"我知道你心里不好受，但也没必要这样说话。"

"不然我能怎么说？"

余思承一时没作声，低头看着指间那一点红色的火光，半晌后才慢悠悠地劝了句："你有没有想过，或许已经到了该彻底放弃的时候了。"

"凭什么？"林妙咬着嘴唇连连冷笑，"凭什么那个南谨可以，我却不可以？"

"难道你不觉得，她和秦淮很像吗？"

……难道你不觉得，她和秦淮很像吗？

电话那头明明极安静，可传来的声音却仿佛隆隆雷声，在林妙的耳边炸裂开来。

她突然不再作声，犹如猛地呛入了一口冰水，那种彻骨的凉意顺着喉咙一直滑下去，经过胸腔，落进胃里，最后就连呼吸都渐渐凉下来。她紧捏着手机一声不吭。

是了，原来那种似曾相识的感觉并不是她的错觉。

余思承提醒了她，而她在这一刻终于醒悟过来。

从她第一眼见到南谨起，那种奇怪的感觉就如影随形，可她竟然始终没有想到，南谨给她带来的熟悉感，其实是源自那个早已不在人世的女人。

走了一个秦淮，却又来了一个南谨。林妙觉得可笑，唇角不自觉地扬起一个讥诮的弧度，她听见自己喃声问："所以你的意思是，他已经对南谨有了特殊感情了？"

"我什么都没说。"余思承皱起眉，在烟灰缸里掐灭了烟头，想了想，终于还是郑重地告诫她，"林妙，你不要伤害南谨。"

林妙一怔，忍不住笑了两声："你凭什么认为我会伤害她？"

余思承的语气听起来十分平稳，却又十分严肃："我只是提醒你，同样的傻事，不要做第二次。"

他的话音刚落下，就只听见短促的忙音。

林妙已经挂断了他的电话。

浮生
寄流年

Chapter _ 15

在内心最深处的某个角落，放着她最隐秘
的心事，隐秘到连自己都难以察觉。

李自力的案子如期开庭宣判。

因为有关键目击证人的口供，张小薇也因顶不住压力，终于承认自己当初做了伪证，李自力故意杀人的罪名不成立。

南谨出了法庭，就接到余思承的电话。宣判的时候他并不在场，此时倒是恰到好处地出现在停车场里，似乎专程是在等她。

"谢谢你，南大律师。"余思承伸手同她握了握，一副公事公办的正经态度。

"应该的。"南谨回应。

"这周末有没有空？我安排一桌庆功酒席，正式向你表示感谢。"

"有这个必要吗？"南谨不以为然，"你已经付过律师费了。"

"叫上叶非和南喻一起，希望你别拒绝。"

南谨奇怪地看了他一眼。

自从她从萧川家里搬出来之后，与他们的私下接触就变得少之又少。余思承偶尔会在电话里关心案子的进展，除此之外，也不再像从前那样爱开玩笑了。

如今见他这样一副正经语气，倒让南谨有些不太适应，一时之间也找不到更好的理由拒绝。

余思承当下拍板："那就这么定了。回头我把时间地点发给你，叶非那边我会去通知。"

"我可不一定会去。"南谨钻进自己的车里，隔着降下的车窗对他摆摆手，"到时候看情况再说吧。再见。"

结果到了周五晚上，余思承的短信果然来了。

时间定在周六傍晚，地点却是在淮园。

南谨盯着那条短信看了半晌，才拨了个电话出去。对方很快接起来，可是周围环境嘈杂，不得不提高了声音同她说话："姐，什么事？"

"明晚你也要去淮园吃饭？"

"对啊，叶非刚和我提起，说是那个余少请客。"南喻好奇道，"姐，你和余少怎么也这么熟？"

"因为一些工作上的联系。"南谨不想解释太多，又问，"倒是叶非，他成天都和余思承混在一起？"

这才是她一直在顾虑的事情，唯恐叶非也是背景底细复杂的人，以后南喻跟着他难免会吃亏。

幸好南喻立刻回答："没有吧。听说也是很久没聚了，难得一起吃餐饭。"

南谨这才略微放下心来。

这边和南喻的通话刚刚结束，那边余思承的电话就紧接着打了进来。

他跟她确认："南律师，短信收到了？明天能出席吧？"仿佛是怕她拒绝，他特意加重了语气，"就是简单吃餐饭，你要是不来，那还不如取消算了。"

"你这算是威胁吗？"南谨觉得无奈，迟疑了一下才答应，"好吧。我去。"

余思承得到想要的承诺，这才心满意足地收了线，转头又问旁边的人："哥，你确定明天不参加？"

萧川正低着头看报纸，眼皮都没抬："我不参加，她还自在一点。"

"你是说南谨？"余思承嘿嘿一笑，凑到萧川身旁趁机打听，"哥，你还没搞定她？"

萧川还是没抬眼，只是淡淡地反问："我说过要这么做吗？"

"瞎子都看得出来啊。"余思承又笑了声。

萧川没再说话。

他不动声色的时候，总是让人猜不透他在想什么。不过余思承早已经习惯了，自顾自地点了根烟，抽过几口之后才又问："那明天吃完饭，我需要给你打电话汇报情况吗？"

他是故意的，脸上有藏不住的轻微笑意。果然，只见萧川终于抬起头，朝他瞥去一眼，缓缓地吐出两个字："多事。"

话虽这样说，第二天的饭局结束后，余思承还是第一时间给萧川打了个电话。

"一切都挺好。就是我估计嫂子最近工作挺忙的，好像瘦了一点。"

"你叫谁嫂子？"萧川的声音里听不出喜怒。

余思承笑了两声："迟早有那么一天的，提早改个称呼，以后叫起来更顺口。"停了停才又继续道："不过你还真说对了，你不在，嫂子对我的态度都似乎缓和了许多。……哥，我一直很好奇，你到底是哪儿得罪过她？害得我们也要跟着遭池鱼之殃，真是冤死了。"

余思承晚上喝了点酒，此时饭局结束了恰好闲着没事，本来只是说两句玩笑话，却没想到电话那头突然安静下来。

他还把手机拿到眼前确认了一下，明明通话没有断，可为什么萧川那边没声音了？

"哥？"他又叫了声。

"没什么事就忙你的去吧。"萧川语气平淡地回应了一句，挂断电话。

这边萧川刚把手机扔回茶几上，门口便传来一阵轻响。

木质推拉门缓缓开启，精神矍铄的老人家在侍者的引领下走了进来。

"怎么脸色这样难看？"老人瞅了一眼萧川，倒也不客气，自顾自地在萧川对面坐下，乐呵呵地说，"我难得出门一趟，你就给我摆这副臭脸看？"

"没事，您想多了。"萧川也笑笑，挽起袖子亲自替老人斟茶，"九叔公试试这茶怎么样？"

九叔公执起茶杯，放在鼻端闻了闻，仿佛不经意地问："听说你前阵子，把城北的汪老四给一锅端了？"

"是。"

"你终于还是动手了。"九叔公隔着茶香水汽瞥着萧川，慢悠悠地说，"已经有好些年了吧，我都没见你做事做得这样绝了。"

这句话里辨不出是赞许还是批评，萧川却是眉目未动，淡淡地回应："他做得过分了，就应该要想到会付出代价。"

九叔公呵呵一笑："我听说，这次你是因为一个女人？你是我一路看着长大的，你是什么性格，什么做事风格，我最清楚不过了。只是这几年你深居简出，事情都交给旁人去做，我还以为你也像我老头子一样开始修身养性了，或许再过两年就该金盆洗手了。结果现在为了一个女人，你变得倒像七八年前的模样了。你也别笑话我老头子爱管闲事，我今天出来，其实就是想知道，是什么样的女人值得你这样做。"

九叔公说话间，萧川又沉眉敛目地给他添了一道茶。末了他放下紫砂壶，在一旁的布巾上拭了拭手，这才抬起那双又深又静的眼睛，看向九叔公，说："都是小道消息罢了。老四这十来年可做了不少事，我只是一直不想和他计较。大家都是出来混口饭吃，总想着没必要相互为难。您说对吧？"

九叔公点了点头。

"您也说了，我这些年几乎不管事，大概也正是因为这样，有些人就以为时候到了，该轮到他们做点什么了。"萧川伸出一根手指，漫不经心地轻扣在紫砂壶上，就连语调也仿佛同样漫不经心，薄唇边噙着一点轻薄冷酷的笑意，"这次城北那帮人做的事，已经触及我的底线了。正好借着这个机会杀一儆百，我想也没什么不好的。您觉得呢？"

萧川脸色平淡，每句话里都带着对长辈无可挑剔的尊重。九叔公面上不动声色，心里却不禁暗自叹了一声。

他金盆洗手多年，平时也极少在外头露面，这次出来纯粹是受人之托。

有人见城北一夜之间就变成了这副境况，心里难免惴惴不安，于是特意请他出面来做说客，顺便探听一下萧川下一步还有没有别的举动，会不会继续秋后算账。萧川刚才说得没错，他这些年深居简出，令大家都误以为时机到了。在背后的那些小动作，原以为他已经是无心无力去管了，结果如今一看，明明只是他睁一只眼闭一只眼，平时懒得计较罢了。

汪老四在城北经营多年的家业一夕之间就荡然无存，这让许多人都变得惶惶不可终日。

萧川还是那个萧川。

在沂市某个庞大的不见光的"圈子"里，这个名字就是个传奇。而这个人，终究还是不可逾越的神祇般的存在。

一顿茶结束后，九叔公在萧川的目送下，坐上自己的车子离开。

夜空中飘下微雨，雨丝斜映在澄黄的路灯下，宛如一根根细密的银针。

这个秋天的雨水似乎特别多，气温也骤降得厉害。茶馆外的梧桐树叶落了满地，被水汽浸湿，厚厚的一层就这样铺在路边，偶尔有行人撑伞走过，踏出窸窣的轻响。

明艳娇媚的身影从茶馆的院墙内绕出来，悄无声息地靠近萧川身边，低声问："九叔公走了？"

萧川将剩下的半截香烟摁熄，顺手扔进旁边的垃圾桶。他看着车灯消失的方向，冷笑一声："老狐狸。"

"他难得出来一次，总以为自己还是有些人情可卖的。你只请他喝了两杯茶，这面子给得会不会有点少？"

"到底是长辈，他要卖人情，我自然不会让他难堪。那些人和汪老四比起来，还差得太远，暂时也不值得我们对他们做什么。"

林妙不禁"咻"地笑了一声："这样看来，他老人家这次是白出来一趟了？"

萧川不置可否地笑笑，拉开车门坐进去。

林妙却依旧站在大门口。这是习惯，也是规矩，她总要目送他离开，自己才会回去。结果车子没有立即启动，反倒是后座深色的车窗徐徐降下来。

萧川坐在车里看她，突然问："听说你上次去家里找我，是不是有什么重要的事情？"

林妙眸光微动，似乎是回忆了一下，才不以为意地浅笑说："没有。那天正好在附近办事，想着顺路过去看看，结果你不在。"

萧川没出声，仍旧看着她。

她只好继续说："虽然你不在，但刚好碰上南谨拎着箱子要回家，我就顺便做了一次义务司机，把她送回去了。"

"嗯。"萧川点头，"下雨了，你也别在外面站着了，早点回家吧。"

"知道了。"林妙仍是微笑。

直到车子在前方路口转了个弯，红色的车尾灯彻底消失在细蒙蒙的雨雾中，林妙才掸了掸风衣上的水珠，转身走回院内。

这间茶馆是她的私人产业，是她早年动用自己手头上的闲钱从一个朋友那边盘过来的。

平时打理的尽是些声色犬马、灯红酒绿的场所，见到的也多半都是些喝得醉醺醺的面孔，时间久了难免让人心生厌恶。所以当年有人出让这间四合院式的茶馆，林妙想都没想就将它接手过来了。

虽然她手上事情太多，几乎没工夫亲自照看这里的生意，可这茶馆的地理位置极好，就在寸土寸金的城市中心地带。地处中心，却偏还有这样古朴安宁的院落，久而久之也笼络到一批稳定的熟客。虽然没有赚到什么大钱，但这里的收入也足够应付日常开销。

林妙回到自己的休息室内，正碰上几个侍者端着新鲜果盘和茶点进来。

　　林斌跷着脚，半靠半坐在红木沙发上，一边打电话一边指挥侍者将食物统统放在自己面前。电话那头大概是个初涉世事的女孩子，根本经不住林斌巧舌如簧地连哄带骗，随便几句便被逗得咯咯直笑。那又尖又细的娇笑声穿透力极强，就连一旁站着的林妙都听得清清楚楚。

　　林斌也在笑，他用牙签叉了块苹果，正打算往嘴里送，冷不防被林妙劈手夺了手机。

　　林妙掐断通话，将手机扔到一旁，毫不客气地朝林斌腿上踹了一脚，皱眉训斥道："坐也没个坐相！"

　　林斌啧啧两声，顺势把腿收回来，坐正了身体才冲她扬扬眉："姐，你心情不好也别拿我撒气啊！哎，能不能把手机还我？我这边聊得好好的呢。"

　　"你平时少出去招惹那些小女生，我心情就会好很多。"林妙横他一眼，问，"这么晚了，你跑来干吗？"

　　"过来看看你呗。"林斌又吃了块苹果，含混不清地说，"其实我早就到了，但听他们讲你这里有贵客。谁来了？萧川？"

　　"这名字也是你叫的？"

　　"名字不就是给人叫的吗？"林斌不以为然地笑了笑，"以前我在你公司上班，当然要按规矩尊称他一句萧先生。现在我早被开除了，爱怎么叫他就怎么叫他，管得着吗？"

　　林妙没再理他，在旁边的另一张单人沙发上坐下来。

　　林斌仔细觑着她的脸色："我最近听人说，你的脾气越来越大，整天都在骂手下。今天我这个做弟弟的就是来关心你一下，快来说说，谁惹着我们妙姐了？"

　　林妙闻言，脸色愈加沉了沉，却没作声。

　　林斌又说："其实你不告诉我我也知道。现在外头都已经传开了，说是萧川冲冠一怒为红颜，就因为那个汪老四派手下骚扰了他的女人，结果老窝都被连夜端了个干净。是不是有这么回事？那女的到底什么来头？怎么突然之间就成了萧川的人了？"

"你倒是挺八卦的。"林妙不置可否地冷笑一声。

"我这还不都是为了你？那女的是什么人啊，怎么还能把你给比下去？"

"别胡说八道！"

"我看萧川也不过如此，就是个糊涂鬼，亏你这么多年还对他死心塌地的。今天这个莫名其妙的女人暂且不提，单说以前那个秦淮吧。秦淮是什么人啊？那是警方派来的卧底！当年萧川把她带在身边，搞砸了自己多少生意和场子？你们不都说萧先生厉害，是神一样的人物吗，神怎么还会被一个女人耍得团团转？我看哪，"林斌停下来，啜了一口茶，继续说，"我看他这辈子做得最正确的一件事，就是在发现秦淮的身份之后，下了那道狙杀令。"

"他没有。"林妙微垂着眼睛，似乎正在看着茶几上精致的果盘，忽然淡淡地接道。

"……什么没有？"林斌一愣，"当年那个命令，不是他亲自下的吗？"

林妙终于抬起眼睛，娇媚的脸被灯光照着，眉眼间显出几分憔悴来。其实她现在也才不过三十岁，可是这么多年一直身处复杂的环境之中，烟酒不离。都说女人如花，可再美再娇的花也经不起这样的摧折，盛开至极艳也是一时的，过早的凋零才是最终宿命。

"命令是他亲自下的。"她说。

当时秦淮的真实身份被发现，萧川怒不可遏，将秦淮锁在房间里，不许她踏出房门一步。

结果也不知秦淮用了什么法子，竟然逃了出去。也就是在那个时候，萧川在盛怒之下下了命令。

"……可是，他很快就后悔了。"

"你说什么？"林斌不禁瞪大眼睛，表示不解。

林妙却重新沉默下来。

这么多年以前的事，她却仍旧记得清清楚楚。因为当时她也在场，目睹了整个过程。她跟在萧川身边这么久，那是她头一次见他发那样大的火。那个向来喜怒不形于色的男人，仅仅因为一个秦淮，就变得像个完全陌生的人。

她是真的觉得他陌生。

她所认识的萧川，做出的决定从来不会轻易更改。她原本以为，只是一个女人而已，而且还是一个隐瞒了真实身份和目的，并非真心待他的女人，哪怕要了这个女人的命，也没什么大不了。

可是她根本没想到，他在盛怒之下做出那个决定之后，竟然很快就又后悔了。

如此反复，早已经不是她认识的那个萧川了。

她难以置信地旁观着，而他仿佛是刚刚做了一个此生最错误的决定，所以才会那样快就后悔了。

其实当时一切都还来得及。

派出去的人还没追上秦淮，只要立刻停下来，只要立刻收手，一切就都还来得及。

……

林斌皱着眉问："既然萧川临时改主意了，为什么最后秦淮还是死了？"

"……因为那天派去追秦淮的人，是我的人。"林妙一字一句地回答。

她根本不在乎林斌的错愕，只是兀自闭上眼睛，唇角勾起一道冰冷凄楚的弧度。

或许那时候她是真的鬼迷心窍了，所以才会背着萧川，私自下了新的命令。而她当时只是觉得幸运，因为派去的人恰好是她最得力的手下。

有些机会是千载难逢的。她深知，倘若错过了那一次，或许以后自己都不会再有机会了。

她虽然身为女人，但跟在萧川身边久了，似乎也学会了他的风格路数，做事从来果断决绝。当时她只是想着，为了达到目的，从此一劳永逸，哪怕折损掉一个得力助手，哪怕要冒着被萧川发现的危险，也是在所不惜的。

幸好，这件事到最后并没有牵连到她。失去秦淮，对于萧川来说仿佛是这一生中最沉重的打击，甚至令他丧失了一贯冷静的判断力。

他只是将秦淮的死归咎于自己身上，似乎从来没怀疑过她。而林妙也曾以为，这将成为一个永久的秘密，绝不会有任何一个人知晓。

可是那天余思承告诫她的时候话里有话，很显然是早已经窥知了当年的某些真相。

这让林妙不禁暗自心惊。只是她不明白，为什么余思承没把这件事告诉萧川？

其实她并不害怕。她从没为自己的选择后悔过，所以哪怕现在萧川将她活剐了，她也不会觉得恐惧。

也正因为这样，余思承的警告在她看来简直可笑得要命。

林斌见她久久不出声，忍不住压低声音说："姐，这可是件大事。要是被萧川知道了，他不会放过你的。"

"那又有什么要紧？"林妙的神色间仿佛带着冷淡的倦意，有些不耐烦地挥挥手，"你没什么事就走吧，别老在我面前晃悠。"

林斌这个时候可不敢违逆她的意思，他摸了摸剃得光溜溜的脑袋，二话不说就抬脚离开了。

这个时间点，夜生活才刚刚开始。林斌没有回家，而是找了一帮狐朋狗友去喝酒唱歌。

没想到这帮人里也有消息灵通爱八卦的，酒喝多了便开始吹嘘自己最近的各种见闻。

其中一个人突然用手使劲拍了拍桌子，面露鄙夷地大声说："你们这些都算个屁！我就问问你们，在座的有谁见过萧川的女人？"

众人果然都停下来，有人立马反问："难道你小子见过？"

"何止啊！我还和她讲过话呢！"那人说得眉飞色舞，带着一种炫耀的口吻，然后又感叹了一句，"长得确实正啊！我这辈子都没见过这么漂亮的女人。"

有人笑骂："你在这里得意个什么劲？再正再漂亮，那也是萧川的人，跟你沾不上半点关系。"

"癞蛤蟆吃不成天鹅肉，在心里想想还不行？"也有人起哄嘲笑。

唯独只有林斌突然问了句："你知道那个女的叫什么名字吗？"

那人还真被问得愣住了，想了半天才犹豫着说："好像是姓南，记不清了，反正是挺少见的一个姓。但是我知道，她是个律师。"他当时在大排档上找刘家美的麻烦，清楚地听见刘家美叫她"南律师"，因此对南谨的职业十分笃定。

林斌若有所思地"哦"了一声，也不再接话，任由他们继续吵闹说笑去了。

林斌用了近一周的时间，才终于通过各种渠道摸清南谨的情况。

这天他破天荒地在早上八点钟之前起了床，开车到南谨的律师事务所楼下候着。

一半是因为好奇，而另一半则是为了林妙。

林妙当年对秦淮做的事情虽然早已越过了底线，但林斌还是十分赞同的。快刀斩乱麻，斩草要除根，他没读过太多书，但对这两句话却是烂熟于心，并将它们奉为做人做事的信条和准则。

林妙是他姐，他姐苦恋萧川这么多年，没道理被一个突然冒出来的女人后来居上，抢走她心心念念的一切。

所以林斌这次就是想来探个底。

知己知彼，方能百战百胜。

结果这天南谨来得很迟，他坐在车里都快睡着了，才终于瞄见那个令他等候多时的身影。

林斌迅速下车，"砰"的一下关上车门，然后径直朝南谨走过去。

他是故意的。两人面对面，几乎撞了个正着。

南谨手里还捧着杯热饮，随着她向旁边闪避的动作，有一大半洒出来溅到衣服上。

林斌连忙笑说："哎呀真是不好意思。美女，烫到没有？"

南谨瞥他一眼，仿佛是光顾着从包里找纸巾了，一时也没空搭理他。直到擦干衣襟上的水渍，她才说："没关系。"

她只当他是陌生路人，根本没打算多聊，直接绕过他身旁，进了写字楼的大门。

林斌脸上露出个浅笑，双手插在口袋里，也紧随其后走进去。

他很少来这样高档的办公楼，衣着气质均是不搭调，很快就被看门的保安拦下来。

保安客气有礼地问："这位先生，请问您要去哪个楼层？"

南谨已经走到电梯口了。林斌眼珠一转，在对面墙上的楼层指示牌上瞟了瞟，随口说："五楼，林元设计公司。"

"那请您过来做个访客登记。"

"这么麻烦。"林斌有些不耐烦，因为眼见着南谨进了电梯，金属双门缓缓合上了。

他一摆手："算了，我改主意了，先不上去了。"

保安大约是觉得奇怪，不免多看了他两眼，目光中带着职业的警惕。

林斌踱着步子晃出来。

天空阴沉，下着毛毛细雨，这样的天气最适合在家睡懒觉。他今天原本也只是想亲眼见见南谨，既然目的达到了，此刻便打算回家睡个回笼觉。

结果还没等他拿出钥匙开车门，也不知从哪儿突然冒出两个衣着简洁利落的年轻人，一前一后将他堵在了车旁。

林斌心头一沉，暗暗责备自己太过大意。果然，其中一个年轻人将一部手机递过去给他，面无表情地说："接。"

这样冷硬的命令式的口气，其实让林斌非常不爽，但他此时不敢不照做，因为已经大约猜到电话那头是谁了。

他只好接过手机，压低声音"喂"了一句。

对方还没开口说话，他的心就已经重重地加速跳动起来。偏偏电话那头静得可怕，许久都没有声音。他站在喧嚣繁华的街头，却仿佛能听见电流的脉冲声，一下一下，更像是急促摆动的秒针。可是过了好一会儿，他才意识到，其实那只是自己的心跳声。

"最近在哪里做事？"像是经过了一段极漫长的等待，沉冽的嗓音才终于轻缓地传过来。

林斌下意识哆嗦了一下，差点儿拿不稳手机，只能勉强笑着回答："没……没什么正经事……就是到处混混。"

"很久没看到你了。什么时候有空，叫上林妙一起出来坐坐。"

萧川的语气慵懒随意，仿佛真的是在和一个许久不见的朋友聊天，却让林斌的脸色再度白了几分。

他何德何能？以前萧川连正眼都不会看他一下，今天却突然说要一起出来坐坐？

他跟林妙做事的时间不算短，对萧川的风格也早有所耳闻。据说萧川面上越是表现得云淡风轻，实际后果就越是危险可怕。

这是一个让人猜不透心思的男人，也不是一般人能轻易开罪的男人。

想到这些，要不是站在热闹的街头，林斌差一点就要跪下去。他捧着手机，这下子连假笑都挤不出来了，只是一个劲儿地战战兢兢认错："萧……萧先生，是我错了！千不该万不该，今天我不该干这种事！您看能不能饶了我这一次？我保证以后再不这样了！"

萧川的声音里仍旧没什么情绪："那就好。你可以回去了。"

"是，是。"林斌犹如得到特赦令，忙不迭地递还手机，下一刻便毫不迟疑地驾车离开。

"您认为，这是林斌自作主张，还是林妙的主意？"常昊接过萧川抛过来的手机，收回口袋中。

萧川从椅子上起身，离开书桌来到窗前。

园艺工人正在花园里修剪灌木丛，隔着玻璃能隐约听见树枝剪发出的马达低鸣声。

萧川透过窗户朝下面看了一会儿，忽然问："林妙最近都在做什么？"

"和平常一样。"

"让人看着林斌。"

"知道了。"常昊立刻拿出手机，编了条短信发送出去，然后才又说："万一让南谨发现我们的人每天都跟着她，哪怕是出于好意，她恐怕也会不高兴吧。"

萧川转过头来瞥他一眼，脸上露出一丝难得的笑意："你以为她会察觉不到？"

常昊也笑了。他和南谨接触不多，但也知道她既聪明又敏感，再加上派出去的人并没有刻意隐藏行踪，被她察觉也是正常的事。

只是他不方便在萧川面前评价南谨，哪怕是说她的优点，也未免显得不够尊重。

"最近那个男的还经常约她出去？"萧川仍旧站在窗边，看着楼下花园里忙碌的工人，突然问。

他指的是海归博士杨子健。常昊怔了一下，才如实回答："听说约过两三次。"

"相处得怎么样？"

常昊下意识地抬眼观察萧川的脸色，却见他神情冷静平淡，似乎只是闲聊天而已。

他斟酌了一下措辞，尽量折中缓和地形容："好像挺和睦的。"

"和睦？"萧川终于将目光移到常昊身上，似笑非笑地评价，"你这个说法倒是很稀奇。"

常昊本来就不擅长撒谎，只好实话实说："因为我不确定您是否介意这件事。"

"我？"清俊的眉目渐渐沉敛下来，萧川沉默了一会儿，才淡声说，"我只是希望她过得平安开心。"

他说这句话的时候，目光落在窗外某个虚空的点上，脸上神情淡漠平静，只是透着几分隐约的倦色。常昊从来没见过萧川这个样子，竟让人觉得十分陌生。

他跟着萧川的时间并不算太长，但是办事向来得力，又毫不关心那个坊间流传的小道消息。他的想法既单纯又直接，既然萧川看重南谨，那么他就要尽全力保护南谨周全。所以南谨从萧家离开的时候，常昊不忘再次打电话叮嘱手下的人，只要确保南谨的安全就可以了，千万不要惊扰到她的日常工作和生活。

而事实上，手下的那些小弟也确实是这样执行的，只不过恰恰如萧川所料，没几天就被南谨发现了。

南谨并没有拆穿他们，因为她最近忙得焦头烂额，根本没有心情去理会这件事。而且这段时间杨子健十分积极地约她，几乎将她本就少得可怜的空闲时间全都占满了。

不得不承认，与杨子健的相处是件令人舒心愉悦的事。他上知天文下通地理，还了解许多偏门冷门的知识，时常让南谨觉得惊奇。

而且他的兴趣爱好十分广泛，既看得懂街舞，也听得了黄梅戏。有时候陪她在路边驻足，看支着画架的年轻艺术家替陌生人素描，有时候却又突然掏出两张国家级画展的票子，请她一起参观。

而他的职业明明和这些都不沾边。

南谨不禁感叹："你从小到大一定都是很优秀的人。"

杨子健深深一笑，眨着眼睛长舒一口气："你总算是发现了。"他笑起来的时候，右边脸颊上有一个浅浅的酒窝，给俊朗的外表平添了几分可爱。

一个这样优秀的男人，如果再加上可爱的特质，那简直就是要命的吸引力。

南谨看着他的笑容，也忍不住跟着愉快起来。

她承认，面对这样有魅力的人，不动心实在是件很困难的事。但她的动心最多也仅是极偶尔的某个瞬间，因为在更多的时候，她只当他是一个体贴而又幽默的朋友。

杨子健的追求并不是惊涛骇浪式的，他仿佛了解她的犹豫和顾虑，所以特意放缓了节奏，一切都以照顾她的感受为主。

南谨很感激他，有时甚至会想，或许该给对方一个机会，也给自己一个机会。

所以杨子健周末约她吃饭看电影，其实她还有些工作没做完，但也暂时搁下去赴约。

他们吃的是江浙菜，看的是好莱坞爱情喜剧。杨子健几乎是个一百分情人，总能妥善地安排好每一场约会。

大银幕上金发碧眼的俊男美女都是生面孔，南谨已经好多年没看这样的电影，新生代的明星统统不认识，但剧情还真是不错，虽然俗套了些，可爱情本身就是狗血又俗套的，每一个桥段都被人反复经历过，许多细节都是那样的熟悉，甚至感同身受。

看这样的电影不需要费脑子，因为深知结局是美好的，中间哪怕再多波折阻碍，最终也会是个大团圆结局。

电影拍得很成功，博得全场阵阵笑声。最后灯光亮起，杨子健跟南谨一同起身，问："饿不饿？要不要再去喝点东西，或者吃甜品？"

"晚餐吃得够饱了，还没消化完呢。"南谨边说边从包里拿出手机。

之前她将手机调成了无声模式，这时点亮屏幕才发现竟有七八通未接来电。

全是母亲打过来的。

南谨心头微微一沉，直觉不太对劲，于是匆匆对杨子健说："我们先出去吧，我需要打个电话。"

她没说明白，但脸色突然变得凝重，杨子健善解人意地什么都没多问，只是护着她顺着拥挤的人流涌出观影厅。

南谨找了个相对安静的角落立刻回拨过去。电话响了数声，母亲那边才接起来，张口就是焦急万分的腔调："你跑到哪儿去了？安安出了车祸……"

安安刚满五岁，跟她姓，出生证明里的"父亲"一栏是空白的。

那一年她大难未死，当时就连她自己都不知道，随着她一同活下来的，还有一个刚满两个月的胎儿。

这是萧川的孩子。她怀他的时候受了太多的苦，曾一度以为是肯定保不住了，可没想到这个孩子的生命力竟然那样顽强，就连医生都不禁连连称奇，说这是百万分之一的好运气。

而她却不觉得这是个好运气。

从安安出生的那一天起，她就在想另一个问题，以后该如何向孩子解释父母的关系？

难道要告诉孩子，你的妈妈当初和爸爸在一起，是别有目的和用心的？又或者跟安安说，爸爸曾经毫不留情地想要杀掉妈妈，而你差一点儿跟着也没命了？

她越想越害怕，没法对孩子交代，于是索性不交代。

安安出生后，她总是借口工作忙，平时对安安的照顾少之又少。她就像一只鸵鸟，以为只要把头埋起来，就可以忘掉所有的忧虑和恐惧，就可以将过去的一切全都抹杀掉。

甚至在很多时候，她都不敢去看安安的脸，只因为那张可爱的小脸，眉眼和神态都越来越像萧川。

基因和血缘的力量太强大了，她只要看着安安，就会不自觉地想起另一个男人。

那是她的孩子，是她费尽千辛万苦保住的孩子，结果所有人都以为她不爱他。

其实就连她自己也曾一度以为，这个孩子就像一场延续不断的梦魇，她是永远也不可能毫无保留地爱这个孩子了。

可是直到这一刻，她才发现全都错了。

母亲、南喻、林锐生，包括她自己，他们全都错了。

那是她的孩子，是她这辈子深爱过一次的见证。

她爱萧川，爱得那样痛苦和挣扎，而这个孩子，是她在受到致命般伤害后留下的仅存的希望。

　　在这一刻，全身的血液都仿佛被人抽走，只剩下一具冷冰冰的身体。南谨听见一道声音，又轻又静，犹如身处在空谷里，到处都是回音，一遍一遍虚无缥缈地在耳边响起来。

　　其实那是她自己的声音，一遍遍地在问："……安安怎么样了？"

　　左小腿和肋骨骨折，脾脏破裂大出血。孩子是因为贪玩，趁着外婆不注意，自己穿过马路的时候被快速冲来的摩托车撞倒的。

　　南谨连夜赶回老家时，医生刚给安安做完手术。麻醉药效还没退去，孩子已经被转移到病房里。那张小脸惨白得没有丝毫血色，小扇子一般浓密的长睫毛安安静静地覆在紧闭的眼皮上。

　　南谨的目光落在那厚厚的雪白石膏上，一瞬间只觉得胸口刺痛难当，脸色也跟着变得煞白。

　　安安从小到大很少生病，又几乎没与她住在一起，她从来不曾有过这种感受。现在看着孩子躺在病床上，她竟然恨不得让自己去代替他。

　　南母一直守在床边，见她终于到了，只是抬眼看了看她，然后便开始不停地抹眼泪。

　　南谨不由得更加难受，默默走过去，叫了声："妈。"

　　南母哭得更凶了，泪水填在眼角深深浅浅的皱纹里，好半天才低声说："是妈没照顾好安安……"

　　南谨心头一酸："妈，您别这么说，是我不好。"

　　一切都是她的错。

　　她将安安带到这个世上，却没有尽到应有的责任。她以为自己早已经获得了新生，其实却一直禁锢在过去的痛苦中，没有一天真正释怀解脱过。

　　仅仅是因为安安越来越肖似萧川，她便连多看一眼都不敢。她不是不爱孩子，她只是害怕，害怕承认自己从来没有忘记过孩子的父亲。而她更加恐惧的是，她无法面对这样的自己。

　　明明受了那样大的伤害，她却仍旧不能忘记萧川。

明明已经过了这么多年，她却仍旧继续爱着萧川。

是的，她终究还是爱他的。

或许从此山高路远、江湖两别，但她始终还是在爱他。

在没有他的那段岁月里，她甚至都不会去想起他。不是不想，是不敢想。在内心最深处的某个角落，放着她最隐秘的心事，隐秘到连自己都难以察觉。

她爱萧川，而她害怕这样的爱。

小小的身影还安静地躺在床上，南母好半天才终于止住泪水，似乎这时才注意到门口还站着一个人。

南母慢慢站起身，疑惑地看了看南谨，迟疑地问："这位是你的朋友？"

南谨终于回过神来，连忙转头介绍："妈，这是我朋友杨子健，是他连夜开车送我回来的。"

南母恍然地"噢"了一声，面带感激地望过去。杨子健却赶在她开口道谢之前，抢先一步走上前打招呼："阿姨，您好。"

南母露出微笑，诚恳地说："谢谢你大老远送南谨回来。这么晚了还要你开车，真是辛苦了。"

"晚上没有航班，为了赶时间，也只能开车了。阿姨您不用这么客气，这都是我应该做的。"这时杨子健又低声问南谨："要不要我先送阿姨回家休息一下？"

再过两三个小时天就要亮了。南谨转头和母亲商量，老人家原本不打算离开，但拗不过两个年轻人的劝说，最后只好同意回家睡一觉再来。

"那你在这儿盯着，有什么情况就立刻叫医生啊。"南母临走时仍不放心，叮嘱了一番，然后才又问："你早饭想吃点什么？我等下一起带过来。"

"随便吧。"南谨这个时候根本没胃口吃东西。

杨子健见状，不禁笑着安抚老人家："您不用操心这些。待会儿我出去买早饭，不会让南谨饿着的。"

南母又弯下身子看了看病床上的安安，这才一步三回头地离开了。

Love as

Time

浮生
寄流年

Chapter _ 16

谁又能想到，最初别有用心的接近，最终
竟会沦为一场无法自拔的深陷。

江宁不算太大，医院离家也不过十来分钟的路程。杨子健的动作很快，没一会儿就拎着一袋东西回来了。

　　南谨打开一看，原来是些洗漱用品，都是全新包装的，便利店的收银小条也一并扔在袋子里。

　　杨子健总共买了三份，用不同的颜色区别开来，其中一份显然是给儿童用的。

　　南谨很感激他的细心，说了声"谢谢"，然后将目光转回病床，沉默了一会儿才告诉他："刚才医生进来看过，说是已经脱离危险了，就是骨折比较麻烦，恐怕要休息好几个月才能恢复。"

　　她的声音又轻又低，也不知是说给他听的，还是在说给自己听。

　　杨子健只是等她说完，才低声安慰她："小孩子骨头脆弱，但身体的自我修复能力也强。放心吧，没事的。"

　　"嗯，谢谢。"

　　杨子健扬眉笑笑："干吗又谢我？"

　　南谨转过来看了看他："谢谢你开了一晚上的车送我回来。"

　　"朋友之间不说这个。"杨子健将手搭在她的肩头，轻轻捏了一下然后松开，"你也整晚没睡觉了。趁还没天亮，到旁边的沙发上去眯一会儿吧。"

　　他的这个动作仿佛给南谨的身体注入了一丝温暖的力量。南谨再度感激地看他一眼，却摇头说："我不累也不困，倒是希望你能去休息一下，不然我会更加内疚的。"

"我也不困，还是陪陪你吧。"杨子健不忍心让她独自守夜，索性搬了把椅子坐下来。

小家伙是在天亮以后醒的，眼睛还没睁开，就开始哭着喊疼。

南谨立刻叫了医生过来。医生带着护士，给安安做了一次常规检查，末了告诉病人家属："小孩子好动，你们一定要看好他，不要影响到骨头的复原，不然以后会很麻烦的。"

南谨摸摸安安柔嫩的小脸，连忙点头："我记住了。"

可安安还在哭，大概是因为真的疼。这个年纪的孩子，哪能忍受得住骨折的痛苦？

医生给开了止痛针，但不建议频繁使用。打了针，医生又从口袋里掏出一把糖果，递到安安面前，连哄带骗地说："听说这是魔法糖，吃了就不会疼了。安安小朋友要不要试试？"

安安果然暂时停了眼泪，注意力被那把五颜六色的糖果吸引过去了。

医生很有耐心，也显然有对付小病人的经验，将糖逐一摊开摆在病床上，任由安安挑选。

一旁的护士抿嘴微笑，悄声对南谨说："李医生哄小朋友最有办法了。凡是住在我们医院的小病人，都特别喜欢李医生。"

南谨也看出来了，安安在这位李医生的安抚下，情绪果然稳定了许多。两人似模似样地挑了一会儿糖果，安安突然又说："我还想要变形金刚。"

他本来就长得极为可爱，一双眼睛又黑又亮，长而浓密的睫毛上还沾着泪水的湿意，让人根本不忍心拒绝他的任何要求。

李医生忍不住伸手摸摸安安的头顶，笑着答应他："好，下次医生叔叔来，一定给你带变形金刚。"

李医生走后，止痛针也起了作用，安安终于渐渐平静下来。不过虽然他停止了哭闹，但因为许久没见到南谨，孩子还是十分兴奋，一直"妈妈""妈妈"叫个不停。

见到这副情形，南谨既开心又心酸。她不敢随意抱安安，只好半坐在病床边，轻声细语地哄着他，希望他能再睡一下。

安安却一直紧紧攥着南谨的手，怎样都不肯乖乖闭上眼睛，似乎是生怕一觉醒来，妈妈就又不在身边了。

杨子健在旁边不由得笑道："看来孩子很想念你。"

这句话恰好戳中南谨的痛处，令她心中生出更多的愧疚，静默了半晌，最后她只能低声说："我知道。"

她没有哄孩子的经验，根本不是一名合格的母亲。但幸好安安十分乖巧听话，加上本身精神不济，过了一会儿到底还是沉沉地睡过去了。

南谨仍旧把安安的小手握在手心里，长久凝视着孩子可爱的睡颜。她坐着一动不动，也不知过了多久，才听见杨子健说："我觉得你应该去休息一会儿了。"

她还是摇头，停了停才说："我不是个称职的母亲。"

"不要这样妄自菲薄，这件事不是你的错。"

"我确实不是一个好母亲。"南谨的目光仍落在安安的脸上，因为怕吵醒孩子，不得不用极轻的声音说话，所以听起来更像是喃喃的呓语，"如果可以重新选择一次，或许我会选择不将他生下来。我生下了他，却从来没有好好照顾过他，现在还让他受到这样的伤害，受这种苦……"看着安安腿上的石膏，她心痛如绞。这种痛对她而言实在太过陌生，却又几乎让人难以承受。

她怔怔地说："曾经我以为自己根本不爱这个孩子，因为他长得那么像他的父亲，我连多看他一眼都会觉得受不了。"

"能不能允许我问一下，你和孩子的父亲为什么会分开？"杨子健忽然开口。

为什么？

因为爱？抑或是因为恨？

又或许，两者都有。

其实就连南谨自己也不清楚，对于萧川，她的爱更多，还是恨更多。

她曾经那样愧疚，因为日日夜夜待在他身边，享受着他给予的宠爱，而她却在背地里做出那些损害他的事。不论出于怎样的理由，她都愧疚。

她在理智和感情之间来回挣扎，甚至想过要放弃一切信仰，什么都不要了，什么也都不管不顾了，只要和他好好地在一起。

这是连她自己都始料未及的。

谁又能想到，最初别有用心的接近，最终竟会沦为一场无法自拔的深陷。

她是真的爱上他了，所以甘愿为了他放弃所有。可是还没等到她真正付诸行动，他就已然发现了这个秘密。

在他的震怒之下，她无从解释，也根本无力去辩解，因为那些都是事实，这本就是一场错误的开始。他所有的愤怒都是理所当然的，至少他一直都是真心在待她。

而她都做了什么？

在他将她锁在房间里的那一刻起，她就知道，一切都没有意义了。无论再说什么、再做什么，其实都没有意义了。

就像镜子出现的裂痕，像清水从水盆里泼出，走到这一步，有些事情便注定难以挽回。

只是没想到，他竟然那样狠，狠到让她忍不住怀疑，过去的那些宠爱和美好，或许都是假的。而她竟曾为了那些，想过放弃一切。

安安这一觉直睡到中午才醒。

南母带了饭菜过来，还煲好了骨头汤，盛在保温瓶里。南谨将汤倒在卡通印花的小碗里，慢慢喂给安安喝。因为平时妈妈很少和他亲近，安安今天显得特别开心，乖乖喝掉一整碗汤，都打饱嗝了，却还嚷着要再喝一碗。

南谨拿纸巾替他擦嘴，笑说："小肚子都喝得圆滚滚的了。要是觉得汤好喝，晚上我们再让外婆熬好了送来，好不好？"

安安眨着黑白分明的大眼睛望她："还要妈妈喂！"

"好呀。"南谨心头一软，笑着答应。

她请了两天假，特意留在江宁照顾孩子。这期间杨子健始终陪在一旁，也没返回沂市。他是这里唯一的男劳力，主动帮着跑前跑后办理各种事宜，半句怨言都没有。

到最后南母悄悄拉着女儿问："他是不是喜欢你？"

南谨没吭声，她正在整理安安的故事书，准备晚上带几本去医院。

南母说："我看这孩子挺不错的，又耐心又细心，而且这两天和安安相处得也很好。你也老大不小了，是不是应该好好考虑一下？总不能老是这么拖着。如果觉得这个人合适，就试着交往一下吧。"

"妈，我现在没心思想这些。"南谨淡声回应。

"究竟是没心思，还是根本不打算考虑？"南母沉下脸来，"这么多年都是任由着你的性子来。包括安安的亲生父亲到底是谁，你不肯说，我也从来没问过。老家这边的流言蜚语，这几年我耳朵都快听出老茧来了，可是为了你，我都可以不当一回事。"

"这我知道。"

"你知道什么？你知道你还一意孤行，倔得要命？不行，你今天干脆跟我老老实实地说清楚，安安的父亲到底是什么人？他现在人在哪里？平时不管不顾也就算了，如今孩子都骨折住院了，他也不需要现身看望一下吗？"

南谨再度沉默下来。

南母盯着她看了好一会儿，不禁皱起眉："你该不会是要告诉我，这么多年了，那个男人根本不知道安安的存在吧？"

"就是这样。"南谨终于抬起头，直视着母亲的眼睛，"他什么都不知道。我和他分开的时候，他根本不知道我怀孕了。"

"你……"南母气得脸都白了，伸手在南谨身上狠狠拧了一把，却还不解气，又颤声骂道："我到底是做了什么孽，生了你这么个糊涂女儿。你到底有没有想过安安的感受？一出生就没有父亲，而且到现在你还不肯让他的亲爹知道安安的存在。你这脑袋里到底是怎么想的！"

南谨一声不响地挨着骂，半句反驳都没有，末了才平静地说："妈，这是我自己的事，请允许让我按自己的想法去处理。"

南母气得呼吸不匀，好半晌才点点头，怼声说："随你！都随你！安安是你的儿子，你带他回沂市吧，你爱怎么折腾我都管不着。眼不见为净！"说完转身摔门而去。

晚上到了医院，连安安都察觉到气氛异常，他拉着南谨的手小声问："妈妈，你是不是和外婆吵架啦？"

南谨不禁抿唇一笑，伸手刮刮他的小鼻子："你这鬼灵精，怎么什么都知道？"

"外婆可吵不过你妈妈。你妈妈本事大着呢。"南母依旧没好气地横了南谨一眼。

"外婆，你别生妈妈的气了，"安安奶声奶气地劝，"别把身体气坏了。"

这下连南母都憋不住笑了："你比你妈有良心多了，还知道关心外婆的身体。"

"我也很有良心啊。"南谨顺势说，"妈，过阵子等安安拆了石膏，你就带着他到我那里去住吧。正好南喻也在那里，大家相互之间有个照应。"

"我不去。你自己把安安带走。"

"外婆，去嘛去嘛！"安安已经听明白了南谨的意思，连忙大叫，"我要和外婆在一起，也要和妈妈在一起，我们一家人永远在一起！"

南谨转头对他笑笑："好啊，我们一家人永远在一起。"

因为所里还有一大堆事等着处理，两天后南谨不得不先返回沂市。

这两天南母气还没消，始终对她不冷不热的，但南谨深知，母亲之前说的那些都是气话而已，她也没放在心上，只是临走时叮嘱安安要听医生叔叔和外婆的话，不许乱跑乱动，等石膏拆掉了，她就会回来接他一起去沂市住。

安安很舍不得她，躺在病床上哭闹了一场，最后还是杨子健从外面进来，将一个纸袋递过去，哄他说："来，小家伙，看看叔叔给你买了什么。"

原来是只变形金刚的模型，擎天柱威武地站在透明包装盒里。

杨子健将模型交到安安手上，笑道："叔叔家里还有好多变形金刚的玩具。安安要听话，等到腿不疼了，叔叔就带你去家里玩，好吗？"

"真的吗？"安安忽闪着大眼睛，抽抽噎噎地问，眼睫上还挂着泪珠。

"男子汉大丈夫，说话算话！"杨子健伸出一只手，掌心对着安安，"来，我们击掌约定。"

"好！"又小又软的手掌与修长的大手拍在一起。

回程的路上，南谨微微有些感慨："如果你以后有了自己的孩子，肯定会是个很好的父亲。"

杨子健边开车边微笑："那你要不要考虑我一下，给我一个机会？"

南谨侧头望向他，见他的样子并不像是在开玩笑，不禁一时说不出话来。

杨子健也看了看她，换了副更加认真的表情："安安很可爱。如果以后我们俩能在一起，我想我会将他当作自己的儿子来疼爱的。你信吗？"

"……我信。"南谨承认，杨子健说的绝对是真心话。

"那就请你认真考虑。在我回美国之前，能不能给我一个答复？"

"好吧。"南谨闭了闭眼睛，仿佛无限疲惫。

她欠杨子健好大一个人情，不知将来要拿什么还给他。

南谨走后，安安显得很不习惯。半夜几次在梦里吵着叫"妈妈"，搞得南母既心疼又气愤。她捏着安安的小脸蛋，半笑半骂："你怎么就养不亲呢？你妈妈才来几天，你就不要外婆啦？"

"安安要外婆，安安最爱外婆！"孩子停下来，扁着粉嘟嘟的小嘴巴，似乎有些犹豫，声音渐渐小下去，"可是安安也很想妈妈。"

"我们晚上给妈妈打电话，好不好？这会儿妈妈在上班，肯定很忙。"南母哄他。

"好啊好啊。"安安兴奋地拍手。

傍晚时分，南母回家准备晚餐，又顺便给手机充值，临走时拜托一个年轻护士帮忙照看安安。

因为安安长得实在太可爱了，嘴巴又甜又乖巧，如今俨然已经成为整个儿科病房里的明星宝贝。护士们都喜欢他，对于南母的嘱托，二话没说就答应下来。

小护士先给安安送了一次药，中途又去了几次察看点滴情况，还顺便削了个苹果喂给安安吃。

等到她收拾好果盘和刀具，准备返回护士站的时候，却在走廊上碰到一个男人。

现在还没超过探视时间，小护士却不禁呆了呆。

这是一个高大挺拔的男人，身材修长完美，面容生得极为英俊。她从来没见过长得这么好看的人，所以一时之间竟然有点走神。只不过，这个男人的眼神似乎有些冷淡，眉眼之间的冷峻气息太过明显，一双眼睛又黑又沉，犹如深渊幽潭，望着人的时候仿佛能将人牢牢地吸引进去。

因为他正好看向她，小护士的脸没来由地红了，心脏"怦怦"直跳。然后她就听见他开口问："请问，南安安住哪间病房？"

他的声音竟然也十分动听，低沉冷冽，仿佛浮着碎冰的流水。

小护士怔了怔，这才反应过来："您是南安安的什么人？"

"我是他母亲南谨的朋友。"

小护士也认识南谨，见这个英俊的男人能说出南谨的名字，于是顺手朝后方指了指，微笑说："这边过去，右手第二间，三〇五病房。"

"谢谢。"

萧川缓步走到三〇五病房的门口，目光落在墙边的名牌上。这应该是间双人病房，但此刻名牌上只有南安安这一个名字。他伸出手，将门轻轻推开。

小男孩的左腿被高高吊起，打着厚厚的一层石膏，但这并没有妨碍他的玩乐。小小的身影靠坐在床上，正低着头专心摆弄着变形金刚的模型。他的样子十分专注，似乎一个人也能玩得不亦乐乎。

傍晚的斜阳余晖映在窗边，给窗台镀上了一层淡淡的金边，病房内却没有开灯，小男孩整个人陷在一片阴影里。从萧川的角度，其实看不太清他的样子，只能隐约看见长长的眼睫毛，随着他玩玩具的动作，一颤一颤地上下眨着。

萧川紧抿唇角，反手将门带上，慢慢走上前去。

这时安安才察觉有人进来，不禁好奇地抬起头，望向这个陌生男人。

"请问你是谁？"安安用稚嫩的声音有礼貌地问。

萧川却没回答他，而是温和地反问："你是南安安？"

"对啊。你是谁？"

"我姓萧。"萧川来到病床前，看着安安抓在手上的玩具，又问："你喜欢变形金刚？"

"嗯！这是杨叔叔买给我的！"

萧川笑了笑："我小时候也喜欢变形金刚。"

"真的吗？那你要和我一起玩吗？"安安倒是很大方，立刻将玩具模型递过去，忽闪着大眼睛看向萧川。

萧川没有接，只是伸手在安安的头顶揉了揉。孩子的头发又黑又软，触在掌心仿佛是被轻柔的羽毛刷过，像是沿着血脉，直窜到心底最深处。

这是一种奇异的感觉，在他还没反应过来之前，声音就已经不自觉地软了下来。他柔声问："你今年几岁了？"

安安眨眨眼睛，似乎是用力想了想，才伸出五根手指，回答他："五岁！我已经过完五岁生日啦！"

那五根又短又嫩的手指就在眼前晃动，孩子的声音和语气都十分稚嫩讨喜，然而萧川脸上浅淡的笑容却在瞬间消失殆尽。

他看着孩子清澈的眼睛，瞳孔急剧收缩了一下，就连呼吸都突然变得急促失常。其实在来这里之前，他并不是没有过这样的猜想，然而听到孩子亲口说出来，还是让他短暂地失了神。

安安见他半天不说话，还以为他不相信自己，立刻加重语气说："我是七月二十号过的生日，外婆买了一个好大的生日蛋糕，插了五根蜡烛，请所有邻居小朋友都来吹蜡烛吃蛋糕啦。"

七月二十号。

五岁。

萧川紧抿着薄唇，终于在床边半蹲下来，与孩子平视。

他仔细打量着眼前这张稚气可爱的脸，想从眉眼和神韵中找出熟悉的痕迹。

有那样的一瞬间，他全身的血液仿佛都被冰封住了，身体四肢像是没有了知觉，就只剩下心脏在左边胸口一下又一下地急速跳动。心跳声是那样空茫、空洞，带着骇人的回响。但是很快，浑身的血液又仿佛极速加热沸腾起来，飞快地冲入四肢百骸，让他整个人重新活了过来。

他看着病床上的孩子。其实根本不需要费力去寻找，只要稍稍认真看一眼，就能知道这孩子长得像谁。

除了与他极为相似之外，安安的眉宇间还带着几分特殊的神韵。

那是一种清澄而又灵动的神态，和年龄无关，与他多年前第一次见
到的秦淮几乎一模一样。

安安见这个陌生的叔叔只是一味地盯着自己，却许久都不说话，
不禁有点迷惑，他嘟着小嘴问："叔叔，你还要玩变形金刚吗？"

"不了。"萧川脸上露出温柔的笑容，又揉了揉他头顶的软发，
"腿疼吗？"

安安点点头，可随即忽又重重地摇头："妈妈说了，男子汉不
能怕疼。"

萧川脸上的笑意又加深了些，鼓励道："妈妈说得对，男子汉
要坚强。"

"所以我不怕疼！"

"真乖。"

夕阳已经渐渐沉没下去，窗边那抹金沙般的余晖即将淡得失去
踪影。萧川抬腕看了看时间，在他起身前，伸出右手摊开在安安面前。

他还没说话，倒是安安的眼睛一亮，主动问："是要击掌约定吗？"

"对，你怎么知道？"萧川笑道。

"是杨叔叔教我的。他说击掌约定的事，就不能骗人，也不能
反悔。"

萧川仍是笑："是的。所以我们现在击掌，不要告诉任何人你
今天见过我。好吗？"

安安虽然不明白为什么不能说，但还是点点头："好吧。"

Love as

Time

浮生
寄流年

Chapter _ 17

她用了漫长的时间去爱他，也用了漫长的时间去恨他。她将人生最美好的年华，将自己几乎所有的感情，全都花在了同一个男人身上。

江宁的深秋比沂市来得早。

太阳落山后，景物似乎都褪成深深浅浅的灰色。路灯还没点亮，路边高大的树木落了满地的枯叶，沉沉暮色显得更加萧瑟。

秋风吹动萧川的风衣，他走出医院大门，脚步没停，迅速坐上了等候在一旁的黑色轿车。

车子一路向南，朝着沂市的方向。

一千多公里的路程，上了高速路，便如同汇入一条弯曲但平顺的河流。

常昊亲自开车，车子行驶得又快又稳。夜间的高速路上尽是缓慢前行的大货车，他们的车子从一辆又一辆货车旁边穿梭而过，带来隐约的风声和呼啸声。

萧川自从上车之后就始终没说过话。常昊从后视镜里瞥过去，只见他并没有睡觉，仅是那样沉默无声地坐着，似乎陷入了漫长而无边际的思考中。

常昊不敢打扰他，连手机都调成了振动，但期间还是用蓝牙耳机接了一通电话。

是负责保护南谨的人打来的，向他汇报："她现在还没回家。"

此时已经接近午夜，返回沂市的路程还剩下一半。

常昊问："去哪儿了？"

"应该是招待一个客户。傍晚下班的时候，她和几个人一起搭车去吃饭，饭后又去唱歌了。"

常昊"嗯"了一声："应该没什么事。你们继续远远地盯着就好。"

"可是我刚才看到她的同伴们都已经结束回去了，唯独没有看见她。"那手下停了停，才又说："他们唱歌的地方是妙姐的场子。我们不太方便就这么直接进去找人。"

常昊皱皱眉，一时没说话。

就在这个时候，沉洌清醒的声音从车座后排传过来："怎么回事？"

常昊知道他没睡着，于是掐断通话，将事情简要地叙述了一遍，又问："要不要让人现在就进去找找？"

"你给林妙打电话。"

萧川说得十分简洁，但常昊立刻会意，马上拨通了林妙的电话。

"听说南谨在你那里，萧先生说，请你帮忙照顾好她。"

林妙那边的环境很安静，因为她的声音听起来清晰无比，带着清脆娇媚的笑意，回应道："放心好了，她现在就和我在一起呢。"

这倒是让常昊没想到，他怔了一下才重新确认："南谨和你在一起？"

"是的，她喝醉了。"

林妙收了线，将手机随手扔在桌上，这才转过身居高临下地俯视着躺在大床上的女人。

其实南谨并不是喝醉了。林妙有经验，这一看就不是醉酒的状态，而是被人在酒中掺了迷药。所以此刻，南谨已经陷入了无意识的昏睡中。

林妙觉得可笑，这个女人明明是她潜在的敌人和对手，她却不得不出手去救她。

当KTV的领班跑来向她汇报的时候，其实她根本不想插手去管。毕竟类似这样的事情，并不是第一次发生。在这种混乱的场合里，每天的客人不计其数，怀着鬼胎的人比比皆是，作为女人，除了多加提防几乎别无他法。

她吩咐领班，找个借口将那间包厢的客人尽快清出去，只要不在她的地盘上出事，一切就都与她无关。

领班立刻照做。可是没过几分钟，又迅速回来报告，说是那位被下了药的女客看样子还没有完全迷糊，说什么都不肯跟她的同伴一起离开，正在包厢里挣扎吵闹。领班担心再这样下去，真会闹出事来。

林妙最近心情本就不太好，不免朝领班瞪去一眼："这种事你来跟我说做什么？难道现在要去报警吗？那我们的生意还做不做了？"她不耐烦地挥挥手："出去吧。要是处理不好，你明天也别来上班了。"

领班被她这样一骂，一时倒不敢吭声了，但仍戳在那里没走。

林妙皱起眉："你还不出去？"

领班迟疑了一下，终于还是说："那名女客人好像是个律师。我是担心，万一真的出了什么事，她回头会不会找咱们麻烦？"

也幸亏他这样提醒了，林妙才会亲自前去察看。万万没料到，领班口中的女客人，竟然会是南谨。

她只是想，南谨不能在她的场子里出事。

虽然她并不喜欢这个女人，甚至始终对她怀有敌意，可也不能让南谨在这里发生任何一点意外。倘若南谨在她的眼皮子底下有半点损伤，恐怕萧川都不会饶过她。

所以此时此刻，南谨昏睡在位于 KTV 顶层的私人休息室里。

这间休息室是林妙的，床也是林妙的，甚至因为她的衣服弄脏了，林妙不得不拿出一套自己的睡衣，让她暂时穿着。

林妙从楼下叫来两个女服务生，让她们帮南谨换衣服，而她自己始终环抱着双手，冷冷地站在一旁。

南谨的上衣被脱下来，露出玲珑匀称的身体。林妙根本不想看，下意识地移开视线，就只听见其中一个女服务生低低地惊呼了一声。

"怎么了？"林妙微一皱眉，不由得上前两步察看，却也不禁怔了怔。

南谨就像一个无意识的木偶，紧紧闭着眼睛，被半扶半抱起来，任由两个女服务生摆布。而她原本应是曼妙光洁的背部，却意外地有许多道浅褐色的疤痕纵横交错。

林妙的眉头皱得更紧了些。

这些应该都是多年前的旧伤疤，而直到现在仍旧还在，说明当时伤得可不轻。

"帮她把衣服穿好。"林妙吩咐。

两个年轻女孩的手脚十分麻利，替南谨换上睡衣后，就默默地退了出去。

林妙却依旧站在床边，她伸出一根手指，再度将南谨腰侧的衣摆向上掀开来。

究竟是怎样的经历，才会留下这样令人触目惊心的伤疤？

看这些疤痕，像是烧伤，又像是割裂伤，又或者二者都有，所以才会这样凌乱无序地遍布在南谨的腰背上。

林妙静静地沉思了一会儿，才扔下南谨转身离开。

当休息室的房门被人敲响的时候，是第二天凌晨四点。

林妙很快就从浅眠中清醒过来，脸上兀自露出一个嘲讽的微笑，然后起身开门。

果然不出她所料，敲门的是常昊，而站在常昊身后的，则是那个她最熟悉不过的清俊的身影。

她只听说他们昨天去了别的城市，没想到为了一个南谨，竟然会连夜赶回来，天还没亮便到她这里来要人。

想到这里，林妙不禁笑了，微微歪着头看向那个气息冷峻的男人："怎么这么急？人在我这里，你还不放心吗？"说着侧身让开一条路。

　　萧川没说话，他的目光甚至只在她的身上停留了极短暂的一瞬，便径直从她身前越过，走向屋子中央的大床。

　　药效和酒力都还没过去，南谨仍在沉睡。他低头看了看她，将拎在手上的长风衣搭在她身上，然后亲自弯腰将她打横抱了起来。

　　他的身材高大修长，而她安静地依偎在他的怀里，身上盖着宽大的衣服，仿佛一只受尽呵护和宠爱的小动物，显得尤其单薄纤秀。

　　天花板上的灯光照下来，将二人交叠的影子映在厚重的地毯上。

　　林妙一言不发地望着他，眼睁睁地看着他就这样将南谨带走。

　　她的胸口不可遏止地急促上下起伏着，整个人都处于错愕和震惊中。

　　原来外界传说的那些都是真的。

　　原来他是真的这样爱惜南谨。

　　她以前听到那些传言，尚且觉得受不了，如今被她亲眼见到，更是犹如晴天霹雳。

　　他为了南谨，不惜风尘仆仆连夜赶回来，脸上明明还带着倦色。

　　他抱着南谨，用如此亲昵的姿态，仿佛丝毫不避讳旁人的注视和眼光。

　　他这样将南谨抱出去，恐怕天一亮，整个沂市便都会知道，南谨是他萧川的女人。

　　林妙怔怔地站在门边，竟一句话都说出不来，她无法像刚开门时那样有意调侃玩笑，甚至连一句平常的"再见"都说不出来。

　　常昊跟在萧川身后一起离开了。

　　顶层的走廊很快变得空空荡荡。林妙也不知自己就这样呆立了多久，直到觉得冷，这才意识到有风从走廊尽头的通气窗中灌进来，而她也只披着一条单薄的丝质晨褛，此刻已被冻得瑟瑟发抖。

　　过了中午南谨才醒过来，睁开眼睛的一瞬间，只觉得头疼欲裂。她用手按住额头，一时之间有些分不清东南西北，耳边就听见一个温柔的声音说："南小姐，您醒啦。"

她缓了好一会儿，终于辨认出那是萧川家的用人在说话。

可是，她为什么会在萧川的房子里？

她吃力地撑起身体，想要努力回忆究竟发生了什么，可是记忆里一片空白，最后仅仅停留在和客户一起吃饭的画面上。

"你觉得怎么样？"这时候，门边突然传来另一个熟悉的嗓音。

她下意识地顺着望过去，又揉了揉太阳穴："头疼。"

萧川示意用人先出去，自己则不紧不慢地走到床边。他看着她，幽深的眼神里仿佛带着些许不悦，于是连声音都变得更加冷淡："你经常干这么危险的事吗？"

南谨一时反应不过来，怔怔地反问："你什么意思？"

"和不熟悉的人去 KTV 喝酒，被人在杯子里下了迷药。"

她终于想起来了。

昨晚那杯酒，她原本就是硬着头皮喝下去的，结果喝完没多久便觉得不对劲，头重脚轻的感觉来得实在太快了。

当时眼前的所有东西似乎都在晃，晃得她更加头晕了，而且眼皮沉得仿佛有千钧重，她很想闭上眼睛好好睡一觉。然后……然后似乎有人来拉她，有温热的带着酒气的呼吸喷在她的脸边和脖颈边，令她觉得反胃欲呕。

她哪里也不想去，更加不想跟任何人走。其实当时她的意识还没完全丧失掉，所以才会隐隐觉出危机。

"是你救了我？"话说出口，南谨就觉得自己问了一个愚蠢的问题。

果然，萧川的脸色愈加沉了几分。

他没有回答她。

而事实上，他只是在后怕。

在从江宁赶回来的路上，他一直在想，倘若昨天晚上她选在了别的地方，倘若没有任何人在场为她提供保护和援手，是不是他就要再一次眼睁睁地看着她受到伤害?

她将受伤,而他将再度无能为力。

他这辈子几乎没有害怕过任何事,可是一想到这些,他竟然会觉得后怕。

"我建议你先去洗个澡,然后下楼吃饭。"他不动声色地收敛了情绪,淡淡地说。

"知道了。"南谨难得地顺从他的意见,乖乖地下了床。

因为没什么胃口,她午餐吃得很少。吃完之后问萧川:"能不能麻烦你找人送我回去?"

萧川放下筷子瞥她一眼:"等一下,我还有事和你说。"

"说什么?"她下意识地警惕起来。

"你不用这样。"萧川的神色很淡,再度打量了她一眼,善意地提醒道:"再说,难道你打算穿着睡衣出门?"

她这才反应过来,身上穿着的还是一套陌生的女式睡衣。刚才洗澡的时候她就觉得奇怪,也不知道这究竟是谁的衣服,又是谁替她换上的。而且,这还是意大利一个十分奢华的内衣品牌,想来它的女主人是个非常懂得享受生活的人。

可是她之前在这里住了一段时间,并没有发现任何女性留下的生活痕迹。

"谢谢你借衣服给我。"她只能这么说。

萧川看了她一眼,脸上没什么表情:"这不是我的睡衣,我也没有异装癖。"

"但我看这也不像是新买的。"

"应该是林妙的,"萧川随口猜测,"我今天早上才把你从她那里接过来。"

原来是这样。南谨的眉峰微微动了动,"哦"了一声:"那麻烦你替我谢谢她。"

"那是她的地方,保护你是她的本分。"萧川显然不打算代为转达这一声感谢。

"你把别人的付出都当作理所应当吗？"南谨突然不冷不热地开口问。

"嗯？"萧川扬了扬眉，似乎对她的这句话很感兴趣。

可是她却不想再说下去，只是神色恹恹地拜托他："能不能请人现在出去给我买套便装回来？我总不能真的穿成这样回家。"

"不急。我说了，有话问你。"

直到这个时候，萧川的神情才终于冷肃下来。他微微眯起眼睛，凝视着这个坐在餐桌对面、一脸防备和疏离的女人。

他似乎盯着她看了许久，才沉沉地开口问："你有一个儿子？"

他的语气稀松平淡，听在南谨耳朵里却犹如滚滚惊雷。

她悚然一惊，眼睛不禁睁得大大的，像是一时之间无法理解他的话，半晌后才态度坚决地矢口否认："没有！"

"你有。"他毫不迟疑地纠正她，声音愈加冷了几分，"我想问你的是，你的儿子今年几岁了？"

"这和你有什么关系？！"她像是触电般推开椅子跳起来，连着向后退了好几步，似乎只要离他远一些，某些秘密便能被保守得更久一点。

而萧川也跟着慢慢站起来，一字一句地重复刚才的问题："我问你，他今年几岁？"

"和你无关！"

"南谨，我的耐心是有限度的。希望你不要让我再问第三遍。"

他的语速很慢，但她看得出来，他已经处在某种情绪的边缘。因为他的神情又沉又冷，他的声音也又沉又冷，而他此刻正不紧不慢地朝自己逼近，就像他口中那个问题一样，用一种缓慢却危险的姿态，正朝她毫不留情地逼迫过来，让她惊惧得无法正常呼吸。

她一路向后退，就像是误入对方的阵营，陷在漫天漫地的织网中，还没来得及正面交锋，就不得不丢盔弃甲，节节败退。

　　最后终于再无退路，她的背已经抵到了客厅的墙壁上。而他也终于无限地迫近她，几乎将她完全禁锢在自己伸手可及的范围之内。

　　他停下来，高大修长的影子覆在她的眼前。他微微低下头俯视她，因为距离这样近，她可以清楚地看见那双乌沉深秀的眼睛，以及在那眼底涌动着的冰冷怒意。

　　在这一瞬间，像是有什么东西在南谨的心口轰然坍塌了。

　　仿佛是多年来努力高筑起的堡垒和防线，仿佛是那些可以护住某个天大秘密的保护层，在这一个瞬间，突然全面塌成了碎片。

　　她全身的血液都凉下来，胸口的位置像是被穿了一个大洞，正有汹涌的寒风吹灌进来。

　　已经不需要萧川再开口。

　　不需要他再开口多说任何一个字，她已经清楚地意识到，他知道了。

　　他什么都知道了，他全都知道了。

　　她的身份，她的过去，包括她的孩子。

　　可是她不清楚的是，他是在什么时候发觉这一切的。

　　"你想问什么？"在这一刻，她反倒忽然平静下来，微仰起脸，直直地望向他。

　　她觉得自己就像一个死囚，已经走到了行刑的那个时刻，忽然就不再害怕了。

　　"我想知道，他是不是我的孩子。"

　　她仍旧一动不动地望着他，很久之后才轻声吐出一个字："是。"

　　她的话音刚刚落下，就见萧川乌黑的瞳孔急剧收缩，修长有力的手指下一刻便狠狠掐在她的下巴上。

　　她猝然吃痛，却咬牙忍住，硬是没有发出半点声音。

　　萧川的声音冷得像寒冬的冰水，透着咬牙切齿的狠意："你怎么敢瞒我这么久！"

　　她的下巴被他扣住，几乎说不出话来，琥珀般的眼睛里却是一片清亮明澈。她看着他，眼神中终于渐渐透出一丝讥嘲的笑意。这样的笑意落在萧川的眼中，只仿佛是一把尖锐的匕首，狠狠地戳向他的心脏，让他觉得刺痛难当。

她抬起手，像是用了毕生最大的力气，将他的手重重挥开。

"你到底有什么资格来这样质问我？"她冷笑，连声音都在极轻地颤抖，眼中讥嘲的笑意却越扩越大，"你别忘了，是你想要我的命。如果我当时没有活下来，那么孩子也自然不会活下来。你要的不仅仅是我的命，还有孩子的命！你现在又有什么资格愤怒，有什么资格冲我发火？安安能算是你的儿子吗？他是我辛苦保住生下来的，他是在我家人的照顾下长到这么大的。他到现在也不知道自己有你这个父亲，不知道自己曾经差一点儿就没办法来到这个世界上了！"

她一口气说了这样多的话，停下来之后胸口剧烈地起伏。

萧川的胸膛也在急剧起伏，他的脸色沉冷泛白，薄薄的唇线紧抿出一道冰冷的弧度。

只有他自己才知道，究竟要用多少力气才能克制住自己不去掐死她。也只有他自己才知道，究竟要用多少力气才能克制住自己不去狠狠地吻她。

他压抑了这么久，他甚至已经说服自己，只要她还活着，只要她能开心幸福地活着，哪怕他今后此生永远假装不知道这个真相，那也无所谓。

他看着她过自己想要的新生活，看着她每天奔波忙碌但乐在其中，他甚至看着她和旁人约会，他一直在努力说服自己不去在乎。

只要她还活着。

他爱过的秦淮，他从来没有一刻忘记过的秦淮，他这辈子唯一爱着的秦淮，她还活着。

在这三十多年的人生里，从来没有哪一刻，会像他发现她还活着的时候那样让他高兴。

他曾经以为，那场车祸和猎猎秋风中的大火埋葬掉了秦淮，也一并葬送了属于他的一些东西。

他曾经以为，自从秦淮死后，不会再有任何事情能让他觉得高兴了。

可是想不到，她还活着。

当他发现这一切的时候，巨大的喜悦几乎令他分不清真实和虚幻。

哪怕她依旧警惕而戒备地对待他，哪怕她连一个笑容都吝惜给他，他也觉得无所谓。

他这一路腥风血雨征战杀伐，从小走在一条被权力和欲望充斥着的道路上，见惯了人生百态，原以为人的欲望是无穷无尽的，可是万万没想到，原来他竟也能这样容易就被满足了。

看到这个女人能说能走能笑。

看到这个女人对自己皱眉生气。

看到这个女人鲜活地重新站在自己的面前，哪怕换了一副陌生的面孔。

只要看到这些，他就满足了。

他想让她开心的生活，如果她不愿意，他可以一辈子假装没有认出她。

但是没有料到，他和她之间竟然还有一个儿子。

她瞒着他，生了一个儿子。她瞒着他，独自带儿子生活了五年之久。

当摸到安安柔软的发顶的那一刻，他觉得自己浑身的血液都在急速涌动。那是一种神奇而又陌生的感受，因为他从来没有想过，自己会有孩子。

那是他的血缘，也是她的。是他此生最爱的女人替他延续的血缘。

而她竟然瞒着他。

如果不是这一次安安出了车祸，被他知晓她连夜赶回了江宁，她是不是打算瞒住他一辈子？

想到这里，他突然发了狠。他后悔了，他以为已经成功地说服了自己，实际上却并没有。他受不了她跟别的男人约会，也受不了她带着孩子和另一个男人组成温馨的三口甚至四口之家。

他的情绪似乎渐渐平静下来，语调却愈加冰冷，他不紧不慢地开口说："我要儿子。"

"……你说什么？"南谨仿佛难以置信地瞪大眼睛。

"安安是我的儿子，我要他和我一起生活。"

"这不可能！"她近乎疯狂凄厉地打断他，"安安也是我的儿子，你想都别想！"

"那你就带着他一起搬过来。"他似乎认为这是个好主意，沉峻的面孔上终于露出一丝轻忽的笑意，"要么我带走安安，要么你和他一起来。两者任选一个，你自己挑吧。"

她冷冷地看他："萧川，你别做梦了！我不会把安安给你。"

"这可由不得你。"

"你卑鄙无耻！"

她气得浑身都在颤抖，而他却根本不为所动，反倒退开一点点，突然伸手拂开她散乱在额前的发丝。

虽然换了一副面孔，但她此时的神态与目光，几乎与多年前他们决裂时一模一样。

他突然发觉，自己竟是这样的想念她。

可南谨却是气极了，见他竟然还敢碰自己，不禁抬手去挥。结果她哪里是他的对手，几乎轻而易举地便被制住了手腕。

他牢牢扣住她，就这样居高临下地俯视着她。渐渐地，幽深的眼眸中涌动起某种熟悉的情愫。

她心中一惊，还来不及闪避，就被他擒住下巴。在她惊诧而又愤怒的注视下，他突然低下头又重又深地吻住了她。

他吻着她柔软的嘴唇，感受到无比熟悉的触感和香甜气息。

一瞬间，旧日的记忆仿佛又都重新回来了。

这是秦淮。

是鲜活的、实实在在的秦淮。

仿佛是要用这个久违的深吻证明她的真实存在，他用了最凶狠却又最温柔的方式。他肆无忌惮近乎贪婪地吻她，霸道地吮吸着她香甜美好的气息，而他的唇齿在她的唇瓣厮磨，像是用尽了此生的耐心和柔情。

直到最后，他似乎在她的唇边尝到了一丝咸涩的苦味，他才终于停下来，松开她。

南谨被他扣在怀中，紧紧闭着眼睛，浓密纤长的眼睫低垂着盖下来，犹如风中蝴蝶的羽翼，兀自极轻地颤抖着。

她在流泪，悄无声息地流着眼泪。泪水顺着脸颊滑下来，垂落在唇边，所以才会让他觉得那样苦、那样涩。

而她就这样无声无息地哭了很久，不说也不动，眼泪却像是永远也淌不完，不断地从紧闭的双眼中沁出来。

到最后，他不得不伸手去抹，可是他越抹她的泪水就越多。他皱了皱眉，终于彻底放开她。

就在他松手的一瞬间，她却像是一只终于冲破牢笼的雀鸟，以飞快的速度挣扎着从他的身边逃离开来。她跑得很快，冲到门边一把拉开大门冲了出去。

已经是深秋季节，而她连外套都没穿，身上还是那套又轻又薄的丝质睡衣。跑在宽阔寂静的行车道上，竟然也不觉得冷。

她身上什么都没带，没有卡，没有钱，也没有家里的钥匙。她满脸都是泪水，嘴唇又红又肿，又是这样一套装束，到了稍微繁华的街道，引来行人的频频驻足。

最后她找到一家便利店，问店里的收银员借手机。那个收银员也是年轻女孩子，见到南谨这副样子，差点儿就要热心地替她报警。

南谨拿着手机，在脑海中努力搜寻着每个亲人、朋友的姓名和电话。拨出去的时候，她才发现自己很冷，手指都在颤抖。

　　杨子健来得很快。她的模样狼狈极了，但他什么都没问，只是将外套披在她身上，然后将她带进车里。

　　车上吹着暖气，南谨的身体终于渐渐回温了。杨子健把她带到自己的公寓，指着浴室给她看，柔声说："先去洗个澡吧，不然会感冒的。"

　　可是南谨不愿意，她不想在一个年轻的男性朋友家里洗澡。这一路上她甚至都在怀疑，自己向杨子健求助是不是个错误的决定。

　　可是除了杨子健，她不知道还能找谁。或许可以找南喻，但她不想让她担心。这些年，她已经给家人带来了太多的苦恼。

　　"谢谢你，又一次帮了我。"她在沙发上坐下来。

　　杨子健倒了杯热水递给她，笑说："客气了。"他拉过一把餐椅，摆在她对面："那么，现在方便告诉我到底出了什么事吗？"

　　南谨低垂着眼睫，静默了许久，并没有立刻回答他的问题，只是低声说："对不起，我想我今天可以给你答复了。"

　　杨子健显然愣了一下："你刚才在说对不起。所以，你的意思是，你不愿意接受我？"

　　"……是的。"她像是鼓起极大的勇气，才能说出这个答案。

　　眼前的这个男人太好了，总是无微不至地照顾她的感受，总能在她最需要的时候第一时间出来帮助她。如果这一生没有过去的那段波澜经历，如果这一辈子只是单纯从这一刻才开始，那么她一定会想要和他在一起。

　　"嫁给你的女人，一定会过得很幸福。"她由衷地说。

　　"可你为什么不想要这份幸福？"杨子健微微苦笑。

　　她摇摇头，目光落在地板上，仿佛盯着某个虚空的点出了神，好半天才重新开口说话："我刚才和他在一起。"

　　"他是谁？"

　　"安安的父亲。"

　　杨子健沉默下来，仔细看着她的表情，问："你爱他？"

"是的，我爱他。"她仿佛仍在出神，脸上露出一种近乎凄美而又绝望的表情，"我很爱他，可是我却不能再爱他了。"

她从来都不知道，原来爱一个人也是会耗费心神精力的。而她爱上萧川，耗费的就是自己这一生所有的心神和精力。

她用了漫长的时间去爱他，也用了漫长的时间去恨他。她将人生最美好的年华，将自己几乎所有的感情，全都花在了同一个男人身上。

仿佛忽然心力交瘁，哪怕这个男人仍旧牢牢地占据着她的心神，她却没办法再继续下去了。

她在萧川面前无休无止地流泪，是因为她发现自己原来是这样的软弱。当他狠狠吻她的时候，她竟然软弱得有想回应他的冲动。

天知道她用了多少的力气，才能阻止自己去回应那个吻和拥抱。

那是她曾经等待已久的东西，也是她曾经以为自己可以彻底舍弃的东西。可是直到那一刻她才发现，舍不掉，忘不了，而她面对自己软弱真实的内心，除了流泪，再也做不了别的了。

"……我曾经差一点儿死掉，后来又活过来。我以为那是一次新生，是老天爷给我的又一次机会，让我可以从头来过。其实并不是这样的。我还是那个我，一辈子仍是那么长，而我这辈子，恐怕再也没办法爱上别人了。"

"或许这个想法太偏激了。你应该试着给自己一点时间和空间，看看到底能不能做到所谓的重生。"杨子健还在做着最后的努力，他笑了笑说，"我这个人和你不同，从小到大只要有机遇，我都会果断地牢牢抓住。不管结果好坏，至少都要先试试。"

"你是个有勇气的人。"南谨勉强笑了一下。

"勇气并不是天生的，而是要靠自己去积攒。我不但是个有勇气的人，我还是个有影响力的人，如果你和我生活在一起，兴许也会被我感染到乐观向上的力量，也会变得更加勇敢。"他站起来，在她面前微微倾身，双手轻轻搭在她的肩膀上，"南谨，我还没有放弃。我说过会等你，直到我回美国的那一天。所以，你还有时间可以反悔。"

南谨在客卧里迷迷糊糊地睡了两个小时，仿佛是真的精疲力竭了，醒来的时候仍觉得身体发沉，连动动手指的力气都没有。

她稍微收拾了一下自己才打开房门，就看见杨子健盘腿坐在地板上，面前的茶几上堆放着一沓工作资料。

见她终于醒了，杨子健放下笔笑道："饿不饿？我刚才叫了下午茶外卖。"

还真是有点饿了。外卖送来的菠萝油竟然还是热的，外皮香酥，一口咬下去，浓浓的奶香和黄油香瞬间浸满齿间。

甜食总能让人恢复一点好心情。南谨吃完一个菠萝油，又喝了两小杯杨子健自己煮的红茶，终于有力气微笑："我饱了。"

"那么接下来呢？你是想在这里看书看电影，还是想回家？"

"回家。"

她想到安安，有些事情必须尽早处理。

因为不敢跟母亲说实话，南谨只能在电话里叮嘱母亲多照顾安安。

南母觉得奇怪："你这话说的，好像我平时都没照顾他似的。"

"不是这个意思。"南谨解释，"医生不是交代他不能乱动吗？我是担心他不听话，到时影响到骨头的复原。"

"这你倒不用操心。医生说了，小家伙恢复得很不错，大概再过两周就能拆石膏。到时候是你过来接，还是我自己带着他买机票去你那边？"

"再说吧。"南谨只觉得头疼。

"什么再说？你该不会又反悔了吧。我告诉你啊，你走了之后，安安可是天天嚷着想妈妈。他现在之所以这么乖，全是因为你亲口答应过他，等他腿好了就接他过去住。"

"我知道。"南谨说，"我没反悔。这不是还没拆石膏吗？我是说等他能出院了再安排行程也不迟。"

"行吧，你自己看着办。"

电话挂断之前，南谨迟疑了一下，到底还是不放心："妈，你平时多在医院看着他一点啊。"

"知道啦，你什么时候变得这么啰唆。"南母又嗔怪了两句，这才挂掉电话。

萧川说想要安安。她不知道他说的是真心话还是气话，但她不想冒险，她不能就这样失去孩子。

Love as

Time

浮生
寄流年

Chapter _ 18

她果真没有觉得太痛苦，倒更像是解脱。

这么多年，那些排山倒海般的疲惫，似乎

终于随着风声一起飘然远散了。

隔天回到律所，南谨将那晚被下药的经过说了。姜涛气得直拍桌子，末了告诉她："你忙别的案子去。这件事让我来处理，我一定不会放过那几个败类人渣。"

南谨对此倒没什么异议。姜涛办事向来稳妥，况且她最近也确实没有多余的心思去和那种人纠缠。

她了解萧川，这个男人一旦认真想要什么，便总能不择手段地达到目的。所以她开始变得提心吊胆，每天好几通电话打回老家。可是老家那边并没出任何状况，母亲和安安依旧生活得十分平静。她又不得不努力说服自己，不要过度担心，或许那天萧川只是气极了，才会说出那些话。

两周的时间很快就过去了。安安果然如医生所说，恢复得很好，甚至提早一天拆掉了石膏。

孩子一旦能下地走动了，便吵着闹着要去找妈妈。南母拗不过他，只好打电话跟南谨商量。

"我晚上再回给你吧，这会儿有事要忙。"南谨匆匆挂断电话，走到路边拦车。

沂市已经连着下了一个礼拜的大雨，潮湿的天气让出行变得十分困难。明明不是交通高峰期，道路上的车辆却从一个路口堵到了下一个路口。红色的车灯此起彼伏地闪烁着，仿佛汇成一片光的海洋。

律所今天没有空闲的车子，南谨要赶去法院取一份重要材料，她站在路边足足等了十几分钟，也没能拦到计程车。

最近的地铁口在下一个街区，走过去大约也需要七八分钟。南谨看了一眼旁边撑伞排队等车的人，索性转身去乘地铁。

结果她刚走出几步，就见路旁一辆黑色跑车对着她忽闪了两下车灯。

她认得那辆车和车牌，是属于林妙的。

果然，等她走到近前，深色车窗徐徐降下一半，明媚娇俏的脸庞从窗后露出来，朝她微微一笑："去哪儿？我送你。"

南谨看了看手表，时间快要来不及了。她拉开副驾驶座的车门坐进去："谢谢，幸好遇到你。"

"是啊，这样的下雨天，出门真是讨厌。"林妙边说边将车汇入主车道。

前方路口红灯漫长，所有的车辆被堵成几排，以极缓慢的速度走走停停。林妙难得开得如此有耐心，被旁边一辆变道加塞的车挤到前面，她也没什么异议。

南谨再度看了一眼手表。

"你赶时间？"林妙注意到她的动作。

"嗯，不过恐怕是来不及了。"南谨从包里拿出手机，给法院负责材料对接的办事人员打了个电话，说明自己会迟一点到。

等她挂掉电话，林妙才突然问："南律师是哪里人？"

南谨一怔："江宁。"

"江宁……"林妙慢慢重复着这两个字，像是想起了什么，倏忽一笑，"那你来沂市多久了？"

"很多年了。"

"有没有五年？还是七年？"林妙的目光落在车前方，唇角的笑意未减，仿佛随口闲聊。

南谨心中却不禁"咯噔"了一下，只因为这两个时间点都太过敏感，她不明白林妙为什么会突然对这种事感兴趣。

十字路口的左转信号灯终于由红转绿，南谨提醒道："可以走了。"

结果没想到林妙却没有动，任由背后无数车主将喇叭按得震天响。

南谨不禁侧过头看她，皱眉问："怎么了？"

车里放着舒缓的音乐，一个沙哑诱惑的女声正自低低吟唱。这车的音响效果极好，车外的喧嚣声都不能将歌声盖住。林妙修长的手指搁在方向盘上，随着节奏轻轻敲击打着拍子。

几秒钟后，她突然挂挡启动，流线型的车身犹如一颗黑色子弹，以极快的速度冲了出去。在信号灯变黄的一刹那，车子越过停车线，却没有按照预期路线向左拐，而是穿过空无一人的斑马区，直直朝前驶去。

"我们是在左转道。"南谨吓了一跳，幸好刚才横向通行的人行信号灯还没有亮起。

"我知道。"林妙扫了她一眼，"我的眼神好着呢，不需要你提醒。"

"可你现在开错路了。"南谨再度皱起眉。

林妙面无表情："这我也知道。"

这条路或许从一开始就是错的。

从她跟着萧川起，从她爱上萧川起，从她鬼迷心窍瞒着萧川想要杀了秦淮起，或许就全都错了。

可是她从来不后悔。

这是一条错的路，但她一意孤行，走得甘之如饴。

唯一的一次内疚是在秦淮死后，她看着萧川像是变了个人，原本无所不能的男人，原本那样强大的男人，仿佛突然之间颓败下去。她知道他会受伤，会流血，但从没见过他生病。

而他病得那样严重，连续好几个月都在卧床。她几乎每天都去探望，却仍旧得不到半分回应。

那是她头一回觉得内疚，内疚的感觉甚至超过了失落和伤心。

只是因为那个男人在她的生命里，远比她自己更加重要。

她以为他终究会好起来的。时间能治愈一切，当然也能治愈失去秦淮的痛楚。

而萧川后来是真的好了，却变得更加淡漠冷峻，更加深沉难测。

没人敢在他面前再提起秦淮，因为任谁都知道，秦淮就像他心头的一根刺，不能提，不能碰，就那样深深地扎在心口，连拔都拔不出来。

她一路跟随着他，遥望着这个杀伐决断、冷酷无情的身影。她曾以为像他这样的人，是绝对不会真正爱上任何一个女人的。

因为每个世界都有每个世界的规矩，而在他们的这个世界里，爱是最累赘的东西，是最应该被舍弃的情感。

它只会成为一个人的软肋和弱点。就像她一样，她背负着对萧川的情，所以没办法无坚不摧。

可是她从没想过，萧川竟也会让一个女人成为自己的软肋。

黑色跑车一路向前驶去，因为闯了一个黄灯，又违规变道，反倒错过了拥堵的节点，一路顺畅无阻。

林妙的脸上渐渐浮现出一种淡漠决绝的神情，令南谨忍不住心头狂跳。

"停车！"南谨提高声音，"我要下车！"

"我会让你下车，但不是现在。"林妙的情绪显然平静多了，她侧头看了看她，忽然问："我是该叫南谨，还是该叫你秦淮呢？"

见到南谨似乎怔了怔，林妙却笑了："你现在的这张脸，比以前还要好看。"

南谨紧抿着唇角，不作声。

"只是我觉得很奇怪。明明你和以前长得完全不一样了，明明就是两个人了，为什么萧川还是会再一次喜欢上你？"林妙边说边在路口转了方向，车子朝着西郊开去。

"你到底想要干什么？"南谨紧握着手机，心中忽然腾起一种不好的预感。

这条路越往前开，车辆和人烟就变得越稀少。这么多年来，南谨也只曾到过这里一次而已。

就是那一次，她费尽千辛万苦，终于从禁闭的房间里逃出来，驾着车匆匆离开。

她平时很少开车，车技本就不算熟练，可她那天只想逃离，远远地逃离，所以不顾一切地横冲直撞，最后才开到这里。

她不太认路，看到路牌才知道是通往西郊。但她知道沂市的西山就在这个方向，身后有车正在穷追不舍，于是她什么都顾不上，只能硬着头皮往山上开。

哪怕这么多年过去了，在南谨看来，这条路上仍旧充斥着绝望和死亡的气息。林妙将车开到这里，令她莫名地产生一种巨大的恐惧。

而这种恐惧似乎也被林妙捕捉到了，娇媚的脸上笑意更盛："觉得熟悉吗？当年的你，就是在前面的山坳里出事的吧。"

南谨仍不作声，脸色不由得变白了几分。

她当然记得，当年她的车在弯道上打滑失控，直直撞上山路边的围栏，然后翻滚着坠入山坳之中。

猛烈的撞击令她几乎在瞬间就失去了意识。等到她终于稍稍清醒过来，封闭变形的车厢已经充斥着浓烈刺鼻的汽油味。

想到那团仿佛要吞噬一切的灼热烈焰，南谨连呼吸都变得急促不匀了。这五年多的平静生活，令她刻意去遗忘一些可怕的记忆，也只有在偶尔梦魇的时候，才会重新回到那个恐怖的现场。

"……林妙，我请你停车。"她的声音变得低弱下来，却仍在做着最后的努力和挣扎。

"真是没想到，当年那场车祸和大火竟然都没能要了你的命。"林妙无视了她的要求，只是拿眼角的余光打量她，"我从来都不知道，现代医学手段已经这么高端了，能让一个人改头换面重新生活，甚至……看起来比以前过得更好。"

她停了停，才又冷笑道："要不是因为看见你背上的那些疤痕，我立刻找了人去调查，恐怕我这辈子都不会料到秦淮没有死。所以，你的真实姓名到底是秦淮还是南谨？哪一个才是你的真实身份？"

"这和你有什么关系？"南谨闭了闭眼睛，气若游丝地反问。

林妙的语气突然变得尖厉："当然有关系！谁叫你是萧川爱上的女人！以前他爱你，之后你换了副面孔，他还是爱你，你觉得这和我有没有关系？"

"你爱他。"

"对，我爱他，我从十几岁开始就爱他。那个时候还没有你。所以你凭什么？凭什么一次又一次地出现，就能一次又一次地夺走本该属于我的希望？"

"如果真是属于你的，谁又能抢得走？"南谨的声音越来越低，只因为自己当年差点儿送命的地方近在咫尺了。

浓重的阴影仿如压境乌云，沉沉覆在心头，令她快要喘不过气来。

她面色苍白，紧闭双眼，干脆任由林妙载着自己一路向前。最后车轮在潮湿的地面上擦出一道尖锐的刹车声音，她听见林妙解开安全带，冷冷地命令："下车。"

蜿蜒狭窄的山道，车子打着双闪停靠在路边。细碎的雨丝垂落下来，很快就模糊了车窗玻璃。

南谨仍牢牢握着手机，一言不发地跟林妙下了车。

原来真的是当年她出事的地方。围栏早已经修好了，看不出任何损坏的痕迹，但她却一辈子也不会忘记这里。这简直就是一场最可怕的梦魇，围栏下面是倾斜的山坳，散落遍布着嶙峋怪石，她只向下望了一眼，四肢的力量便像是突然被掏空了。

林妙穿得很单薄，真丝上衣被猎猎风雨吹拂着紧贴在身上。风雨也吹乱濡湿了她的及腰鬈发，让她整个人看起来有一种凌乱脆弱的美。

她是真的很美，举手投足尽是诱人的媚态，哪怕是此时此刻已经陷入近乎狠厉疯狂的状态，她仍是美的。

可是萧川看不上。

他从来都没有认真地将她看在眼里，他只当她是妹妹，是手下，是最得力的伙伴。

"秦淮，我们从哪里开始，就在哪里结束吧。"林妙用手拢了拢长发，极轻地笑起来，"当年没能让你彻底消失，我不介意再亲自动一次手。"

南谨迎着寒风，细雨尽数飘打在脸上，她在迷蒙的雨雾中微微睁大眼睛："你说什么？"

"是啊，正如你猜想的一样。真正想要你死的人不是萧川，而是我啊。"

不是萧川。

想要她的命的人，不是他。

……

身体里的血液全都在这个瞬间轰地一下涌上来，南谨仿佛不能思考，只是怔怔地站在风雨里，听林妙一字一句地说着："他根本不舍得。哪怕你做过那样的事，哪怕你从来都没有真心待他，他到最后却还是不舍得。但是我不同，你对于我来说，只不过是个可有可无的人而已。甚至，我常常在想，如果这个世界上没有你的存在，他是不是就能看到我了？"

"所以，是你让人……"南谨用了很久才终于找回自己的声音，却仍旧觉得难以置信。

"是的，是我。只是唯一令我没想到的是，你的死竟然会带来那么大的影响。这么多年，他始终以为是自己当时主意改得太迟了，才没来得及救下你。"

……

原来竟然不是他。

风扬起她的长发，纷乱地在眼前拂过，她却恍若未觉，紧握着手机的手指兀自极轻地颤抖。

"看样子你很震惊。"林妙的唇角微微扬起，似笑非笑地睨她，"不过再震惊又有什么用呢？这一次我亲自动手，会做得干净利落。他对秦淮的感情那么深，这么多年都忘不掉，可是他对你南谨却不一定。你们认识才多久？你消失了，对他来说充其量就是没了个喜欢的女人而已。"

山坳中的林木被风雨吹打得沙沙作响，淡薄的雾气弥漫缠绕在半空。

就在林妙的话音刚刚落下的时候，南谨却突然转过身，迅速向后跑去。

她不能死在这里。

她不能再一次把性命断送在这个地方。

她还有许多的事情没有做，她还有很多人想见。她有母亲，有南喻，有安安，还有……那个人。

那个她爱了那么久，也恨了那么久的人。

她迎着猎猎风声拼命向山下跑去。路面湿滑，她穿着高跟鞋，有好几次都差点儿摔倒。

很快，身后就有脚步声迅速地逼近。

对方今天显然是有备而来，穿着平底鞋，很快就追上了她。林妙伸手抓住她腰间的衣摆，另一只手干脆利落地箍向她的脖颈。

南谨差一点就忘了，林妙也有一副极好的身手。萧川曾经带着她去过一次跆拳道馆，她发现林妙也是那里的常客，而且身手不输男人。

她哪里会是林妙的对手，无论她如何奋力抵抗挣扎，最终还是被林妙牢牢制住。

林妙从背后紧紧扣住她的脖子和胸口，手中不知何时多了一把寒光闪闪的军刀，正好抵在她胸前。

"林妙……"她的气管被卡住，刚说完简单的两个字就忍不住呛咳起来。

"你该不会是想求我放过你吧？"冷俏的女声在耳畔响起，带着明显的讥嘲。

她努力掰着林妙的手臂，给自己腾出一点呼吸的空间，费尽力气才能说出一句完整的话："如果你杀了我……萧川不会放过你。"

"你凭什么这么自信？"林妙冷笑两声，仿佛听到一个天大的笑话，"在他的眼里，你只不过是南谨而已。"

"……不是的。他……"

她的话没说完，前方山道的拐弯处就传来一阵连续低鸣的引擎声，似乎是有好几辆车，正同时极速地朝山上开过来。

林妙显然也被这道声音打扰了心神，抵在南谨胸前的手腕和刀都不自觉地松了松。下一刻，就只见三部车子绕过了弯道，直冲到她们面前才急刹车停了下来。

两部黑色豪华轿车，一部改装路虎。

几扇车门几乎在同一时间打开。林妙的目光滞了滞，最终牢牢凝固在最前面的那个修长沉峻的身影上。

"你怎么会来？"她竟然还能笑出来，扣住南谨的手臂却同时愈加收紧。

萧川的目光在她脸上停留了几秒钟，然后便不动声色地转移到另一个女人身上。

南谨的头发已经彻底被雨水打湿了，纷乱纠结地垂在肩后。她的身上也是湿的，水珠顺着低垂的手腕，蜿蜒流向紧握在掌心里的手机。

见到他来了，南谨像是忽然泄了一口真气，手指痉挛般颤抖了一下，然后脱力地松开。手机顺势掉落在山道上，屏幕碎开几条裂纹，但上面的通话却仍没断开。

林妙这才反应过来，眸色不由得一凛，咬着牙将刀刃往里推了几分。

"林妙！"大声呼喝她名字的人是余思承，他的身体下意识地动了动，却克制着没有真的上前，只是面容冷肃地喝止她，"你别做傻事！"

"什么叫傻事？"林妙将眼神投向他，凄惶中依旧带着冷傲，"我反倒觉得，这是我做过的最正确的事。"

雨势渐沉，杂乱无章地从空中落下来，被风吹拂着变成一块倾斜的透明水幕。

萧川隔着飘摇的水汽，终于沉声开口："你不要伤害她。"

"为什么？"林妙皱了皱眉，"如果我伤害了她，你真的不会放过我吗？"

"是。"

他用了一个最简洁的答案，却仿佛给了她最沉重的打击。

她的声音也随着风雨声而变得凌乱破碎："为什么？这个女人对你来说，会有这么重要？"

萧川没有再回答她，只是迈开长腿走上前。

"不要过来！"林妙机敏地拖着南谨向后退了两步，向旁边的深坳瞥去一眼，"谁要是敢上前，我就把她从这里扔下去。"

"林妙，"萧川的眸色终于沉下来，"以前的事我可以不再计较，但希望你不要再伤害她一次。"

"……再伤害她一次？"林妙喃喃地重复着这句话，仿佛是突然明白了什么，不禁吃惊地睁大眼睛，"你早就知道她就是秦淮了？"

"是的。"

萧川平静的话音落下，却让包括余思承在内的所有人都大吃一惊。

余思承和沈郁面面相觑，程峰和常昊站在一起，也微微皱起眉头。

南谨就是秦淮。

秦淮竟然没有死。

一切终于能够解释得通了。

为什么从一开始她就对他们所有人都怀抱着戒备和敌意。

为什么在她的身上竟会出现与秦淮那样相似的气质和神态。

还有她的那双眼睛，与秦淮一模一样。

原来她就是秦淮。

秋风瑟瑟，雨水在眼前缀成一道细密的帘幕。

林妙身姿窈窕地立在那里，全身上下都湿透了，衣服紧贴在身上，明明还是那样玲珑明艳，可她脸上的神情却无比灰败颓然。恍如一朵艳盛到极致，而后迅速凋败的玫瑰。

她睁着迷蒙的双眼，像是望着萧川，又像是越过他，看着某个不知名的地方，唇边渐渐漾起一抹凄楚的笑意："你知道吗？我从没觉得自己做错了。哪怕是在此时此刻，我仍旧不后悔这个选择。不论她是南谨还是秦淮，她始终都是我痛恨讨厌的人。我跟在你身边这么久了，难道你真的从来都不了解我吗？人人都说你狠，说你决绝，但似乎我比你更狠更决绝。我爱了你这么多年，可是到了今天这地步，我知道一切都不可能再继续了。"她停了停，脸上全是水，也分不清是雨水还是泪水，"如果我现在放了她，或许你也会饶我一命。可是，那又有什么意义呢？如果无法继续爱你，对我来讲，又有什么意义呢？"

她说话的时候，身体像是无意识般地一直在慢慢后退。南谨始终被她牢牢控制住，也只能被迫跟着她一起退。

自从萧川来了之后，南谨便再也没开口说过一句话。

她只是隔着重重水雾看着他。

自从他及时出现，这仿佛就变成了一场他与林妙之间的对决，而自己明明夹在中间，却像个局外人。

有那么一刹那，她的神思似乎都穿破身体飞到了半空中，只是无比平静地看着下面发生的这一切。

其实林妙手中的军刀刀刃已经刺破了她胸前的一层肌肤，鲜血正轻微地渗出来。可是雨势越来越大，雨水很快就将血渍冲刷得一干二净。恐怕不会有人察觉她受了伤，而她自己竟然也不觉得痛。

她不知道这一刻自己究竟在想些什么。

她不想逃跑，或许是知道根本无法安全挣脱，所以不想再做无谓的反抗。

她也不害怕受伤，因为这跟她曾经经历过的那些比起来，算不上什么。

甚至她似乎连死亡都不害怕了。

如果下一秒她就要死掉，大概她并不会觉得痛苦。因为那些横亘在她和萧川之间的东西，那些这么多年缠绕着她的梦魇，每一样其实都比死亡更加痛苦。

站在冰冷的风雨里，南谨只觉得疲惫万分，仿佛自己的心神和身体正在慢慢地互相脱离，所以就连林妙凄楚哀戚的声音她都渐渐忽略掉了。

她没听清林妙最后说了句什么，便只觉得胸口突然微微一凉。

林妙终于还是将刀刃刺进了她的身体里。

那里仿佛穿了一个深深的空洞，南谨在向下坠倒的瞬间，只觉得有极寒极冷的风，正从这个空洞中呼啸而过。

她果真没有觉得太痛苦，倒更像是解脱。这么多年，那些排山倒海般的疲惫，似乎终于随着风声一起飘然远散了。

这是一场漫长的抢救，正如同南谨陷在昏迷中，做了一场漫长的梦。

伤口离心脏只差两厘米，大量失血。全市最顶尖的外科医生和护士全力救治了十多个小时，调动了周边几家医院的血库，才终于将她从死亡的边缘拉回来。

最后她被转移到监护病房，暂时没能醒来。

高大挺拔的人影倒映在病房外的玻璃墙上。听见身后传来急促的脚步声，那身影却站着一动不动。

"我姐姐怎么样了？"南喻焦急的声音出现在身后。

萧川没有回头，目光仍落在病床上，过了一会儿才开口说："还没苏醒。"

他的声音里仿佛没什么情绪，南喻站在他身旁，转头看了看，却从那副眉眼间看见了一抹深深的倦色。

十几个小时的抢救，恐怕他在这期间都没有合过眼。

她知道他也在担心，否则不会像尊雕塑一般，站在这里一动不动。

也不知他就这样站了多久了，南喻抿了抿唇，劝道："要不你先去休息一下吧，我在这里看着。"

"不用。"萧川这才转过头来看了她一眼。他的记忆极好，一眼就将她认了出来，淡声说："我在淮园见过你一次。"

南喻点点头："是的，那天我和叶非在一起。"

"没想到你是她的妹妹。"

那天他见到南喻，只觉得莫名熟悉。这对姐妹的气质和神韵其实真的挺相像。

"医生怎么说？"南喻将担忧的目光转到玻璃后，南谨就在那里安静地躺着，全身上下插满了管线，床头数台监测仪器上的数字正闪烁跳动。

"接下来的二十四小时是危险期。"

萧川没有再说下去。他无法去想象，如果她醒不过来，该怎么办。

"我不敢告诉家里人。我妈妈和安安到现在还不知道这件事。"南喻伸手扶在玻璃上，声音在轻微地颤抖。

萧川没作声，一动不动地看着病床上的人，只是在南喻提到安安的时候，他的眼神才稍稍波动了一下。

南喻又喃喃地问："……她会醒吗？"

"会的。"他的声音听起来平静淡定，仿佛有着不容置疑的力量。

Love as

Time

浮生
寄流年

Chapter _ 19

吾爱。

南谨果然醒了，在第二天傍晚。

医生、护士立刻鱼贯而入，给她做着各种各样的详细检查。而她其实还没有彻底恢复意识，眼睛虽然睁开了，但看到的也总是白茫茫的一片光。

她很快就又筋疲力尽地重新睡过去，但是医生摘下口罩，长舒一口气宣布："目前算是脱离危险了。"

"谢谢。"萧川站在病床边说。

"这是我们应该做的。"医生诚惶诚恐地领着护士们悄声退出去。

稀薄的日光覆在窗沿，仿佛一层褪色的金片。太阳即将落山了。

病房里没有开灯，南谨安静地平躺在床上，脸色仍旧苍白得近乎透明。

只不过是一两天的时间，她似乎就消瘦了许多，穿着宽大的病号服，被浅粉色的被子盖着，整个人单薄脆弱得仿佛一碰就会消失掉。

萧川站在床边，垂下眼眸静静地看了她一会儿，才终于弯下腰握住她的手。

因为打着点滴，她的手冷得像是没有丝毫温度。纤细的手指安静地搭在他的掌心里，指尖细巧莹润，一动不动。

日光斜沉，他安静地坐在床边看着她。

他差一点儿就又失去了她。

没有人会知道他这两天是怎么过来的。

原来以为这世上早已经没有任何东西会让他感到害怕了，可是就在林妙将刀刃刺向她身体的那一刻，前所未有的恐慌将他完全笼罩了。

下山的路上他始终抱着她，她在不停地失血，身体冷得像块冰。他的身体其实也是冷的，他在害怕，他害怕她会就此消失掉，怕她再一次从他的生命中消失掉。

他从来不信天意，不信鬼神，但这一次他竟会觉得，这是上天给他的最后一次机会。五年前，他没能救下她；五年后，这将是他的最后一次机会了。

这样多的想念，这样多的愧疚，这样多的怜惜和爱，他希望此生还会有漫长的时间去延续，去弥补。

而她如今终于醒了。

他也像是跟着终于活过来。

他这才有心思回想起在山上惊心动魄的那一刻。那个时候，他关注着她，可她却好像对周遭的一切都恍若未觉。明明正被挟持着，她却似乎根本不在乎。

在刀刃刺进身体的时候，她的脸上甚至带着某种轻松的、解脱般的表情。

她是真的觉得解脱了吗？

萧川握着她的手，手指不自觉地微微收紧。

因为差一点儿伤到心脏，之后又失血过多，南谨这次几乎元气大伤，醒来后又在ICU里住了十几天，才终于转到普通病房。

她这次受伤的事被隐瞒得很好，就连律所的同事也不知道具体情况。

她私下问南喻，南喻说："我替你去所里请了病假。姜律师他们问起来，我只说是需要做个手术，他们大概以为涉及女性隐私，所以没有详细打听。"

　　没有亲戚朋友前来探望，倒正好省了解释的麻烦。南谨在医院里安心养伤，南喻几乎每天都来看她一次。她已经好了很多，偶尔还能下床走动，于是告诉南喻："不用经常跑来跑去了，有空的时候过来陪我说说话就行了。"

　　南喻一边削苹果一边点头："那倒是。你这里什么都有，还有专业护工二十四小时照顾你，确实不怎么需要我。"

　　"说什么呢。你可别把我的好心当成驴肝肺啊。"南谨气得笑起来。

　　南喻却笑嘻嘻地继续说："而且，你要是闷了，也不一定非要我陪着说话才行。萧川不是每天都会来看你吗？我看有他就够了。"

　　南谨却微微沉下脸："越说越不像话了。"

　　萧川确实每天都会过来。起初她精力体力都不济，只能躺在床上让人伺候，他便会亲自喂东西给她吃。

　　她若不肯张嘴，他就将碗和调羹举放在她眼皮底下，两人沉默地拉锯着，直到她服软吃饭为止。

　　到后来，她也渐渐懒得抗拒了。他喂什么，她就吃什么。他说要陪她出去散步晒太阳，她就任由他将自己抱上轮椅，推着在楼下花园里闲逛。

　　护工私底下无比羡慕地说："萧太太，萧先生对你真是细心体贴。你真是好福气哟！"

　　她在外人面前不想多做反驳和解释，干脆笑笑应付了事。

　　最近这段时间她总是这样，看起来既顺从又乖巧，不想说话的时候便只是微笑。

　　可是她的话却越来越少，仿佛陷在一种恹恹的状态中，更多的时间都在沉默。她沉默地看着萧川照顾自己，对于他所说所做的一切，她似乎都是默许的。

　　晚上吃了药，又看了一会儿书，南谨在十点之前就关灯睡觉了。她这段时间的生活变得极其有规律，萧川又准备了许多补品，让用人每天炖了送过来。

她这次虽然受了这么重的伤，但气色已经渐渐好转起来，体重似乎也没减多少。

大概睡到下半夜，南谨才听见门口传来极轻的响动。有人走了进来，那是她熟悉的脚步声，所以她继续闭着眼睛，躺在床上没动。

此时是凌晨，室外已经有些冷了。萧川脱掉外套，然后似乎是在靠墙的沙发上坐了下来。

她没有睁眼去看。她仍在装睡，不想在这个时候醒过来。

而他没有开灯，也没有靠近床边吵醒她，只是这样坐在漆黑幽静的房间里。

她知道，他就坐在那里，隔着不过数米之遥。可他自从进来之后，一句话都没有说过，也似乎尽量不发出丝毫动静去吵她。如果不是方才那阵轻微的脚步声，她几乎以为根本没人进来过。

病房重新陷入长久的静默，静得好像真的只有她一个人。

南谨闭着眼睛，终于有些撑不住，再度沉入梦乡。

第二天医生过来查房，看过她的伤口和各项身体检查指标后，微笑着恭喜她："南小姐，你的伤势复原得很好，接下来随时可以办理出院手续了。只不过，回去后还是要静养一段时间，暂时避免剧烈动作，直到伤口痊愈。"

南谨在医院里住了这么久，早就迫不及待地想出院。她拿出手机，准备叫南喻过来替她办手续，正好这时余思承敲门进来。

最近他倒是很少露面，这次拎了一只保温桶放在床头柜上，说："这是我找酒店大厨熬的，估计比你天天喝的那些大补汤要好喝多了。"

南谨不由得笑笑："我觉得白开水都比大补汤好喝。"

她见余思承神色略带憔悴，人也瘦了一些，虽然仍旧陪着她说笑聊天，但脸上的笑容显然不像从前那样意气风发了。

其实她从术后清醒过来后，就知道林妙出了事。那天林妙刺伤她之后，纵身翻下围栏，直直跌落到山坳里去。她大概是真的不想活了，才会那样孤注一掷。

南谨说："你来得正好，能不能麻烦你帮我去办出院手续？"

余思承问："这么快就能出院了？"

"我已经住院很久了，恨不得立刻就回家去。"

"帮你办手续倒是没问题，只不过……"余思承犹豫了一下，"我看还是等他来了再说吧。"

南谨脸上的笑意稍稍浅下来，但还是点头"嗯"了一声。

萧川直到午饭时间才出现，一并带来了用人炖好的补品。

余思承早就走了，护工也识趣地退了出去，病房里只剩下她和他两个人。

萧川将汤水从罐子中倒进碗里，南谨看着他的侧影，告诉他："医生说我可以出院了。"

他的动作似乎顿了一下，才说："好，我下午帮你办手续。"

他把汤碗端到她面前，南谨却摇摇头："余思承刚才来过，带了东西给我吃。我现在不太饿。"

他没说什么，只是将小碗搁在床头柜上。

午后日光正好，窗外的天蓝得不可思议，连一丝云絮都没有。楼下就是花园，隐约有阵阵欢笑声顺着微风飘送过来。

南谨突然想起昨天半夜的事，正犹豫要不要问他，结果反倒是萧川先开口了。

他的声音平淡缓和，就像他此时看着她的眼神，也是那样的平静无波。他问："你累了吗？"

她有些吃惊，似乎不太明白地回望他。

他深深地看着她："你和我在一起，会不会觉得累？"

南谨的眼睫轻轻地颤抖了一下。

她是累了，已经觉得精疲力竭，可是没想到，他竟然看出来了。

她以为自己这段时间已经做得很好，甚至不会再像从前那样抗拒排斥他。他说的话,她都听,他要做的事,她都顺从。可是没想到,他竟然知道她累了。

"你想听真话吗?"她闭了闭眼睛,低低地反问。

"说吧。"他的声音也很低。

可是,究竟该从何说起呢?

她看着他,隔着这样近的距离,她似乎已经很久没有如此肆无忌惮地看他了。

"……我觉得累,是真的很累很累。我用了太长的时间去爱你,可是又用了很长很长的时间去恨你。在你的身上,我感觉自己已经花掉了这一辈子的所有精力和力气。"她的脸色变得有些苍白,像是喘不过气,不得不稍稍停下来,缓了缓才能继续低声说,"当林妙告诉我真相的时候,我根本不知道自己是什么感受。本来应该觉得开心的,因为想要我命的人,其实不是你。而我那么爱你,终于可以不用再恨你了。我应该开心的,不是吗?可是当时,我竟然只是觉得累。

"林妙想要杀了我,我想,要杀就杀吧,或许只有死了才能轻松一些。后来你来了,我知道你是来救我的。看到你出现,我在那一瞬间就像是终于解脱了一样。五年的时间,你终于来救了我一次。如果换成五年前,我也许会伤心委屈地扑进你的怀里痛哭,我会想要你的保护和安慰。可是现在,因为我没有力气了,所以总想着,只要看到你来了就行了,至于我自己,或许死了才是最好的结局。

"萧川,我爱你,我从来没有这样爱过一个人,这辈子也不可能像这样再去爱另一个人。直到现在为止,我依然爱你,哪怕恨也好,不恨也好,都无法阻止我爱你。可是……我是真的没有办法再继续下去了。"说到最后,她的语气终于渐渐低凉下来,仿佛呓语般,清澈的眼底带着让人心碎的凄惶,"……我爱你,可是我真的没有力气再爱你了。"

她终于流下泪来。

秋日温暖的阳光落在床脚,而她坐在那里,哭得凄楚绝望。

也不知过了多久，她才感觉到有一双手臂朝自己伸过来。下一刻，她被拥入那个温暖的怀抱中。

他的身上有她熟悉的气息。他久久地抱住她，一动不动。最后，他的唇贴在她的头顶，轻轻地吻了吻她。

他什么都没有说。

在她说了那样长的一段话之后，他什么都没有再说。他只是抱着她，像抱着一块毕生爱惜的珍宝，他的唇吻着她的头发，一下又一下。

她的眼泪流得更凶了，仿佛过了很久才终于能够停下来。

她从他的怀中抬起头，眼睛中还有莹莹泪光。他伸出手指替她拭干眼角，幽深的瞳眸中倒映着她小小的影子。他长久地凝视她，最后才低声说："我只希望你幸福。"

她的泪水再度汹涌而出。

这是她最熟悉贪恋的怀抱，是她此生用尽心力最爱的人。他的眉眼近在咫尺，在过去的无数个夜里无数次地出现在梦中。她曾以为不会再有这样一天了，可是如今这一天终于来到了，她和他却要分离了。

是真正的分离。

萧川不再说话，只是沉默地抱着她，任由她的眼泪沾湿自己胸前的衣襟。

她也不知道自己到底哭了多久，又或许，她只是舍不得离开这个怀抱。

只有确定了分别，才会知道有多么难舍。

搁在床头柜上的那碗汤已经凉了，她却抬起头来说："我饿了。"

萧川没说什么，只是将碗端起来，拿调羹喂她。

她一口口地喝着。其实味道并不好，因为加了许多药材，有股奇怪而又冲鼻的气味。她以前只肯勉强喝下两三口，然而这一次，她将整碗汤都喝完了。

"再睡一下。我等下去办出院手续。"萧川劝她。

她依言躺下来，一时却睡不着。

萧川说："闭目养神也可以。"

于是她真的闭上眼睛。

她躺在那里，还是显得那样的单薄瘦弱。因为刚刚哭过，眼睛有些浮肿，脸色微微泛白。

他静静地看着她，就像昨天半夜一样。

昨天他在黑暗的沙发中坐了一整晚，就那样看着床上那道安静单薄的身影。她睡着后呼吸很轻很细，可是因为深夜的房间里太静谧，所以听得格外清晰。

当时他在黑暗中凝视着她，忽然就想起了那一天，她发着高烧，因为被梦魇缠住，伏在他的怀中不停地哭泣。

他不知道她做了什么噩梦，但她哭得那样伤心。她被他抱在怀中，边哭边喃喃低语，大约是梦呓，因为声音很轻，轻得几乎辨认不出她在说什么。

可他最终还是听清了。

她是梦见了他。

她高烧得失去了意识，只是痉挛般地扣住他的手指，流着泪低喃。她一直在叫他的名字，她哭泣着说："萧川……秦淮已经死了……你能不能放过我。"

她哭泣着说："你怎么能这样狠心……"

她哭泣着说："……萧川，我恨你。"

而他抱着她，陷入了迷茫。

就是在那一刻，他才终于知道，原来他的秦淮还活着，就在他的怀里。

可是她希望他能放过她。

她哭得那样伤心痛苦，只是希望他能放过她。

所以他跟她说："我只希望你幸福。"

他是真的爱她，所以才会希望她幸福。如果离开他是一种解脱，那么他愿意让她离开。

什么都依她，只要她幸福。

出院手续办得很顺利。

南谨傍晚将东西收拾好，车子已经等在楼下。

萧川直接将她带回了家："医生说你还需要静养，家里有用人照顾总会方便一点。等完全康复了，你再搬回自己家。"

她没什么异议。

萧川依旧很忙，即便住在同一个屋檐下，也未必能够经常见面。不过他每天都会在家里吃晚饭，即便晚上有应酬，也总是陪她吃完饭才出门。

谁都再没提及那个话题，仿佛医院的那次就是最后的长谈，结局已是心照不宣，需要等待的只是时间而已。

而且，其实这段时间并不太长。因为南谨在用人的悉心照料下，很快就痊愈了。

这期间杨子健打过一次电话给她。她不想撒谎，将真正情形说了。杨子健最后只是问："身体好些了吗？"

"已经好得差不多了。"

"你真的想清楚要和他分开？"

"嗯。"她停了停才说，"你是不是也快要回美国了？"

"下个礼拜。所以我想问你，考虑好了吗？"

"对不起，我的答案没有变。"她平静地说，"谢谢你。"

"好吧。"杨子健微微笑了笑，"努力到最后一刻，我也算是没有遗憾了。希望在我走之前，能有机会再约你吃餐饭。"

南谨也微笑："应该会有机会。"

她的伤已经完全好了，再也没有理由继续住在这里。

所以晚饭后，她叫住萧川。

她什么都没说，他却仿佛知道她想说什么。他点点头："以后要好好照顾自己。"

心中又没来由地一酸，她努力地笑笑，仿佛只有这样才能止住眼里的泪意："你也是。"

她看着他，问："你晚上还要出去吗？"

他还是点头："有个重要的饭局。"

"其实你不必特意回来和我吃饭。"

他终于笑了。其实他笑起来很好看，眉眼微微舒展，沉峻的眸中仿佛有极深亮的光华。

"如果可以，我希望每天都陪你吃饭。"他忽然伸手抱了抱她，嘴唇靠在她的耳边，似乎极轻地吻了一下才松手，"明天我送你回家。"

她连忙把头别过去，免得被他看见自己眼中涌起的泪水。而他似乎真的没有注意，很快就转身离开了。

门板极轻地被合上，南谨在空荡荡的客厅里呆立了一会儿，才走上楼。

她的东西早已经收拾好了，预约的计程车也会在十分钟后抵达。

南谨买了当天最晚的一班航班回江宁。飞机晚点一个小时，灯火辉煌的候机大厅里，只有寥寥几名乘客。非年非节，又都这样晚了，坐飞机去江宁的人本来就不会太多。

她挑了个靠近落地玻璃的位置坐下，脚边只放着一只手提行李箱。玻璃幕墙外，是开阔巨大的停机坪，漆黑的夜幕下，仍旧不时有飞机轰鸣着起飞和降落。夜航灯在半空上闪烁，像一颗颗孤零零的星星。

南谨望着深黑的夜空出了一会儿神，然后才将手袋打开来。手袋的隔层中放着证件和登机牌，她将手伸进去，摸了很久，终于找到那样东西。

乌沉的珠子圆润光滑，带着天然精致的纹理，屋顶满天星般的灯光落在上面，倒映出点点光彩。

这是曾经属于她的东西，后来又被萧川穿成了挂坠。在那次墓园遇袭之前，他大概都是贴身带着的。因为那次坠链断了，才被他收进卧室的抽屉里。

她从他的房子里离开时，擅自将它带走了。

他曾送给她许多礼物，却唯独只有这一件，是曾经被她戴过，同时也被他戴过的。

这是属于他们两个人的东西。

登机广播在空旷的大厅里响起来，她站起身，在将珠子收回手袋的时候，才突然皱了皱眉。

圆润光滑的珠身上，竟然刻着什么东西。因为刻痕很浅，图样又极细小，很难被人发觉。

可是她记得以前这上面什么都没有。

广播正一遍遍地循环播放着，清脆悦耳的女声正提醒着每一位深夜候机的乘客。

南谨停下来，将小小的圆珠对着明亮的灯光。

在那上面，有两个很小的字。

她辨认了许久，才终于认出来。

吾爱。

我的爱。

萧川似乎从来没有对她说过爱字，没想到他却将它刻在了这上面。

玻璃幕墙外，是开阔巨大的停机坪。夜航灯孤零零地闪烁在无边无际的黑夜中。

候机厅里尽是行色疲惫的旅人，浮生漫漫，每个人在这繁华的世间匆忙奔走。

南谨拎起行李，将那两个字紧紧握在手心里，仿佛握着此生最爱惜珍贵的东西。仿佛握着的，是她的一生。

（完）

2016.1.3